邊荒傳說

黃易◎著

〈卷六〉

新人間149

邊荒傳說

【卷六◆目錄】

〈卷六〉

第一章◆潛入滎陽

第一章 潛入滎陽

屠奉三在內堂單獨接見慕容戰。坐好後，慕容戰神色凝重的道：「我剛接到苻堅的死訊。」

屠奉三每天都在等候這消息的來臨，可是當此事傳入耳中，仍忍不住心神劇震。苻堅之死，顯示一種新的形勢降臨北方，也直接影響南方的大局，天下再不是以前的天下。苻堅的喪亡，正是天下由統一走向大亂的分水嶺。接著慕容戰向他詳述苻堅因被慕容沖攻陷長安，不得不逃到五將山，致被姚萇殺害的情況。

屠奉三沉吟片晌，訝道：「慕容當家的族人既進佔長安，關中的控制權等於落到你的族人手上，為何你卻是一副憂心忡忡的樣子呢？」

慕容戰頹然道：「正因我明白慕容沖，更明白我的族人，所以我曉得形勢不妙。可惜慕容泓於入長安前不幸戰死，否則形勢可能完全兩樣。」

屠奉三搖頭道：「我仍然不明白。」

慕容戰似找到吐苦水的好對象，不厭其詳的解釋道：「這可分領導者和族人心願兩方面作解釋。首先是繼慕容泓成為我族統帥的慕容沖，因少年時曾受大辱於苻堅，所以對氐人有切齒之恨，心中充滿仇恨的怒火，佔領長安後竟放縱手下，大肆殺戮搶掠，弄得舉城恐慌，人民紛紛逃亡，大失人心。」

屠奉三一呆道：「慕容沖竟是如此的一個蠢人，真教人意想不到，如此豈能守得住長安呢？」

慕容戰嘆道：「縱使沒有慕容沖的倒行逆施，我族的人仍無心安頓於長安。這方面要從我們大燕被苻堅破滅時說起，當時苻堅將我族四萬戶二十餘萬人遷往關中，由那時開始，我族一直渴望有朝一日能重返大燕故地，重建燕國。所以對我族來說，關中只是供搶掠之地，而非安居之所，人人希望重返故居，完成苦待多年的宏願。在這種情況下，慕容沖縱使想以長安為爭霸天下的據點，亦難以堅持。」

屠奉三愕然道：「大燕故地已盡被慕容垂收歸旗下，你們豈非有家歸不得，而關中卻被慕容沖搞得一塌糊塗，這不是進退兩難？難怪你老哥愁眉不展。」

慕容戰道：「在邊荒最明白我的人是你，我更當你是我的朋友。以現在的形勢論，北方最強大的三股勢力分別是慕容垂、姚萇和我族的慕容沖，可是若依照現在形勢的發展，根本沒有人能與慕容垂爭鋒，不論在實力上和戰略上，慕容垂都佔盡優勢。」

屠奉三點頭道：「你比我更清楚北方的形勢，得出這樣的結論當然有一定的依據。」

慕容戰道：「關中是氐秦帝國的根據地，苻堅雖被殺，可是苻秦勢力仍在，誰要在關中稱王，必須把氐人原有的勢力連根拔起，如此豈是可輕易辦到的。以聲望論，不論我族的慕容沖又或羌族的姚萇，均遠及不上苻堅，所以苻堅的後人只要打著為苻堅復仇的大旗，已可號召關中豪強協同作戰。慕容垂最明智的一點，是擁重兵穩守關外，不但阻截我族東返故國之路，還逼得關內諸勢力拚個你死我活，各個俱傷，再由他從容收拾殘局。」

「砰！」屠奉三拍桌道：「好一個慕容垂，到此刻我方明白為何他不入關中，反屯兵滎陽，遙控洛陽。」又嘆道：「在這種情況下，任何人攻打洛陽，都要應付他從滎陽調來的援兵。嘿！你老哥現在有甚麼打算？」

慕容戰沉聲道：「事實上我一直不看好慕容沖，只沒有想過他可以做出如此蠢事來，現在敗勢已成，只看能捱至何時，我可以做甚麼呢？」屠奉三沉吟不語。

慕容戰試探的低聲道：「屠當家是否想到我腦中想的東西呢？」

屠奉三目光灼灼的朝他望來，道：「你也在想千千小姐嗎？」

慕容戰心情沉重地點頭，道：「照目前的形勢發展，慕容垂該無餘暇對付我們邊荒集，可是一旦讓他收服關中，將是邊荒集大難臨頭的一刻，慕容垂一向的作風是順我者生，逆我者亡。不過在他統一北方之前，形勢未穩之際，我們或許仍有機會救回千千主婢。」

屠奉三雙目神光閃閃，同意道：「只要慕容垂肯離開滎陽，我們的機會便來了。」接著仰望屋樑，有感而發的道：「我屠奉三現在再無所求，只希望能在邊荒集安身立命，假若我們眞的可以把千千小姐迎回邊荒集，你道慕容垂會有怎麼樣的反應呢？」

慕容戰毫不猶豫道：「我曾向千千許諾除非我死了，否則絕不讓任何人傷害她。所以我是義無反顧，不會計較任何後果的。」

屠奉三欣然道：「好漢子！我屠奉三可以捨命奉陪，不過在邊荒集和你我同樣想法的人，隨著時間的過去愈來愈少了。」

慕容戰道：「別人怎麼想我沒有興趣去理會，此更是我爲族人盡點心力的唯一方法。橫豎慕容垂早晚會回來攻打邊荒集，此事避無可避，哪還可以有這麼多顧慮？」又訝道：「我很了解自己，常常會憑一時好惡去作決定。可是屠當家過去予人的印象，從來不是感情用事的人，現在卻拍胸口說出捨命奉陪之語，這該不符屠當家一向的行事作風吧！」

屠奉三凝望他好半晌後，雙目忽轉溫柔，射出緬懷的神色，平靜的道：「我從來沒有想過會為一個地方而改變，更沒有想過為任何人而改變。一直以來，我都奉行弱肉強食的規條，只講利害，方可以在這亂世生存下去。可是當我在邊荒集第一眼見到紀千千，她卻勾起我深埋多年的某一種感覺。到現在我還弄不清楚當時發生在我身上的事，卻曉得從那一刻開始，一切都不同了。以前對我絕不會有任何影響的人或事，偏可觸動我的情緒。現在我覺得自己才是有血有肉地活著，生命充滿意義。像這麼一番的肺腑之言，以前我是絕不會向任何人傾訴的。」

慕容戰想起初會紀千千時的驚艷感覺，點頭道：「我明白！不過揭開人為的保護罩子後，是否也帶來痛苦呢？」

屠奉三嘆道：「所以我才說有血有肉。紀千千犧牲自己的行為，更深深打動我，開闊了我的視野。以前我最尊敬的人是桓沖，現在我最尊敬的人是紀千千。在邊荒集生活的感覺非常古怪，人人抱著過一天算一天的心態，可是那種醉生夢死的感覺卻似可永遠持續下去。做人必須有個明確的目標，生命方有意思。在來邊荒集前，我的目標是要助桓家成為天下之主，可是桓玄卻不住的令我失望，現在我對他已心灰意冷。我現在的目標是以慕容垂作對手，他劫走千千主婢麼？我便要把她們迎回來，這令邊荒集多上一重不同的意義，也使我在邊荒集活得更痛快。」

慕容戰啞然笑道：「你對桓玄失望，我卻對慕容沖失望，現在剩下的只有邊荒集。我和你的生死哀樂均已與邊荒集分不開，而邊荒集的榮辱卻在於千千主婢能否安返邊荒集，這不是蠻有趣的遊戲嗎？」

屠奉三沉聲道：「現在我們只有靜心等待，作好一切準備，當機會來臨時，將是我們出擊的一刻。」

慕容戰伸出雙手，和他緊緊相握。

燕飛低頭看著溪水反映的容顏，差點認不出自己。這裏離開滎陽不到半個時辰的腳程，他的心情亦不由緊張起來。從平城到這裏不知不覺走了十多天路，他的俊臉長出了長長的鬚髯，遮蓋了他大部分的容貌，成爲最好的掩飾，即使熟悉他的人，驟看也認不出是他。從高彥處他曉得滎陽城正處於軍管和高度戒嚴的狀態下，只許持有通行證的城民進出，其他人不論任何理由，一律被拒於城門外，所以只能設法偷偷進去。以他的身手，要進入有燕國精兵把守、城高牆厚、兼有護城河環護的軍事重鎮，仍是非常頭痛的一回事。加上他外形體態均異於常人，縱使弄到通行證，恐怕依然沒法過得城防一關。他將頭浸入溪水裏去，冰涼的感覺令他精神一振，不過仍沒法減輕他因苦思入城之計而來的沉重感覺。看來只好弄清楚情況後，再走一步算一步好了。

慕容垂微笑道：「詩詩的情況大有改善，我看只要好好休息，她很快可以復元。」

紀千千與他並肩步出內堂，神色平靜地道：「有勞大王關心，千千會好好照顧小詩的。噢！」她的目光落在擺放在內堂一角的五弦古琴處，此琴造形別致，木質晶瑩通透，隱泛紅光，最妙是放置的琴几木質如一，互相襯托，予人絕配的奇妙感覺，一看便知非一般凡品。

慕容垂欣然道：「此琴名『流水』，几名幽谷，乃得自洛陽的深宮內苑，據懂琴的說，此琴該是大漢赫赫有名的琴師叔蔡的傑作，這方面千千應比我這門外漢在行。」

紀千千讚嘆一聲，移坐到琴前的蒲團處，舉起纖美的玉手輕撫古琴，旋又若有所思的收起雙手，目光投往坐在古琴另一邊的慕容垂，柔聲道：「統一北方的機會已出現在大王眼前，大王何不把心思用於國家大業上，卻要爲千千徒費心神呢？」

慕容垂絲毫不以為忤，淡淡道：「對我慕容垂來說，千千和統一大業，兩者均是缺一不可，此心永不改變。千千何不試琴，看看叔蔡製造的古琴，為何能得享美名？」

紀千千垂下目光，幽幽道：「這是何苦來哉？千千曾答應過荒人為他們演奏一曲，所以下一曲只會在古鐘樓上彈奏。」

慕容垂雙眉一蹙，雙目射出閃閃神光，依然是語調平和的道：「假如我慕容垂說我想要得到的東西，從來不會得不到的，會不會引起千千的反感呢？」

紀千千的眼眸迎上慕容垂閃亮的目光，柔聲道：「大王動氣了！」

慕容垂搖頭道：「我怎捨得對千千發脾氣呢？只是想問一句話，假設我二度征服邊荒集，千千是否肯在古鐘樓為我演奏一曲？」

紀千千嘆道：「若邊荒集再次失陷於大王之手，等於斷去千千所有希望，千千再沒有活下去的理由，只好自斷心脈，以身殉邊荒集。」

慕容垂雄軀微顫，目光投往窗外陽光燦爛下的花園，語氣仍然是出奇地平靜，緩緩道：「要自斷心脈並不容易，千千懂得其中的功法嗎？」

紀千千輕輕道：「千千的武功在大王眼中當然無足輕重，不過卻從師父那裏學得其中秘法。當心如死灰之際，心脈特別脆弱，那時只要把內氣順逆分行，至心脈交擊，心脈因抵受不住兩股眞力的衝擊，便會折斷。」慕容垂終於色變，因為曉得紀千千並非胡謅。

兩人目光交接，絲毫不讓。紀千千柔聲道：「大王不會因此而向千千施出禁制的手段，對嗎？」

慕容垂目光灼灼地凝視她，忽然岔開話題，道：「平城被拓跋珪和你的好朋友燕飛聯手攻陷了。」

紀千千乍聞燕飛之名，嬌軀劇震，失聲道：「燕飛！」

慕容垂像看不到她的反應般，仰首沉吟，道：「我早曉得拓跋珪是不會安分守己的，他越過長城攻城掠地，兵脅中山，是自取滅亡。還有一事告訴千千，若我沒有猜錯，燕飛正孤身一人在來此的途中。」

紀千千立即亂了方寸，哀求的道：「大王如何知道的呢？」

慕容垂微笑道：「軍情第一，自燕飛離開平城，彌勒教的人傾巢而出，追截燕飛，依他逃走的路線來看，目的地該是滎陽。」

紀千千神色回復平靜，暗下決心，待會必須不顧一切與燕飛建立以心傳心的聯繫，警告燕飛，求他不要來自投羅網。道：「大王準備如何對付他呢？」

慕容垂用心地打量她，忽又露出苦澀的表情，道：「不論是拓跋珪或燕飛，均是我統一大業的嚴重威脅，千千猜我會怎樣對付他？」

紀千千很想告訴他若燕飛死了，她也不會獨活，卻怕激起慕容垂的妒火，後果難測，只好把已到嘴邊的話收回。搖頭道：「大王的神機妙算，豈是千千猜得到呢？」

慕容垂像猛下決心的道：「千千可肯與我慕容垂作一個交易？」

紀千千訝然看著他，心中有數他正在反擊自己對他的無情，卻仍沒法猜到他說的交易是甚麼？也不由心中感慨萬千。以慕容垂現在的權勢，要風得風，要雨得雨，可是偏對自己如此情深一片，還要忍受因她紀千千而來的屈辱和閒氣，所以之前她才會有「何苦來哉」如此忠告。軟弱的道：「千千正在大王手上，大王何需來和千千談交易呢？千千根本沒有談條件的資格。」

慕容垂從容笑道：「千千當然有條件了！交易非常簡單，只要我擒下燕飛，請千千首肯與我共度一夜，我慕容垂便可以放他走。」

紀千千聽得頭皮發麻，默然無語。慕容垂正在反擊。他的反擊是針對她「自斷心脈」的威脅而發，且失去耐性，要從征服自己的肉體下手，然後再征服她的心。坦白說，慕容垂確實是個有吸引力的男人，對他的鍾情自己更不無可惜之意，若與他有合體之緣，兼且不是在強迫的情況下發生，自己對他是否仍能把持得住呢？有了這種男女關係後，她對燕飛又會如何？

慕容垂歉然道：「千千肯定怪我卑鄙無恥，竟以這種手段冒犯千千。只恨在目前的情況下，只有這個理由可令我放過燕飛。」

紀千千可以肯定慕容垂已布下天羅地網，等候燕飛來投網。他說得這般有把握，該有周詳的計畫。他的情報更可能直接來自彌勒教的妖人，甚至與彌勒教聯手對付自己心愛的男人。嘆道：「大王教千千如何回答你呢？」

慕容垂長笑道：「千千不用在此時回答我，待燕飛被擒成爲事實，再考慮是否接受我的交易吧！」接著起身啞然失笑道：「只希望千千眞的不會怪我，我是別無選擇，像那次在蜂鳴峽前與燕飛之戰，不得不以詩詩威脅千千，因爲我絕不容許失去你，請千千見諒。」

看著慕容垂消失在門外，紀千千收拾心情，心中充滿燕飛的身影。驀地天旋地轉，紀千千往古琴撲伏而去。其中一條弦絲立即崩斷，發出「錚」的一聲脆響。

邊荒集。大江幫總壇。劉裕在寄居處的小廳接見來訪的卓狂生，兩人圍桌而坐。

卓狂生目光閃閃的打量他，微笑道：「看劉兄的神情，似在怪我到今天才來找你談話。坦白說，我曾想過避免接觸劉兄，因爲我再不是逍遙教的人，我對大魏的忠心，已隨任遙之死雲散煙消。」

劉裕愕然道：「既然如此，卓兄又爲何來見我呢？」

卓狂生從容道：「當然是因爲你和燕飛的關係，小飛是我們邊荒的榮耀。試想想看，以天下之大，邊荒集是多麼微不足道的地方，可是邊荒集卻成爲天下豪雄的必爭之地，更掌握著南北水陸貿易的命脈，現在更出了位能與慕容垂和孫恩抗衡的曠世劍手，誰還敢不對邊荒集刮目相看？」

劉裕發覺自己根本沒法投入卓狂生對邊荒集的狂熱中，卻又不得不承認他對事物有過人的視野和襟懷，這聰明的瘋子所思所想確實異乎常人。忍不住問道：「任后沒有和卓兄通消息嗎？」

卓狂生毫不猶豫的道：「我哪來空閒去管她的事？我現在正埋首研究邊荒集，準備寫一本有關邊荒的歷史，這部巨著將成爲以後所有說書高手的寶典。」又興奮的道：「劉兄你也是不可多得的人才，現在謝安和謝玄先後辭世，司馬王朝再沒有希望，只看收拾殘局的人是桓玄還是孫恩。你若爲自己著想，最好的選擇是留此長作荒人，活得痛痛快快的。像屠奉三便是聰明人，所以千方百計留在邊荒集。況且只要你肯到我的說書館賣淝水之戰的故事，保證你生活無憂。」

劉裕苦笑道：「我眞的非常羨慕你。」

卓狂生笑道：「臨淵羨魚，何不退而結網？邊荒集正經歷最輝煌的日子，在強敵圍攻下失而復得，各派系破天荒團結一致。更精采的事且陸續有之，當我們成功地將紀千千主婢迎回邊荒集，邊荒集將攀上它歷史的巔峰，想想都教人心神嚮往。」

劉裕嘆道：「你的想法會不會一廂情願呢？救回千千主婢固是人人渴望的好事，但也會因愛成恨，令派系出現分裂的局面，那時將無力對抗外侮。」

卓狂生欣然道：「你太不明白千千在我們荒人心中的地位，她已超乎一般女性的身分。她也不可能只屬於某一個人的，而是屬於整個邊荒集，是邊荒集榮辱的象徵。試想想看，如紀千千每天坐在重建後的第一樓上，邊荒集會立即身價大增。而每月朔望她都到古鐘樓演唱一曲，擔保可引得天下人趕著來朝聖。她小姐肯點頭，我們便可以到第一樓和她喝雪澗香聊天，享受以前只有謝安等幾人方可以享受到的樂趣。」

劉裕愈來愈明白爲何荒人稱卓狂生作瘋子，他的想法確實匪夷所思，卻又是切實可行。正要說話，宋悲風旋風般衝進來道：「太乙教的奉善死了！」劉裕和卓狂生互相對望，一時間誰都說不出話來。

燕飛猛地把頭從水裏擡起來，心神劇震。他感應到紀千千。強烈地感應到紀千千，卻恨只是眨眼間的短暫光陰。千千是如此地接近，他感覺到她充滿惶恐和驚懼的情緒，更感覺到她的焦慮和擔憂。她爲何情緒如此激動？有點像不顧一切地來和自己以心傳心。只恨她的心靈召喚來得突然，去得更令他措手不及。究竟有甚麼事發生在她身上呢？在傳心通訊中斷的一刻，他聽到一聲急速的清響。燕飛站了起來，心神晶瑩通透，再沒有半絲不安的情緒。而他偷進滎陽的決心，卻比任何一刻更堅定。不論如何危險，他誓要見紀千千一面。

奉善懸屍東門，手足被牛筋索捆綁著，再吊在東門著名的殘樓處，屍身還垂下白布條，上面以血紅油漆寫上「太乙教奉善」五個令人怵目驚心的大字。江文清、劉裕、卓狂生和宋悲風抵達現場，大江幫的人先驅散愈聚愈多的圍觀者，再把奉善的屍身解下來。劉裕頭皮發麻地瞧著這不久前還在他面前生龍活虎、矢言報復彌勒教的高手，現在卻變成沒有生命的死屍，一顆心直沉下去。

江文清的聲音在他耳邊響起道：「是他嗎？」劉裕點頭應是。

宋悲風低聲道：「他是先被活擒，再下毒手施刑，受盡折磨而死。」

卓狂生檢查奉善的屍身後，退到劉裕身旁，看著大江幫徒以白布將奉善覆蓋，沉聲問道：「誰幹的？劉兄和奉善是甚麼關係？」

劉裕長長吁出一口氣，道：「邊荒集短暫的和平安逸已成過去，隨之而來將會是血雨腥風。若我沒有猜錯，大活彌勒已來了，還要大開殺戒，奉善之死是他公開向邊荒集宣戰的警示。」就在說畢這番話的一刻，他清楚曉得自己已從獵人淪爲獵物。包括卓狂生在內，聽者無不色變。

燕飛登上滎陽東面五里外一處高崗，遙觀滎陽的形勢。滎陽位於黃河南岸，西通河洛，南達江淮，南方的物資和商旅從水路到洛陽或長安，滎陽是必經之地，所以有洛陽東面的門戶之稱，慕容垂駐重兵於此，西控洛陽，南壓邊荒，確是高明的戰略。滎陽是洛陽東面的大城，城池周長十八里，有八座城門，城外河道縱橫，有城河環繞，城厚牆高，慕容垂不急圖西進，於此以逸待勞，在北方的爭霸戰中，實已立於不敗之地。拓跋珪敢於此時揮軍入長城，攻陷平城和雁門，絕非一時輕率之舉，而是經過深思熟慮，明白慕容垂現在最急切之務，不是要鏟除他拓跋珪，而是必須先滅掉以慕容沖、慕容永爲首的另一燕國。皆因慕容垂和慕容沖兄弟均同出一源，慕容沖的燕國等於燕國的枝葉，慕容垂是絕不容慕容沖稱帝，分化了慕容鮮卑族的力量。所以從長遠利益著眼，慕容垂必須先消滅慕容沖兄弟，統一慕容鮮卑族的心，方可顧及其他。拓跋珪是在豪賭，但賭得非常聰明。

尙有一個時辰才天黑，只有借夜色的掩護，他才有神不知鬼不覺潛進滎陽的機會。正要奔下山崗，在崗頂邊緣處一堆驟看似是雜亂無章的枯枝吸引了他的注意。其中三條枯枝筆直插入泥土裏，形成一個三角形。三角形並不是等邊的，其中一根距離較遠，成尖錐狀，指著西北方。燕飛不用看也知指的是位於滎陽東北面七、八里處的荒村，剛才他俯察遠近，早把附近地理環境熟記於心。這不但是江湖人物的標記，還是夜窩族的獨門聯絡手法。究竟是怎麼一回事呢？難道卓狂生來不及等他，竟派出夜窩族的戰士到滎陽來打聽消息？他不知如何的忽然又在心湖裏，浮現紀千千短促卻無比清晰的心靈交感，隱隱生出危險的靈奇感覺。假如附近每一座山頭，均有同樣的暗記，那表示敵人已曉得他的來臨，並布局殺他或生擒他。紀千千正因得到消息，所以迫不及待通知自己，可是因損耗的心力仍未復元，故半途而廢，但卻已成功警告他。

他變得冷靜無比，緩緩蹲下，藏身在高過人肩的矮樹亂草叢內，不驚反喜。他最擔心的事並沒有發生，紀千千對他仍是情有獨鍾。慕容垂怎能如此精確地掌握他的行蹤呢？身處的山崗，正是從北渡河而來最理想觀察遠近的地點。他的行蹤會不會已落入敵人眼中？換作是別的人，對此只可能疑神疑鬼，而他卻清楚感覺到遠近並沒有敵人的暗哨。心念一動，終想到彌勒教那方面去。只有彌勒教才猜得到他要往滎陽去，想到這裏，他盤膝坐下，開放心靈，搜索尼惠暉的蹤跡。

大江幫總壇，忠義堂。卓狂生聽罷劉裕描述與彌勒教的過節，以及與太乙教合作對付即將功成出關的竺法慶的情況，眉頭大皺道：「這似乎是私怨的成分重一點，我很難為此召開鐘樓會議，把大活彌勒竺法慶當作邊荒集的公敵。」

江文清淡淡道：「竺法慶肯定不是善類，如此殺奉善更是要爲自己造勢立威。觀乎他在北方的橫行霸道，這次到邊荒集來也是想要大有所爲，如我們不團結起來，被他逐個擊破，到想反抗他時，恐怕悔之已晚。在這樣的情況下，舉行鐘樓會議該是明智之舉。」

宋悲風問道：「須多少人同意方可以舉行會議？」

卓狂生對他相當尊重和客氣，答道：「只要有過半數議會成員同意，便可以立即舉行緊急的議會。現在議會增至十二席，不過千千和燕飛不在集內，所以只要有六位成員點頭，便可以召開會議。」

江文清道：「我當然不會反對，卓名士尊意又如何呢？」

卓狂生道：「彌勒教徒就像肆虐的蝗蟲，如被他們在邊荒集取得據點，後果不堪設想，我當然同意。」

江文清欣然道：「如此已有兩席同意，我負責說服費二撇，至於其他人，則不宜由我去遊說。」

劉裕道：「我去見屠奉三吧！只要說動他，慕容戰自當沒有異議。拓跋儀亦由我負責。」

卓狂生點頭道：「如一切順利，我們已有足夠議席召開會議，至於其他人，我會逐一打聲招呼。」

劉裕弓背而起道：「我們立即分頭行事，彌勒教與司馬道子勾結，只是這點，已教荒人不敢輕忽視之。」

宋悲風也起立道：「我陪你去！」

江文清美目深注地瞧著劉裕，輕輕道：「劉兄小心點！竺法慶第一個要殺的人，肯定是你無疑。」

燕飛來到荒村後的密林。此時他已可斷定自己所料無誤。在另一座山頭，他發現同樣的夜窩族標記，指示懂得暗號意思者到荒村會合。在邊荒集時，他對夜窩族從來不感興趣，曉得其聯絡傳信的暗記是收復邊荒集期間的事。現在這暗記顯然已從背叛夜窩族又或敵人混進夜窩族的奸細，洩漏給慕容垂一方的敵人。他通過心靈搜索尼惠暉的行動並沒有成果，唯一的收獲是明白當尼惠暉沒有施展秘術時，他是沒法對她生出感應的。天色迅速暗黑下來，天上雲層疊厚，似在醞釀一場風雪，如眞的下大雪，對他潛入滎陽的行動會倍添困難。事實上在敵人提高警覺下，他再沒有神不知鬼不覺偷入滎陽的信心。

燕飛無聲無息地朝荒村掠去。像這種廢棄的荒村，只是在滎陽十多里的範圍內就多達三十幾個，默訴著長年以來殘酷的戰爭造成的破壞和禍害。城池的牲口糧食，一向由附近的農村供應，像現在農村荒廢的情況下，慕容垂要維持他在滎陽的大軍生計，肯定非常吃力。不到一盞茶的工夫，他已弄清楚荒村的情況。沒有天羅地網、沒有陷阱，也沒有伏兵，只在其中一間農舍發現一個敵人。燕飛暗叫厲害。假設沒有紀千千的警告，在全無戒心下，大有可能中計。現在當然是另一回事，還可以反過來算計敵人。

下一刻他現身荒村北端入口處，發出夜窩族的鳥鳴聲。一道人影從農舍閃出，見到燕飛露出錯愕神色，一副目瞪口呆的樣子。

燕飛若無其事的道：「你到這裏幹甚麼？我們不是說好了嗎？在我探清楚敵情前，你們不可以派人到這裏來，以免打草驚蛇。」眼前的年輕漢人確實是夜窩族的人，名字叫陳寧，與姚猛他們是玩樂的一夥，和高彥稔熟，只是從沒想過他是敵人混入夜窩族的奸細。

陳寧吐出一口氣道：「我還以爲是馬正風那小子，原來是燕爺你。我們來此探聽千千小姐的消息是瞞著卓館主的。唉！千千小姐……」

燕飛心中暗笑，淡淡道：「走吧！」

陳寧眞正地大爲錯愕，一呆道：「走？到哪裏去？」

燕飛道：「當然是回邊荒集去，你不想要命嗎？」

陳寧急道：「我是和馬正風一道來的，他到了滎陽城內打聽消息，我爲了避開巡兵，躲到這裏來，遂於原本約定會合的地方留下暗記。」

燕飛心中叫絕，如此說法確實沒有破綻。便不再理會他，逕自朝荒村另一端舉步，皺眉道：「你再留下暗記，通知他立刻返回邊荒集吧！」

陳寧心急如焚追在他身後，道：「燕大爺呵！聽我一句話好嗎？」

燕飛倏地立定。陳寧轉到他前方去，道：「燕爺不是想進入滎陽探聽千千小姐的情況嗎？」

燕飛早擬好說辭，立即道：「事有緩急輕重之分，我得到消息，彌勒教會大舉進犯邊荒集，所以必須趕回去通知集內的兄弟。事實上彌勒教的人正在追殺我，我故意引他們到滎陽來，使他們誤以爲我要偷入滎陽，所以才遇上你。走吧！只要千千小姐仍在滎陽城內，我們絕無可能救走她們主婢兩人。」陳寧呆若木雞的瞧著他，明顯是措手不及，方寸大亂。

燕飛催道：「你還猶豫甚麼呢？」

陳寧嘆了一口氣，垂頭道：「我們千辛萬苦，方找到偷入滎陽城的妙法，馬正風便是憑此法進入滎陽。」

燕飛心忖你想出了擒老子的妙法才是眞的。淡淡道：「進了城又如何呢？千千小姐主婢該是被軟禁在慕容垂的臨時行宮內，那裏守衛森嚴。何況城內處於戒嚴令下，一個不好，休想活著離城。算了吧！彌勒教的追兵隨時趕至，我必須立即離開。」

陳寧頹然道：「燕爺先走一步，我還要等馬正風回來，唉！眞怕那小子在城內出事了！」

燕飛點頭道：「我們只能希望他吉人天相，若在城內出事，恐怕出動邊荒集所有兄弟，仍是無法可施。你小心點了！」說畢心中暗笑的飄然去了。

劉裕心忖目前邊荒集最有影響力的人，不是卓狂生，更非江文清，而是屠奉三。他沒有選擇助桓玄爲虐，已贏得所有荒人的尊敬，加上他一向作風狠辣，人人畏懼，使荒人在對他的「敬愛」之外，尙有幾分懼意。幾種情緒合而爲一，剛好形成屠奉三在邊荒集的分量。只要能說服屠奉三，他、宋悲風和江文清便不用孤軍作戰。竺法慶等於另一個孫恩，只有把邊荒集再次團結起來，方有希望擊敗竺法慶。

陰奇的聲音在他耳旁道：「老大只想見劉兄一人。」

劉裕朝宋悲風歉然苦笑，宋悲風毫不介懷的道：「有些事是不宜傳入第三者耳中，小裕去吧！」劉裕拍拍宋悲風肩頭，隨陰奇去了。

陰奇領劉裕直入內堂，在入門處一見到屠奉三，便施禮告退。屠奉三含笑請他到內堂一角坐好，換上凝重的神色，道：「劉兄爲何返回邊荒集呢？」

劉裕苦笑道：「若我說是避禍而來，屠兄心中會怎麼想呢？」

屠奉三啞然笑道：「我會想起『是福不是禍，是禍躲不過』這句話。坦白說，我情願面對司馬道子的逼害，也不願面對彌勒教妖人妖婦的威脅。」

劉裕坦然道：「那麼屠兄將明白我現在的感受，就是天下雖大，卻似沒有我容身之所。」

屠奉三從容道：「不用那麼悲觀，凡事都可從好的一面去看，包括彌勒教對邊荒集的威脅。請問劉兄和奉善究竟是甚麼關係？」

劉裕點頭道：「屠兄的耳目非常靈通。我曾和奉善碰過兩次面，第一次碰面還是處於敵對的情況。另一次發生在七、八天前，他到廣陵來找我，希望與我合作一起在邊荒集截擊竺法慶。」

屠奉三道：「奉善憑甚麼說服劉兄合作呢？」

劉裕心忖與他說話確實不用花費精神，聞一知十，一問便問到節骨眼上。答道：「他告訴我王國寶到北方見尼惠暉，請出『千嬌美人』楚無暇到建康迷惑司馬曜那昏君，又說竺法慶閉關修練十住大乘功最高的一重功法，出關後將會到建康開壇作法。」

屠奉三聽得倒抽一口涼氣道：「竺法慶一向穩稱北方武林的漢族第一高手，與胡族第一人慕容垂互相輝映。如今若能在其邪功魔法更上一層樓，天下間還有人可在單打獨鬥的情況下勝過他嗎？」

劉裕嘆道：「若容他到建康去，天才曉得會發生何等大禍，所以縱使清楚奉善是在利用我，我也不得不應允和他合作，因爲只有他們方可以掌握竺法慶的行蹤。」

屠奉三苦笑道：「現在似乎他們在這方面唯一的作用也消失了，對嗎？」

劉裕頹然道：「所以我已從主動淪爲被動，陷於挨打的局面，不但沒法掌握彌勒教下一步的行動，反而可能敗得一塌糊塗，全無反擊之力。在如此劣勢下，我如何可看出好的一面來呢？」

屠奉三點頭道：「情況的確比我想像的更不堪，不過仍可從好的一方面去看這件事。至少彌勒教提供了一個可令邊荒集再次團結的動力。我想劉兄來找我的原因，亦不外如此。」

劉裕道：「似乎我不用痛陳利害，也可以說動屠兄站在我們這一邊，如此可省卻我不少唇舌。」

屠奉三雙目閃閃生輝地迎上他的目光，微笑道：「你的確不用花時間來說服我，若我是邊荒集之主，會立即把竺法慶定爲公敵，再全力與他周旋到底。但實際上在邊荒集卻必須透過議會去作決定，照慣例必須全體同意，如此將有一定的難度。」

劉裕沉聲道：「我想先問屠兄一個問題，爲何……」

屠奉三打手勢截斷他的話，淡淡道：「劉兄是否想問我，爲何在對付竺法慶一事上如此積極，因爲照道理竺法慶針對的該是劉兄，而非我屠奉三。」

劉裕點頭道：「其實我心中早有一個答案，只是想聽屠兄親口道來。屠兄是在爲邊荒集的大局著想，不想有任何外力分化我們並逐一擊破。」

屠奉三失笑道：「你的猜想很籠統，卻是非常聰明，教我難以否認。我的確是爲大局著想，因爲我看破竺法慶背後的意圖，不是只想殺幾個人了事，而是要蠶食我們整個邊荒集。」

劉裕一震道：「屠兄想得比我更透徹，司馬道子一向對邊荒集有野心，卻是無從插手，如他可以借助彌勒教的力量，當然是另一回事。」

屠奉三道：「我們遲些再研究竺法慶的動機和手段。眼前當務之急，是說服議會把竺法慶定爲邊荒集的公敵，我們便可以動用邊荒集的人力和資源，投入與他的鬥爭中。」

劉裕道：「若把你對竺法慶的想法如實告知議會，仍不夠說服力嗎？」

屠奉三道：「仍差一個謊話。」

劉裕愕然道：「謊話？」

屠奉三點頭道：「謊話由劉兄負責，我卻可保證不會被揭穿，因爲來源已被毀滅，死無對證。」

劉裕醒悟道：「謊話的來源就是奉善。」

屠奉三緩緩道：「待會由劉兄告知議會，就說從奉善那裏得到秘密的消息，彌勒教已與慕容垂暗中勾結，這次來是爲慕容垂作先鋒部隊，取大江幫而代之，從內部瓦解邊荒集的防禦力。如此一來必定人人同仇敵愾，再次團結一致。」

劉裕再一次領教到屠奉三不擇手段的作風和手段，亦不得不承認他的高明，同意道：「說個有益的謊言，怎都比邊荒集被彌勒妖人攻陷划算。對嗎？」兩人對視而笑，均感雙方的關係又深進一層，頗有並肩作戰的痛快感覺。

雨雪漫空灑下，益添寒夜淒苦的味道。滎陽北面的碼頭區位於黃河、沁水和洛水三河交匯處，停泊著過百艘大小船隻，大部分爲商船和漁舟，只得寥寥數艘小型戰船。由此可見水上的實力仍是慕容垂最薄弱的一環，兼之黃河幫的戰船幾乎在邊荒集之戰中全軍覆沒，對慕容垂這方面的打擊是沉重而深遠的。當然，只要慕容垂重奪邊荒集，水運和水戰上的劣勢會逐漸改變過來。透過邊荒集，不單可以向造船業發達的江南購買大批商船、戰船，更可以利用邊荒集的人才和天然資源，發展造船業。所以慕容垂以邊荒集爲爭霸戰的起點，策略正確，只是他沒有想過荒人會從一盤散沙變得精誠團結，且反擊成功，收復邊荒集，令慕容垂的計畫功敗垂成，好夢成空。將來拯救紀千千主婢之戰，該盡量利用慕容垂在水戰上的弱點，以快速的水運和水戰策略，令慕容垂龐大的馬戰部隊有力難施，方有成功之望。

燕飛弄清楚碼頭區的形勢後，悄悄離開。本來潛入滎陽最可行的方法，是躲進其中一件運入滎陽的貨物裏，現在燕飛卻曉得此路不通。一來因為面對碼頭的兩個城門關防嚴謹，更命令所有貨物均要在碼頭區拆卸，經檢查後方准運往城內，以燕飛的身手才智，也感無機可乘。他全速朝城西的方向掠去。滎陽與洛陽的交通，水陸兩路同樣方便。由滎陽到洛陽，從洛水逆流只是一天半的水程。而兩城間有官道連貫，快馬一天可達。燕飛到城西去，正是要從滎、洛官道找尋入城的機會。此時所有城門均已關閉，除非有軍事上的需要，否則絕不會隨便開放。事實上燕飛早斷了今晚入城的希望，不過橫豎閒著無聊，所以利用夜色和風雪的掩護，好偵察清楚整個城池及附近的交通形勢。

當他在滎、洛官道旁，一株大樹樹頂的橫枝處遙望西門的情況，亦禁不住有種望洋興嘆的頹喪感覺。城牆上燈火通明，崗哨林立，照得裏裏外外清楚分明。更要命是附近樹木全被砍伐一空，光禿禿的，只要他在護城河另一邊出現，肯定避不過居高臨下的敵人的眼睛。慕容垂若收到他返回邊荒集的假消息，會不會減低防守的人力和警覺性呢？答案肯定與他的願望相違，因為慕容垂是不容有失的，否則如讓任何一方的敵人混入滎陽進行破壞，例如燒掉兩個糧倉，均會對慕容垂造成嚴重打擊。值此可穩得北方天下的關鍵時刻，慕容垂必定分外小心謹慎。燕飛暗嘆一口氣。不論如何困難，他也要進滎陽見紀千千一面，不只是要慰相思之苦，更因天下間只有他一個人，可以療治紀千千心力損耗過鉅的後遺症。只要他憑不久前從安世清那裏學會的丹法，即可以大幅增強紀千千在這方面的能力，讓她可負上最神奇探子的任務，如此或可以擊敗以兵法論天下無敵的慕容垂，至不濟也可以讓他們清楚掌握紀千千主婢的情況，定下營救的精確計畫。

就在此思潮起伏的當兒，遠方忽然傳來蹄聲。燕飛精神一振，功聚雙耳，定神細聽。蹄音離此足有七、八里的距離，隨著風雪送入他比常人靈銳十倍的耳裏，馬速出奇地緩慢，還似有金屬摩擦拖地的奇異聲音。燕飛有點在黑夜得見光明的感覺，忙從樹上躍下來，朝人馬來處全速掠去。

屠奉三和劉裕仍在研究圓謊細節的當兒，卓狂生和慕容戰聯袂而來，並帶來鐘樓會議將於明早召開的好消息。

坐好後，屠奉三道：「我們想出一個謊話，以用來說服議會成員同心協力，對抗包括彌勒教在內的所有敵人，兩位齊來參酌，看看有沒有甚麼破綻。」

劉裕大感錯愕，本以爲只有他們兩人知道實情，豈知屠奉三如此坦白直接，沒有絲毫隱瞞之意。慕容戰和卓狂生的反應亦截然不同。

慕容戰一呆道：「爲何要在議會上撒謊呢？」

卓狂生則興趣盎然的道：「竟有這麼好的謊話，快說來聽聽。我正怕邊荒集走回以前各爲私利的舊路。紅子春、姬別和呼雷方三個傢伙均對召開會議不以爲然，認爲是個人的私怨，幸好憑我三寸不爛之舌，方勉強同意召開議會。他娘的！全都是眼光淺窄之徒。」

屠奉三向劉裕道：「請劉兄告訴兩位大哥從奉善處聽回來的消息。」劉裕心中湧起古怪的感覺，遂把假中含眞，眞中帶假的消息一併說出。聽罷，慕容戰和卓狂生你看我我看你，均看到對方心中的震駭。

慕容戰艱澀的道：「這不像是謊話呢！」

屠奉三笑道：「除了彌勒教與慕容垂勾結的一段，其他的確是從奉善那裏聽來的，有眞有假，始可令謊言變得更完美。」

卓狂生苦惱的道：「慕容垂竟勾結竺法慶，這消息會不會來得太突然呢？在北方，慕容垂雖不致視竺法慶為死敵，但至少是互相顧忌的。」

劉裕心中湧起溫暖的感覺。邊荒集的確是與眾不同的地方，邊荒之戰更把集內諸雄的關係天翻地覆地改變過來，志同道合坦誠相對，為邊荒集籌謀定計，所以才有眼前人人盡力圓謊的舉動。

劉裕心中對卓狂生和慕容戰的疑慮一掃而空，微笑道：「這不單不是謊言，且是事實，因為竺法慶神功大成，兼又曉得一時鬥不過慕容垂，看準慕容垂暫時無暇理會他的彌勒教，故主動和慕容垂修好，先助慕容垂取回邊荒集，然後兩方瓜分邊荒集的利益。」

屠奉三愕然道：「消息從何而來，為何劉兄剛才不說出來？」

劉裕沉聲道：「我們北府兵一直在留意彌勒教的動向，怕的是彌勒教到南方來作亂，所以才有玄帥在負傷的情況下仍要擊殺竺不歸之舉。現在玄帥已去，竺法慶遂把握時機，在司馬道子、王國寶之流的推波助瀾下，到建康立教。」

慕容戰不解道：「竺法慶千辛萬苦在北方建立彌勒教，以他的狂妄自大、目中無人，怎會因害怕慕容垂而改往南方發展呢？南方的天師道更是彌勒教的死敵，成敗尚是未知之數，這個冒險行動並不明智。」

劉裕欣然笑道：「正因他目中無人，才會想出這自以為是的鴻圖大計。在北方，最不明智的事是與如日中天的慕容垂正面硬撼，但如能避過其鋒銳，偃旗息鼓，根基深厚的彌勒教便可坐收漁人之利。當竺法慶成功當上南方政權的國師，彌勒教成為國教，那時竺法慶想據南統北，在北方的彌勒教徒可起而響應，如此彌勒教統一天下的大業，誰敢說沒有可能在竺法慶手上完成呢？」

卓狂生吁出一口涼氣道：「這傢伙想得很絕，又合乎眼前形勢。」

屠奉三皺眉以帶點不悅的口氣道：「劉兄尚未答我剛才的問題。」

劉裕攤手苦笑道：「我是剛想出來的，如何可以早一步告訴你呢？」

屠奉三、卓狂生和慕容戰聽得面面相覷，接著爆出震耳笑聲，至此才曉得劉裕仍是在說謊。

卓狂生捧腹狂忍著笑道：「成啦！成啦！這謊言把明知是謊言的我們都騙倒，肯定可騙倒任何人。」

慕容戰邊抹嗆出來的淚水，邊笑道：「這樣消息再不是從奉善那裏聽來的，而是北府兵確切的秘密情報。」

屠奉三接下去道：「恕我錯怪劉兄。劉兄這次到邊荒集來，正是要粉碎竺法慶南下的陰謀。哈！眞好笑！現在連我也有點相信憑空想像出來的騙人謊話，或許眞的切合現實的情況，因爲太過合情合理了！」

卓狂生道：「說不定眞給我們誤打誤撞的猜對呢！」

慕容戰搖頭道：「怎會這麼巧呢！不過我們定要強調老竺要與慕容垂瓜分邊荒集這一點，否則誰有閒情理會他們到南方來胡作非爲呢？」

屠奉三道：「這方面反不用擔心，我不信竺法慶對邊荒集沒有野心，他把奉善的屍體吊在東門示眾，是江湖上投石問路的手法，以之測試我們的反應，看我們是變回一盤散沙，還是仍保持團結。」

卓狂生雙目神光閃射，淡淡道：「我們將會教他非常失望。」

慕容戰道：「其他人我不知他們有何想法，但我們這四方面的人馬，肯定已團結在一起。劉兄該可代大江幫說話吧！」三人目光同時落在劉裕身上。

劉裕道：「大江幫與我的立場是一致的。」

卓狂生喝道：「好！我們的義氣豪情又回來了，在明天的會議裏，誰反對把竺法慶定爲公敵，便大有可能是與竺法慶有關係的人，等於與我們爲敵。沒有這樣的決心，我們怎夠資格與竺法慶周旋到底？」

屠奉三露出冷酷的笑容，淡淡道：「館主這番話甚合我的脾性。」接著喝出堂外道：「兒郎們取酒來，大家喝一杯結盟酒。」三人立即附和，轟然叫好。

雨雪茫茫裏，出現在燕飛眼前的是一隊押送囚犯的燕兵隊伍。被押的囚犯人數達二百之眾，腳繫鐵鍊，雖然雙手沒有被縛上，但已失去逃走的能力。如他們是從洛陽走到這裏來，該已徒步走了至少三、四天，所以現在人人疲累不堪，更不時有人因腳鍊扯絆上石頭一類的東西，仆倒地上，惹得燕兵的鞭子對著囚犯不斷的揮打下去。囚犯共分成五組，由近五百名騎兵押解，不過如此緩走，即使是押送者亦吃不消，戰士馬兒都在苦撐這淒雨寒風下最後一段路程。

忽然又有一囚犯支持不住，一頭栽倒路上，兩名燕兵從馬背上喝令他爬起來，其中一兵更以馬鞭抽打其背，可是跌倒的囚犯卻再沒有任何反應。另一兵躍下以腳挑得他翻轉過來，以鮮卑語嚷道：「眞沒有用！死掉了啦！」

蹄聲響起，數騎從隊前馳回來，帶頭的兵衛親自下馬檢查，到證實對方確已斷氣，竟拔出匕首，對其小腹再捅上一刀，方吩咐道：「把他丟了！」兩名燕兵應命將屍體抬起，沒入道旁暗黑處，不一會傳來屍體著地的聲音。不論被押者或是押人者，人人木無表情，像不曉得發生甚麼事，又或根本無動於衷。

等丟棄屍體的燕兵回來後，領頭的燕兵軍官道：「橫豎都遲了！索性休息一刻鐘，再繼續行程。」手下聽後高喝指令，囚犯們紛紛就地坐倒，甚或倒臥路面。燕兵紛紛下馬，如獲皇恩大赦，一時間長達半里的一截官道，擠滿或躺或臥、姿態千奇百怪的囚犯和兵士。

燕飛早判斷出這批被押解的囚犯，該是從戰場前線虜獲的戰俘，正被押解到滎陽去，否則如是一般囚犯，燕人哪來興趣勞師動眾長途押送。值此非常時期，在軍事統治下，燕人根本不會理會犯事者犯案大小，會立即就地處決，以免成為負擔。正因這批是戰俘，才有軍事上的價值，可從他們口中得到敵人重要的軍事情報。作出這樣的判斷後，這一夜燕飛本已失去潛入城內希望的心，立即活躍起來。從戰場擄來的戰俘，身分最是模糊，有軍銜的高級將領，會脫掉顯示軍階的軍服，扮成一般的小卒，以免被識破身分，變成被銬問的主要目標，當然更不會報上眞姓名。眼前這批俘虜的模樣，從外觀看分別不大，人人蓬頭垢臉、長滿鬍鬚、衣不蔽體，燕人若要從他們那裏得到消息，還得下一番辨別身分軍階的工夫。想到這裏，他知道自己已得到一個混進城內的難逢機會，哪還猶豫，立即往剛才屍體被棄置的地點潛過去。心中同時擬定出全盤的計畫。

假若邊荒集是劫火裏重生的鳳凰，那夜窩子就是火鳳凰頂上的冠冕，古鐘場更是裝飾冠冕最亮麗的明珠。宋悲風和劉裕感受著穿越古鐘場的動人感覺，在千變萬化的綵燈映照下，數以萬計的人湧到邊荒集的聖地尋歡作樂，燃燒在這亂世尤顯其脆弱和珍貴的生命。邊荒集正在如日中天的盛世時期，即使最強橫的人也不敢來這裏撒野。慕容垂、孫恩、聶天還、赫連勃勃等不可一世的一方霸主，才剛一一在這裏吃了大大小小的虧。

劉裕頗有興趣駐足在一個玩雜耍的攤檔看了一會後，終敵不過人擠，扯著宋悲風離開道：「你曾和竺不歸交手，對他評價如何呢？」

宋悲風微笑道：「我正在想，你領我穿過夜窩子返東門去，目的不是要讓我大開眼界，而是爲了防彌勒教妖人的偷襲，現在觀乎你的問題仍離不開彌勒教，可知我想的雖不中亦不遠矣。」

劉裕苦笑道：「竺法慶恐怕不會如此便宜我，在夜窩子動武會觸犯邊荒集的天條，竺法慶將立刻成爲邊荒集的公敵。」到此刻他仍未有機會告訴宋悲風與屠奉三等交談的細節，只讓他曉得已有一個非常理想的開始。

宋悲風道：「換了是當日的我，與竺不歸單打獨鬥，鹿死誰手，實難下斷語。」

劉裕忍不住問道：「聽宋叔的話，現在反有必勝竺不歸的把握。對嗎？」

宋悲風欣然道：「你或許會奇怪我爲何在重傷之後，竟對自己的劍法更添信心。說來我該感激燕飛，那天他抱著我逃離遇伏的地點，在返回烏衣巷的途中，拚命把眞氣輸入我體內以保住我的老命，令我獲益不淺，故後來不但能迅速痊癒，且更有突破精進，使我現在可以發出豪語。」

劉裕心中欣悅。他若要在南方的紛亂中出人頭地，必須建立自己的班子。宋悲風一向是謝安的保鏢頭子，素諳保護及防止任何人行刺謝安的重任。他劉裕自己算是有兩下子，再加上宋悲風在這方面的專長，彌勒教的妖人想偷襲他，絕不容易得逞。想得遠點，自己將來若能建立一個親兵團，以宋悲風作頭領，肯定會是如虎添翼，不懼任何勢力的行刺暗殺。

宋悲風朝他瞧來，道：「你在想甚麼？」

劉裕笑道：「我在想未來的事。咦！」

宋悲風循他目光瞧去，見他眼光落在左方一個攤檔處，面露訝色。奇道：「你認識她嗎？」

那是個賣東西的攤檔，圍觀的人寥寥可數，吸引人注意的並不是售賣的貨物，而是檔主的美色。只見一位頗有姿色的胡女，在地上鋪了一張五尺許見方的紅布，布上面就只有一枝放在長木盒裏的大野參，還標上十兩黃金的價錢牌示，眞是貴得驚人，難怪門可羅雀。

劉裕湊到宋悲風耳旁道：「是老朋友。讓我們過去打個招呼如何？」

燕飛回到官道旁暗處，身上換上了那死屍的外袍，披散頭髮，把蝶戀花和行囊覓地收藏妥當，腰上還纏著原本鎖著那不幸者腳踝的鐵鍊。腳鍊並非上等貨色，兩端是腳箍，鎖頭粗糙，燕飛純憑內力便可開啓自如，完全不成難題。押囚隊仍在休息，沉重的呼吸聲塡滿官道，間中夾雜馬嘶和戰俘的呻吟，有種令人難受的感覺。在雨雪飄降下，七、八支火炬無力的照耀著，只隱見模糊的臉孔和人馬的輪廓。

燕飛清楚掌握形勢後，無聲無息的竄上一棵離地三丈許的樹幹橫枝處，於離押囚隊前頭丈許遠的林木間，雙掌推出，發出一股廣被兩丈的烈勁，登時刮得樹木枝葉間的積雪旋捲飛舞，枝搖葉動，發出像狂風吹過的聲響，大蓬的雨滴夾雜著碎葉，沒頭沒腦的朝押囚隊最前方的一組人灑去。人馬立即一陣騷動，有人更低聲喝罵。

整截官道暗黑下去，兩支被「風雪」侵襲範圍內的火把，其中一支頓被吹熄，另一支亦險告不保。燕飛毫不停留，移往押囚隊中段處，重施故技，營造出突然而起的狂風雨雪刮過官道的錯覺。燕兵們紛叫邪門，火把光燄明滅不定，更有馬兒受驚跳蹄，情況頗爲混亂。燕飛知是時候，鬼魅般竄往地面，朝最後的一組俘虜掠去，發出最強烈的勁風，吹得照明隊尾的兩支火把立告熄滅，整段路陷進黑暗裏去。燕兵高呼「小心囚犯」的當兒，他已從俘虜裏如抓小雞般提起一個幸運兒，把他帶離俘虜群，到道旁林木處解開腳鐐，在他耳邊道：「我是來救你的，快走！」運功一送，那人騰雲駕霧般直投入林木深遠處，燕飛立即戴上腳鐐，重返官道，補上那人的位置。此時燕兵方重新燃著火把。

燕飛也不由得有點緊張，坐在俘虜群最後端的位置，求神拜佛希望沒人發覺他使的手段。押解他們的燕兵仍在詛咒的當兒，號角聲起，押囚隊繼續行程。燕飛學其他人般艱難地爬起來，欣然發覺同夥的俘虜，根本沒人有看他半眼的興趣，當然更不知他和別人掉了包。又或知道了也沒有精神去告發他。燕兵開始點算俘虜的人數。燕飛低下頭，任由雨雪落在身上，他選的掉包對象和他體形接近，披髮兼滿臉鬍鬚，在此雨雪飄飛之夜，確實眞僞難察。點算完畢，大隊起行。燕飛曉得自己已過了關。

劉裕欣然道：「姑娘別來無恙？」在古鐘場擺賣野人參的，赫然是曾誤以爲劉裕是花妖的柔然族女劍客朔千黛。

朔千黛瞄了他一眼，以帶點不屑的語氣道：「你還沒有死嗎？」

劉裕目光落到她擺賣的唯一貨品處，皺眉道：「十萬黃金可不是小數目，縱然這是上等野參，不怕標價太貴沒人問津嗎？」

朔千黛不知是否把氣發洩在他身上，瞪他一眼道：「不識貨的不要亂說，不是買東西的更給本姑娘立即滾開。」

宋悲風顯然是識貨的人，道：「這是來自高麗的野參，對嗎？」

朔千黛橫宋悲風一眼，沒好氣道：「產地沒有說錯，不過這不是普通野參，而是長在雪嶺上的千年野參王。你若是識貨的，該知道十萬黃金是便宜你們了。」

宋悲風與劉裕交換個眼色，虛心問道：「請姑娘指點，普通野參和野參王有甚麼分別呢？」

劉裕插口道：「或許是大小的問題吧！」

朔千黛怒望劉裕一眼，不客氣的道：「都叫你閉嘴啦！野參王的生長力特別強，縱然離開生地，仍可以繼續生長，明白嗎？」

劉裕心忖這女武士似乎和自己特別過不去，他當然不會介懷。笑道：「如此寶物，姑娘何不留來自用，若缺盤川，我們樂於幫忙。」

朔千黛沒好氣的道：「我怎會白受人家的錢財。這是買賣，不買的話請走，不要阻礙本姑娘發財。」

宋悲風向劉裕使個眼色，表示自己有足夠的金子買野參王，只看他肯否點頭。劉裕正要說話，一個悅耳動人的聲音在旁邊響起道：「確實是高麗雪嶺特產野參王，這參肯定不止一千年，我買。」

「啪！」一袋金子重重地投到野參王之旁。劉裕一眼瞧去，立即魂飛魄散。買參者竟是面遮重紗的安玉晴，一個在目前的情況下，他最不願意見到的人。

第一關是掉包，第二關是入城。燕飛混在俘虜群中，頭皮發麻地看著高懸的城門緩緩下降，横架在護城河上。在城樓的燈火映照下，雪片變成一個個光點，撒向大地，人人被照得清楚分明。只要任何人發覺有異，他的入城大計將功虧一簣。幸好押送他們的燕兵均勞累不堪，只想儘快入城以避風雪。一隊近二百人的燕兵策馬馳出，把守三方，其中領頭的兵衛與押囚隊的頭目到一旁說話，交換過文書後，又差遣人點算俘虜的數目，擾攘一番後，終肯放行入城。燕飛暗鬆一口氣。他當然不是顧慮自身的安危，憑他的身手，至不濟也可以脫身，怕的是萬一失去如此千載難逢的機會，又引起敵人的警覺，實在不甘心！

深長的城門門道，像沒有盡頭似的。忽然大放光明，眼前開闊，原來已抵城內。値此夜深時分，展現眼前的長街不見人影，兩邊店鋪全關了門，烏燈黑火，一片淒清，唯白茫茫的雪花，仍無休止地從天灑下。二十多輛騾車停在兩邊，每輛車後面都拖著個可塞進大約八個人的大鐵籠，周圍是數十名如臨大敵的燕兵。燕飛看得心中叫苦，他本打定主意在進城後設法開溜，那頂多被敵人認爲走脫了個逃犯，而不知溜走的人是他燕飛。但是依眼前的情況，他若不肯入籠便會把事情鬧大，這可如何是好？略一猶豫間，從門道馳出的大燕騎兵已將他們團團圍著，還喝令他們登上鐵籠囚車。燕飛心中無奈苦笑，暗忖只好在離開鐵籠後，再想辦法脫身。他坐的是最後一輛囚車，當鐵門關上後，抓著粗如兒臂的鐵枝，也頗有落難的感覺。此時如被人發現他是燕飛，就眞的嗚呼哀哉，完蛋大吉。即使以他的功力，仍難以破籠而出。囚車一輛接一輛的開出，兩邊是押送的騎兵。唯一欣慰的是押囚來的騎兵完成任務，再沒有隨行，令他被識破冒認身分的機會大大減低。車輪聲和馬蹄聲響徹長街。忽然間燕飛有一種吉凶難料的感覺，一切再非控制在他手上。

就在此時，蹄聲在前方響起。燕飛把臉盡量貼近籠邊，朝前方瞧去。一看之下立即三魂不整，七魄不齊，心叫不妙。來的是十多騎，領頭的竟然是尼惠暉，一身白色勁裝，非常奪目。與她並騎而馳的是一名燕軍年輕將領，看其裝扮威勢，便知是燕國的王族成員。後面十多騎人人虎背熊腰，肯定是燕軍裏的精銳高手。任燕飛如何猜想，也料不到竟在這樣的情況下遇上尼惠暉。此時縱然他有能力破籠而出，恐怕也沒法突圍逃走。他本身已被困在囚籠裏，而滎陽城則等於另一個囚籠。他的目光落在籠門的鐵鎖上。他能否以內力把鎖打開呢？

「停下！」整個囚車隊立即應令停在街上，首尾相距十多丈。

男聲在前方響起道：「佛娘認爲這批剛運入城的戰俘有問題嗎？」

燕飛正功聚雙耳，聽個一清二楚，又暗罵自己剛才不知佔據籠門旁的位置，否則此時便可暗探鎖頭的虛實。只恨悔之已晚，在兩旁火把光映照下，任何異動均會引起兩旁騎兵的警覺。

尼惠暉低沉而充滿誘惑力的聲音答道：「太子該明白，我是不會疏忽任何從城外進來的人或物。」

被稱爲太子的當然是慕容德，只聽他道：「可是據報燕飛已返邊荒集了。」

尼惠暉沉聲道：「他只是在玩花樣，大王和我都不信他。哼！我要逐輛囚車查個清楚。」

燕飛暗叫救命，偏又毫無辦法。他該怎麼辦好呢？

〈卷六〉

第二章◆邪佛出世

第二章 邪佛出世

朔千黛一臉得意之色地把裝著野參王的木盒子，送到安玉晴手上，珍而重之的道：「這株野參王本是我到中原來作傍身之用，只因手頭緊絀，不得不拿來變賣應急。姊姊懂得用法嗎？」安玉晴點頭表示知道，把野參王收到背著的包袱裏。

劉裕和宋悲風則呆瞧著朔千黛收拾攤檔，一時間完全想不到應付安玉晴的辦法。她忽然現身眼前證明了任青媞沒有說謊，安玉晴確實是憑感應直追到邊荒集來。心珮此時仍緊貼著劉裕胸膛，就算他想解釋也無從辯白。

朔千黛收拾妥當，見劉裕仍像個傻瓜般看著自己，忽然「噗哧」嬌笑，然後掉頭沒入人潮去了。安玉晴別頭朝兩人掃視幾眼，平靜的道：「我有幾句話想問劉兄，不知劉兄是否有空呢？」

宋悲風識趣的道：「我先回東門去。」劉裕當然知道宋悲風會「暗中保護」，點頭表示明白。

宋悲風離開後，安玉晴道：「這裏太擠了！我們找個清靜的地方說話如何？」劉裕沒有甚麼好說的，像等待被判刑的犯人般隨她去了。

「呀！」前方第一輛囚車處傳來一聲慘叫，在寂靜的長街尤令人聽得心驚肉跳，與燕飛同囚的戰俘終驚覺到有不尋常的事發生，紛紛擠到籠邊，想多看到點前方的情況。如要移到籠門處，此刻是最好的機會。燕飛冷靜下來。他剛才生出逃走之心，是以爲尼惠暉要逐一提出籠內的戰俘來驗明正身，那他將無所遁形。現在卻發覺她只是從籠外觀察，對有懷疑的戰俘以眞氣隔籠測試，所以才會傳來被測試者的慘呼。他是否能瞞過尼惠暉呢？他如破籠而去，唯一保命之法是殺出滎陽，能否成功固是未知之數，但肯定失去見紀千千以進行療治她心力損耗的機會。包括他自己在內，沒有人清楚心力損耗過度會有甚麼後果，但觀乎紀千千經過這麼長的一段時間仍未復元，便知道是非常嚴重。

這些念頭飛快掠過他的腦海，燕飛猛下決心，要賭他娘的一把。他反蓄意遠離籠門，瑟縮一角，開始運功。他不是準備出手，而是要把神功密藏起來，以瞞過尼惠暉的銳目。尼惠暉畢竟是人，不論她如何智比天高，仍有人的弱點。她懷疑自己的離開是聲東擊西之計，也是止於懷疑，多少亦受到情報的影響。而她更想不到戰俘有被掉包的可能性，只因閒著無聊，故不放過入城的戰俘。換作自己是尼惠暉，也不會相信燕飛會蠢得任人關進堅固的鐵籠裏去。另一聲慘呼在近處發出，燕飛因散掉眞氣，再沒法判斷慘叫傳來的位置。他的雙眼模糊起來，手足乏力，呼吸從輕柔轉爲重濁，效果之佳，是他事前沒有想過的。他這散功秘法全出於臨時的自創，關鍵處在於他曾有兩次進入胎息假死的經歷。當處於胎息的情況下，他口鼻呼吸之氣斷絕，心臟的跳動減至若有似無，經脈之氣消失無蹤。憑丹劫爲安世清驅除丹毒的過程裏，他從安世清那裏進一步明白胎息是道家修練的法門，令自己回復至胎兒在母體內的先天狀態，當這樣的情況出現，自可暫時散掉眞氣。燕飛當然不可以眞的進入胎息的狀態，否則後果難測。他只能把自己保持在進入胎息前的境界，但應已足夠應付尼惠暉。

一陣勞累侵襲全身，燕飛感受到「凡人」的滋味，身體不由蜷曲起來，雙腳還抽搐了兩下。慕容德的聲音在囚籠旁道：「這是最後一輛囚車。」燕飛勉強睜目瞧去，看到的只是車旁幢幢人影。燕飛根本沒法作出有效率的思考，還生出厭倦欲睡的感覺。尼惠暉的聲音終於響起道：「可以放他們走了！眞奇怪！這該是燕飛入城的唯一機會，難道他眞的走了嗎？」囚車隊又再起行。燕飛心叫僥倖，忙運功令自己「復甦」過來。

夜窩子的茶鋪內，劉裕和安玉晴對坐一角。鋪內除他們外只有三桌客人，安寧而清靜。

安玉晴透過重紗默默地打量他，忽然道：「劉兄爲何到邊荒集來？」劉裕爲之愕然，心忖難道面對面她仍不知道自己身懷心珮？那爲何她又直追到邊荒集來呢？

劉裕苦笑道：「我是避禍來的。」他沒有解釋下去，對方也沒有尋根究柢。

安玉晴淡淡道：「誰殺死奉善呢？」

劉裕愕然道：「安小姐何時抵達邊荒集的呢？爲何對邊荒集的情況如此清楚？」

安玉晴道：「我來四天了，劉兄爲何要問？」

劉裕聽得呆了起來。他到邊荒集只有兩天時間，這麼說，安玉晴該是在廣陵見過他後，立即兼程趕來，否則不會比他早兩天到邊荒集。究竟是怎麼一回事？她不是在追尋心珮嗎？爲何比任青媞更早離開廣陵？且看她的神態，似對心珮一無所感。任青媞是否在騙自己呢？細想又不像如此，她沒理由把千方百計得來的寶物交給自己的，除非是逼不得已。有關心珮的事，透出了耐人尋味的感覺。忍不住試探道：「任青媞到邊荒集來了嗎？」

安玉晴道：「我暫時沒空去理會她，你仍未回答我的問題，是誰殺奉善呢？」

劉裕爲隱瞞心珮，對她已存歉疚之心，更不願在此事上瞞她。答道：「照我們估計，殺奉善的該是彌勒教的妖人，甚或是竺法慶和尼惠暉其中之一親自出手，否則憑奉善的功夫怎麼樣都有逃命的本領。」

安玉晴緩緩搖頭道：「該不是他們任何一人。」

劉裕並沒有把她的判斷放在心上，嘆道：「安小姐可知奉善可算是我的戰友，那晚在廣陵見過小姐後，奉善來找我，希望與我在邊荒集聯手截擊竺法慶。」

安玉晴愕然道：「竟有此事，那你到邊荒集來便不是避禍，而是與奉善合作，阻止彌勒教到南方去。」

劉裕苦笑道：「避禍是誇大了點，避風刀霜劍則是確有其事，這中間牽涉到謝家和司馬道子的仇恨，北府兵的內部鬥爭，安小姐恐怕沒興趣聽。」

安玉晴點頭道：「算你沒有撒謊吧！不過殺奉善的肯定另有其人，不會是竺法慶或尼惠暉，前者仍未到出關之期，尼惠暉則尚未踏足邊荒。」

劉裕一呆道：「小姐如何知道的呢？」

安玉晴不答反問道：「劉兄可知我為何在來邊荒集途中，專誠到廣陵去見你？」

劉裕心忖你不是為了任青媞直追至廣陵去嗎？當然沒說出來，道：「願聞其詳！」

直至被關入囚牢，燕飛仍找不到脫身的機會。燕人顯然對這批戰俘非常重視，這位於滎陽城東南角的大牢受到嚴格監管，燈火通明，數以百計的牢卒守在兩旁，虎視眈眈。交收過程更是一絲不苟，每名戰俘逐一脫衣搜查，幸好燕飛把隨身物品與蝶戀花藏在官道旁的樹林內，否則這時就要頭痛。滎陽大牢該是缺乏囚衣，仍讓眾囚穿回舊衣，分批關進牢房去。燕飛的牢房約兩丈見方，沒有窗戶，只在牢頂高處開有一個帶鐵柵的天窗，窄小得縱然拆去障礙，也沒法讓人鑽出去。牢房只有一道鐵門作出入口，設有窺孔，還有只可從外邊打開的蓋子，牢卒可以隨時向裏看，囚犯們卻看不到外門廊道的情況。牢房一角放著一個桶子，大小方便均要憑此解決，條件的惡劣可想而知。十二名戰俘便這樣擠在沒有床鋪，陣陣異味的牢房裏，人人冷得直發抖，如此下去，恐怕不用幾天便要悶死或凍死。

燕飛靠牆坐著，心叫倒楣。燕人當然不是要把這批人折磨至死，而是在瓦解他們的意志，到明天拷問時會輕鬆得多。他摸著身後牆壁，感覺著花崗石的堅硬，如此牢房，即使以他的能耐，也難以破壁而去，何況他根本不打算這麼做。牢房的戰俘安定下來，開始用氐語交談，原來他們是被俘的氐兵。氐秦帝國雖告崩潰，但在關中餘勢仍在，能從他們身上弄清楚關內的情況，對慕容垂當然重要。但他如何脫身呢？燕飛大動腦筋，仍苦無良策。最下之策，當然是借被提去審問時乘機越柙，但也會因此暴露行藏。另一個方法是憑超卓的眞勁從裏面打開鐵門的鎖，不過能否辦到實沒有十足把握，且須先弄昏囚室內所有戰俘，更難過的一關是如何從鐵門走出去卻又不驚動把守牢房的燕兵。正思忖間，忽然感到氣氛有異。抬頭瞧去，十一名牢友全聚在另一邊，人人目光不善地盯著他。

燕飛心叫不妙，他雖略懂氐語，壞在剛才沒有留心聽他們說話，現在雖然想到他們在談論自己這個陌生人，卻悔之已晚。燕飛攤手作出個無奈的表情。其中一名戰俘道：「你是誰？」燕飛暗嘆一口氣，知道自己只要開口說一句話，就會讓對方曉得自己並非氐人，唯有把頭埋進兩膝間去，不理會他們。忽然有人以氐語道：「他是奸細！是燕賊派來偷聽我們的說話。」燕飛心知糟了，正要先發制人，讓他們沒法驚動牢卒，又心中一動，想到或可行險一搏的脫身妙法。念頭剛起，十多名牢友已如狼似虎的撲過來，對他拳腳齊施。燕飛心叫來得好，完全不還手，以氐語狂喊救命，又發出震牢慘叫。牢房外喝叫聲傳來。燕飛護著要害，在地上滾動不休，心知已驚動牢卒，他的脫身大計應可付諸實行。「砰！」牢門推開，七、八名牢卒衝進來，驅散圍毆燕飛的氐人後，發覺燕飛躺在地上，再爬不起來。其中一名牢卒一探燕飛口鼻，以鮮卑語咒罵道：「沒用的廢物，竟然斷了氣。」

安玉晴透過面紗凝視劉裕，淡淡道：「在建康我見過支遁大師，他說劉兄你或許是南方唯一有本領令佛門避過浩劫的人。」

劉裕一呆道：「他老人家太抬舉我了。」

安玉晴道：「他不是抬舉你，而是信任謝安。」

劉裕苦笑道：「安小姐如若知道我目前的情況，該曉得我是自身難保。」

安玉晴道：「你在邊荒集不是很風光嗎？住的是大江幫的總壇，邊荒第一高手燕飛更是你的好朋友，在邊荒集誰敢不給你面子呢？」

劉裕點頭道：「在這裏我的確生活得不錯，可是如離開邊荒集，我卻要靠別人保護才保得住小命。」

安玉晴道：「只要你能阻止竺法慶到建康去，已可不負支遁大師對你的期望。」

劉裕道：「可是小姐不是說過殺奉善的肯定不是竺法慶和尼惠暉嗎？」

安玉晴道：「絕不是他們之一，但多少與彌勒教有點關係，你猜會是誰呢？」

劉裕搖頭道：「眞的是無從猜測，也使我亂了陣腳。」又訝道：「小姐憑甚麼斷定殺奉善的人，與彌勒教有關係呢？天師道的人也該有嫌疑。」

安玉晴道：「我是從凶手將奉善屍身示眾的地點猜出來的，分明是針對你和奉善聯手對付彌勒教的關係而發。否則殺掉他便算了，不用向你示威，這同時也測試你在邊荒集的影響力。」

劉裕登時對她的才智刮目相看，道：「對！若是與彌勒教有關係的人，會是誰呢？這樣做不是打草驚蛇嗎？對彌勒教有甚麼好處？現在邊荒集人人因此提高警覺，彌勒教想對付任何人都難度倍增。」

安玉晴道：「竺法慶眼前當務之急，是到建康立足，再讓彌勒教在南方開枝散葉。他肯定對邊荒集有野心，卻也清楚現在邊荒集的形勢絕不容外力入侵。所以殺奉善的人定有我們探索不出的動機，不弄清楚此點，你們會因斷錯症而投錯藥石。」

劉裕沉吟片晌，終忍不住問道：「小姐的提示，我非常感激。但又想冒昧問一句話，小姐為何如此關心這件事呢？」

安玉晴默然片刻，然後輕輕嘆息，徐徐道：「因為天地珮已落入竺法慶手上。」

劉裕劇震道：「這怎麼可能的？難道從我和燕飛手上奪去天地珮的人，不是令尊嗎？」

安玉晴淡淡道：「你看到天地珮落入我爹手上嗎？」

劉裕回想當時的情況，燕飛把天地珮投往林外，引安世清追去，接著林外傳來安世清和乞伏國仁的打鬥聲，確實沒有親眼見得安世清奪得天地珮。

安玉晴道：「爹擊退乞伏國仁後，找遍附近仍沒法尋到天地珮，卻發覺地上有一顆紫紅色的佛珠，認得此物來自竺法慶，而亦只有竺法慶的身手，方能如此便宜盡得漁人之利。」

劉裕作夢沒想過其中有此轉折，登時說不出話來。更想到安玉晴之所以感應不到自己身懷心珮，皆因沒有天地珮隨身。

安玉晴道：「我到邊荒集來，是要找燕飛幫忙，誰知他並不在邊荒集。」

劉裕道：「小姐有沒有需要我幫忙的地方？」

安玉晴道：「讓我來代替奉善如何呢？你要的是阻止竺法慶到建康去，而我則是要取得天地珮。有了天地珮後，我自有尋回心珮的方法。這方面則不用你去理會。」

劉裕心忖若你得到天地珮，第一個要找的人肯定是我劉裕。答道：「我們如何合作呢？」

「蓬！」燕飛感到自己被抛進泥坑裏，泥土立即朝他身上堆來，只鋪了尺許一層，便告停止。接著牢卒似不願意久留般，匆匆離開。燕飛完全明白他們爲何如此識趣，走得迅快乾淨，因爲他也不想在泥坑逗留片刻。下一刻燕飛破土而出，落在坑邊，蹲下觀察四方，同時閉氣，改以內息運行。陣陣惡臭，從泥坑傳來。他身處的地方是大牢的後院，寬廣達千步，圍以高牆，光禿禿沒有栽植樹木，卻有個大坑，深達丈餘。四周靜得像無底的深淵。剛才他被抛下坑底，隱隱感到下面是無數的屍體，那種難受的滋味，確實難以形容。可以想像這種埋屍的大坑一個一個地掘開，每次處理一屍，便鋪上一層泥土，直至填平泥坑，便開掘另一個新的坑穴。

水流聲從後牆外傳來，雪雨仍不住降下。燕飛往後牆掠去，在暗黑裏翻過高牆，投往流經牆後的小河。沉進冰寒澈骨的河水裏，燕飛生出重返人間的感覺。牢獄眞是非常可怕的地方，牢房內終年陰暗，充滿腐爛之氣，環境固是劣無可劣，最可怕是人的尊嚴受到最殘酷的踐踏，人性泯滅，即使死後仍得不到絲毫尊重。燕飛在小河中洗淨身上的泥污和血漬，然後爬上對岸，先運功蒸發掉身上水氣，接著沿河岸疾走。四周黑沉沉一片，右方是數排樹木，再遠處是靠貼外城牆的馳道，可容十馬並行，城牆上來自火把的光被樹木阻隔，所以他仍是在安全的暗黑裏。繞過牢獄的範圍，一道石橋跨河而過，民房出現前方。他的精神不住凝聚，逐漸攀上顛峰的狀態。過橋後他直趨最接近的民舍，報更聲從城內某處傳來，告訴他現在正是二更天。

「颼！」的一聲，燕飛來到積雪的屋頂。城內樓房密布，無窮盡的展現眼前。他終於成功潛入滎陽，完成近乎不可能的事，連他自己也感到能在這裏是個奇蹟。此時他已將牢獄的遭遇置於腦後，心境澄明清澈。今晚見過紀千千後，他必須立即離開。對他來說，滎陽城已成天下最危險的地方。尼惠暉是他最大的威脅，她的搜魂邪術，說不定可以察覺到他已抵城內。尤其於此開放了全心靈，以感應紀千千所在之處的高危時刻。燕飛全力展開身法，冒著雨雪，朝城中心慕容垂的行宮趕去。在他比常人靈銳百倍的感官下，毫無困難的避過三起巡兵，來到最接近原為城守官署府第行宮旁的民居瓦脊處，只隔了一條大街。雨雪迷茫裏，行宮被高牆環繞，不知是否剛從牢獄脫身，他有一種眼前房舍連綿的行宮是另一座大牢獄的感覺。關起來的是他最心愛的女人。換了別人，即使身手如他般高明，面對高牆內的重重房舍，也要生出無從入手的頹喪感覺。幸好他並非一般高手，更比任何人有辦法。當日在潁水營救紀千千時，他可以清楚感應到紀千千在那一條船上，認清該攻擊的目標。現在的感應卻再非那麼清晰，而是若有若無。問題極可能是在紀千千心力的損耗上。一隊巡兵在下方大街經過。燕飛的眞氣運行至顛峰狀態，精氣神渾渾融融，行宮內接近他一方的明崗暗哨，全部了然於心，毫無遺漏。

巡兵遠去，雪愈下愈大愈密，陣陣風起。燕飛一溜煙般躍下長街，眨眼工夫來至高牆下，再沿牆疾掠數丈，貼牆上竄，整個人臥貼牆頭，然後翻入牆內，所有動作一氣呵成，如行雲流水，迅快得教人難以留神察覺。落地處是行宮的後花園，左右方各有一座哨樓，掛著風燈，樓上有站崗的警衛，目光均看往他方。燕飛正因完全掌握了他們的情況，所以成功避過他們的耳目，越過高牆的一關。奇異的走動聲傳入耳中。燕飛嚇了一跳，箭矢般衝前近兩丈，然後朝上躍起，來到一株老樹的橫枝處，沒入枝葉之間，只抖下幾點積雪，同時收斂毛孔，令體氣不外洩。果然三頭惡犬不知從何處奔來，在樹下的草叢堆繞圈子。哨樓上的燕兵拿風燈照射過來，惡犬因嗅不到不速之客，自行散去，哨兵再沒有理會。燕飛暗叫好險。就在這一刻，他感應到紀千千的所在。

劉裕和宋悲風離開五光十色的夜窩子，沿東大街返回大江幫總壇。

宋悲風皺眉道：「如不是彌勒教的人殺了奉善，會是誰呢？」

劉裕道：「現在我們唯一之計，是把賬全算到竺法慶頭上，令他成為邊荒集的公敵，利用他把邊荒集團結起來，那麼邊荒集因千千喚起的精神，方可以維持下去。」

宋悲風道：「你比我了解邊荒集，千千小姐喚起的是甚麼精神？」

劉裕沉吟道：「每一個荒人都感覺到那種精神的存在，卻很難具體描述出來，或許可以說是一種無私的愛，令荒人們生出為邊荒集而拋開私利、奮鬥不休的高尚情懷。以前大多數荒人是抱著賺夠便走的心態，忽然間這想法被千千改變過來，體認到邊荒集是這大亂時代裏獨一無二的樂土。也是同樣的精神，令荒人矢志要把千千和小詩迎回來，因為那不但是邊荒集的奇恥大辱，更是每一個荒人的恥辱和遺憾。」

宋悲風想起另一個問題，道：「假設在公布彌勒教為公敵後，卻沒有半個彌勒教妖人現身，會是怎樣的情況？」

劉裕道：「竺法慶到南方來該是近期內的事，不會讓我們久候。最重要是他成爲邊荒集針對的目標，我們便可在邊荒布下天羅地網，好摧毀彌勒教。整個邊荒集會因而處於作戰的狀態下，殺奉善的人遲早會被找出來。」

宋悲風道：「邊荒集竟可以變成這樣一個地方，眞教人難以相信。坦白說，直至此刻我仍不明白屠奉三爲何肯如此幫你的忙。」

劉裕沉聲道：「他不是幫我的忙，而是幫自己的忙。他與桓玄的關係相當微妙，不是外人可以明白，不過看他要在邊荒集落地生根，便曉得他顧忌桓玄，不肯任由桓玄擺布。」

經過第一樓的空地，劉裕禁不住想起紀千千主婢。何時她們方可重返邊荒集，在重建後的第一樓彈琴唱曲呢？

燕飛伏在花園裏一棵大樹後，盯著入口處。一團團的雪花，從夜空降下。兩名燕兵在緊閉的大門兩旁站崗，任由雨雪飄在身上。整座行宮的守衛以外圍最嚴密，且有嗅覺靈敏的惡犬巡邏。過了那一關後，燕飛便輕鬆得多，只須避過主建築物、哨樓和巡夜的燕兵，幾可在行宮內來去自如。眼前是通往行宮西北方有隔牆分開的獨立院落的唯一入口，守衛明顯增多，顯然他感覺無誤，紀千千的確是被軟禁在院裏。院內只有一組建築物，分前中後三進，四周栽滿花草樹木，現在都被蓋上白色的雪裝。牆內烏燈黑火，只在前庭正門處掛有一盞燈。燕飛的心灼熱起來，只要跨越院牆，他便可以見到夢縈魂牽的玉人，向她表達自己永誌不渝的深情。他推斷院落裏沒有燕兵，有的只是來伺候千千主婢的婢僕之流。院牆旁也沒有可居高臨下的哨樓，可是燕飛卻察覺到暗哨密布於院落外四周的建築物內。慕容垂既曉得他會到滎陽來，當然不會於此軟禁紀千千的最後關防鬆懈下來。只要他燕飛引起任何警覺，不單前功盡棄，且脫身都成問題。假設所有暗哨均聚精會神監察院落，燕飛肯定無機可乘。不過只要是人，便會有人為的錯誤和疏忽。他在等待機會。

一陣長風吹來，捲起樹梢牆頭的雪花和凍得堅硬的雪粒，狠狠抽打在院牆和四周的建築物，遠近一片模糊，守衛院門的兩名衛士亦低頭避免被冰雪直接打在臉上。早滿身白雪的燕飛哪還敢遲疑，先撲往地面，兩腳猛力一蹬，貼著地面疾往院牆射去。到抵達牆腳的時刻，長風已去，刮起的雪花緩緩降下，景物回復清晰。燕飛清楚感應到最接近他的兩個暗哨生出警覺，正朝牆頭察視，下一刻目光便會下移。他已來不及掉頭回去，人急智生下功聚背部，貼上積雪盈尺的地面，發出丹劫般的火熱，眨眼間像沉進水裏般埋入積雪裏，只露出臉孔。他感到敵人目光朝他埋身處掃視幾遍後，移向他處去。燕飛心叫好險，足音傳來。一隊由十人組成的巡兵，在兩支火把照耀下至院門處交班，相互施禮後，其中兩人代替了原來的守衛，接著沿院牆旁的小徑步伐整齊地列隊走過來。燕飛更是大氣也不敢透出半口。巡兵去後，燕飛心忖只要再有一陣像剛才的長風，該可以用他的獨門身法，翻入院牆內。就在此時，心現警兆。破風聲起，一道黑影，進入他眼角的餘光裏，來到離院牆十步許處，離他燕飛更是不到十步的距離。

燕飛暗抹一把冷汗，聽風辨聲，已知此人是第一流的高手，不過這本是常理，慕容垂不可能沒有派遣高手守護紀千千，他吃驚的是此人竄出來的地方，正是之前他藏身之處，如自己此刻仍在那裏，肯定已被發現。燕飛斷絕口鼻呼吸，把心臟的跳動減至最緩最輕，若非像他這般級數的高手，又懂得道家胎息之術，再加上對方一時不察，絕不可能躲得過。透過薄薄的一層雪粉，另一黑衣人無聲無息地出現牆頭，正朝立在牆旁的黑衣人打招呼，假若他貼牆躍下來，將正好足踏燕飛埋身雪下的身體。燕飛閉上眼睛，怕的是此人因他眼睛的反光生出警覺，那可就要完蛋大吉。

牆下的那人以鮮卑語道：「依我看燕飛早遠離滎陽，他根本沒法進城，只好知難而退。」

牆上的鮮卑高手道：「如此眞是可惜，如能將他生擒，不但大王重重有賞，還可以出了我們一口鳥氣，看荒人還有甚麼可以得意的地方。大王說過，若燕飛今晚不來，便眞的可能已返邊荒集去。」

牆下的高手問道：「千千小姐情況如何？」

牆上的人答道：「我剛和風娘通過消息，一切妥當。」

再聊兩句後，牆上的高手沒入牆後，牆後的高手則沿牆掠去。燕飛則心神劇震，對能否見到紀千千，再沒有先前的信心和把握。兩人說話間提起的風娘，在鮮卑族裏是無人不知的人物，燕飛在孩童時代，已聽過她的名字，屬於他娘親一輩的高手，現在該是四十至五十之間的年紀。鮮卑族的女性高手不多，他的娘親是其中一個，風娘則是另一個，聲名尤在他娘親之上。風娘以輕身功夫名著胡族，又是用劍的高手，據傳她的武功與慕容垂所差無幾。聽先前兩人的說話，慕容垂該是把她安插在伺候紀千千的婢僕裏，貼身監視紀千千。以這樣的一個高手，今晚又特別留神，縱然他能進入眼前可望不可即的院牆，亦恐怕難過她那一關。慕容垂這著棋子等於守衛紀千千的最後關防，足可令燕飛把贏回來的全輸出去。要不是天降大雪，他恐怕早被發現。

慕容垂在戰略上是無懈可擊的，先以惡犬把守行宮的外圍地帶，更置暗哨嚴密監視整座院落，再配以精銳高手組成的巡邏隊，以及貼身伺候紀千千的風娘，任他燕飛如何神通廣大，仍難神不知鬼不覺的去見紀千千。唯一難以理解的，是慕容垂如此布置，不是下令一見到他燕飛立即格殺勿論，而是要生擒他，在難度上實有天壤之別。不過他此時沒有閒情去想這方面的問題，不論如何困難，要他半途而廢是絕不可能的。問題在他應不應於今夜去見紀千千。假如他可預知大雪會再下一天一夜，那他定會憑胎息之術，埋在雪層下苦候明夜的來臨。可是若天明雪停，便非常不妙。當燕人清理積雪時，他將無所遁形。千千啊！你究竟是不是正沉醉在夢鄉之中？只要我們能於此時建立心靈的聯繫，我們便可以重聚在一起。紀千千沒有絲毫回應。狂風捲至，刮得雪花漫天飛舞，遠近的景物模糊不清，冰粒夾雜在雪片裏迎頭照臉的打下來。

燕飛別無選擇，像一團雪般從藏身處貼牆升起，滾過牆頭，落到院牆內牆腳的積雪裏去。他以側身落地，一叢竹樹剛好阻隔了他的視線，使他沒法直接看到軟禁紀千千的三重房舍，也使他避過被屋內的人看到。燕飛貼著雪地滾向竹林，又運功把自己埋進積雪裏去。剛藏好身體，破風聲至。

有人在地面上道：「今晚眞邪門，雪下得這麼大，令人疑心生暗鬼，我剛才見到大團雪花從牆頭墜下來，你見到甚麼？」

另一人道：「我甚麼也見不到，只不過見到你往這裏趕來，也來湊興吧！」

先前的人嘆道：「或許是我們太高估那傢伙，不過小心爲上，若有錯失，大王怪罪下來，誰也擔當不起。還是四處搜查一下比較妥當。」

兩人以鮮卑語交談，卻不是先前的兩人，可見這組高手，至少有四人之眾，眞實的數目當不止此。燕飛心中叫苦。院落內高手處處，更是寸步難行，他們在院落中來來往往，令燕飛根本無從躲避他們的耳目。只要在地面現身，一定會被發現。想到這裏，心中一動。既然無法從地面去會紀千千，從雪層裏去又如何呢？在風雪交加下，即使高手如風娘或慕容垂，也絕不可能察覺到積雪下的活動。雪比水更有掩飾行藏的效用，兼之密度低而鬆軟，等於從地道潛往目標。燕飛終於見到希望的曙光，立即付諸行動。

「噹！噹！噹！」三更的鐘鼓聲，從街上傳來。離天亮尚有兩個時辰。燕飛施盡渾身解數，終於從積雪底下鑽至建築物旁，被其基石阻擋，再難前進。他所鑽經之處會出現凹陷下去的痕跡，幸好風雪瞬即將凹位填平，不露絲毫破綻。

燕飛功聚雙耳，竊聽八方，正要破雪而出，院門處忽然響起足音，且人數在十人以上。他暗吃一驚，心忖難道是敵人發現了他。不過旋即推翻這個想法，前進房舍的大門打開，慕容垂的聲音遙傳過來道：「你們在門外等我。」接著是兩人的足音，直入屋內。

慕容垂和另一不知是何方神聖者，穿過外進，走過天井，步入中進的廳堂，一個柔和的女子聲音道：「風娘拜見大王！」

慕容垂道：「佛娘請上坐！」

燕飛再嚇了一跳，竟是尼惠暉和慕容垂聯袂而來，肯定不會是好事。偏又無可奈何，此時他即使打消見紀千千的念頭，情況仍不會有分別。逃走和去見紀千千同樣是難比登天。他能潛到這裏來，實帶著很大的幸運成分。沒有人知道這種好運道是不是會繼續下去。

尼惠暉道：「風娘可有發覺異常的情況？」

風娘答道：「我剛去看過千千小姐，她睡得並不安穩，不時說著令人難明的囈語，但小詩則睡得很好。」

燕飛的心像燒著了似的，因爲只有他明白紀千千心力的損耗，比他想像的更嚴重，已到了影響她健康的地步，否則以她內功上的修養，不該會發出囈語。如她竟由此洩漏出她和燕飛有心靈相通的能力，更是糟糕透頂。以風娘的輕功，要偷窺或偷聽紀千千，均是易如反掌。這令他多了另一個不得不見紀千千的理由。

尼惠暉問道：「紀千千的夢話有何難明之處？」

風娘答道：「我遵照大王吩咐，於千千小姐休息的時間，不敢踏足內院，所以聽得不眞切。」

尼惠暉訝道：「大王爲何不讓風娘到內院陪伴千千小姐，如此不是更萬無一失嗎？」

慕容垂淡淡道：「這是千千親口要求的，我答應過便不能反悔。不過如情況緊急，風娘當然不受此命令的約束。」

接著是一陣沉默。燕飛感到附近有多人先後掠過，不由心中大凜，曉得隨慕容垂而來的高手，正翻過來在院內展開徹底的搜索，看自己是否藏身其中。如此情況，顯示慕容垂和尼惠暉得到情報，曉得自己已潛入行宮來。

風娘忍不住問道：「是不是有關於燕飛的新消息？」

慕容垂嘆道：「我們已肯定他成功進了城。」

雪下的燕飛聽得心中劇震，隱隱想到自己的漏洞和破綻，關鍵處正是尼惠暉。果然尼惠暉道：「我靜坐施法，清楚感應到燕飛已在城內，不由大惑難解，因他理應無法神不知鬼不覺地潛入城裏來的。」

慕容垂代尼惠暉向風娘解釋道：「佛娘已臻神通的境界，今天當燕飛到達城外，佛娘便生出感應，向我指出燕飛的方位，事後對證，確是靈驗如神。」燕飛心中苦笑，自己因開放心靈去感應紀千千，故逃不過尼惠暉的邪術。

風娘顯是對尼惠暉的異能產生興趣，問道：「如此佛娘不是可以曉得燕飛在城內的位置嗎？」

尼惠暉道：「如是在曠野無人之處，我施術時可以感應到對象的方向，可是在人多的地方，我只可以知道他是不是在某一範圍內，施術的佛墬子會打圈子。」

燕飛大感不負此次偷聽的機遇，因為收穫豐富，至少弄清楚尼惠暉的搜魂術是怎麼一回事，且要靠墬子來行法，實遠及不上他的心靈感應。

風娘道：「原來如此！」

慕容垂道：「風娘不要掉以輕心。佛娘因而想到先前入城的一批氐族戰俘，問題該出在他們身上，遂立即趕到大牢去，想逐一盤查，好驗明正身，豈知竟發覺其中一囚甫關入囚室立即暴斃，事有蹊蹺，往尋屍首時，發覺屍首已不翼而飛。」

尼惠暉狠狠道：「此人肯定是燕飛，竟能瞞過我的法眼。此子確實不能低估，先看破小徒陳寧的身分，更以偷天換日的方法扮成戰俘混進城內。」

燕飛感到整條脊骨涼颼颼的，不是因為冰雪的寒氣，而是因為心中的震駭。情況真的險至極點，他只要晚走一步，肯定由假囚犯變成真的階下囚。在那樣的牢房內，他根本無路可逃。

慕容垂道：「所以我們立即趕來，同時派人偏搜各處，看看可否發現他。」

尼惠暉道：「除非他有通天遁地之能，否則在夜深人靜之時，兼且人生路不熟，至少要到明天方能設法打探大王聖駕所在，然後前來救人。照我的估計，明晚將是我們最有可能活捉燕飛的一夜。」

燕飛心中叫妙，敵人這個想法合情合理，對他更是有利無害。敵人的戒備當然不會就此鬆懈，不過至少敵方最厲害的兩個人慕容垂和尼惠暉，在搜索無功下，會認定燕飛不會在今夜到臨而返回居所休息，養精蓄銳，令他們明晚能在最佳狀態下出手對付他。

風娘答道：「風娘明白了！絕不敢疏忽大意。」

慕容垂道：「這裏交給你了。」說罷，與尼惠暉一道離開。

燕飛的注意力追蹤著兩人的足音，直至大門外。搜索終止，燕飛聽風辨聲，曉得分散院落內的高手，不知是否看到訊號手勢一類的指示，紛紛趕往慕容垂和尼惠暉所在之處。

果然慕容垂壓低聲音道：「院內該沒有問題，今晚你們的防線移到院落外的範圍，免得驚動小姐安寢，明白嗎？」眾人低聲答應。接著是慕容垂偕尼惠暉和手下離開的聲音。

燕飛從雪下浮上雪面，剛好看到中院內燈火熄滅，看來風娘也抱同樣的主意，想好好休息。此時離天亮只有個半時辰，燕飛不想再浪費半寸光陰，從雪上彈起來，倏忽間已移至後院一扇窗旁，無聲無息的啓窗鑽進去。關窗時，外邊的風雪下得更大了。他身處的房間擺放著紀千千主婢的三十個大箱，想起它們隨紀千千到邊荒集去，現在又隨她到這裏來，當中歷程包含著多少驚心動魄的人事變遷。燕飛運功融掉身上積雪，水氣騰升，同時將感官觸覺提升至極限，立即察覺有人從中院踏足至中後院的天井處。連忙揭開就近的一個箱子，藏了進去。這個箱子並不是胡亂挑的，而是因見到它旁邊的地蓆上堆滿衣物，曉得箱內的衣物早被取出來應用，箱子是空的。闔上蓋子後不到一會兒的工夫，有人一陣風般在窗外掠過，又返回中院去了。

燕飛從箱子跳出來，心忖風娘你果然盡責，臨睡前還巡視一遍。壓下興奮的情緒，啓門而出，外面是一條廊道，連接內院的廳堂、紀千千和小詩的正副臥室、澡堂等。他已可清楚聽到紀千千和小詩的呼吸聲，正從主臥室傳出來。燕飛小心翼翼的來到臥室入口處，按在門把上，眞氣送出，門鎖上的門閂就像被無形的手緩緩拉開，沒有發出任何聲響。門輕輕一啓，燕飛閃身而入，再把門閂移回鎖門的位置。外面的風雪依然肆虐逞威，這裏卻是個寧靜和溫暖的天地，只有紀千千和小詩的呼吸聲此起彼落。燕飛先移至安眠在另一角繡床上的小詩之旁，透帳看到她正擁被熟睡，她清減了不少，但呼吸均勻暢順，令他心安。接著他再沒法控制自己，掠至紀千千的秀榻之旁，透過香帳看到令他飽受折磨、嘗盡相思之苦的美人兒海棠春睡的動人美景。

紀千千的呼吸忽然變得急促和重濁，顯然正陷身噩夢，輾轉囈語道：「不要來！不要來！」燕飛心中翻騰起如海深情，無窮盡的愛憐之意，心中對紀千千再無半點疑慮，揭帳坐到床邊去。紀千千嬌軀輕顫，似有所覺。

燕飛俯身下去，鼻中充滿她嬌軀誘人的芳香，湊在她小耳旁道：「千千！千千！燕飛來了！」

紀千千倏地醒轉過來，一時間仍弄不清楚發生了甚麼事，張口便要失聲叫呼。燕飛一把捂著她的香唇，把臉移到她上方，在氣息可聞的近距離，迎上她睜開來的美目。道：「千千！是我！是邊荒集的燕飛！」

紀千千芳軀遽顫，一對秀眸射出難以置信的神色。燕飛放開捂著她小嘴的手時，她疑幻疑眞的神情變爲驚喜若狂，一對玉手從溫熱的被中伸出，熱情如火地纏上他脖子，把他摟個結實，同時獻上香吻。外面的風雪、遠近的敵人和危險立告消失無蹤，帳內激盪著的只有海枯石爛、男女間此情不渝火熱的愛戀和纏綿。所有相思之苦、離愁別恨、血汗的付出，都在此刻得到超額的補償。自對紀千千心動開始，燕飛從沒有想過他們的初吻會是在這樣的情況下發生，不過一切再不重要。時間、地點甚至整個世界，再無關痛癢。他現在唯一的願望，是風雪之夜無限地延展，直至天地的終極。兩顆心劇烈地跳動著，在臥室的暗黑裏，充盈甜蜜又痛苦的滋味。緊密的擁抱，令人更難接受未來無可避免的分離。唇分。一時間兩人都說不出話來。

「燕飛啊！這是不可能的！你怎會在這裏呢？千千不是作夢吧！」

燕飛整個人給她扯得倒入帳內，撲上她的嬌軀，滿足的道：「你不是在作夢，我的確來了。」

紀千千掀開棉被，將他蓋住，絲毫不理會他仍穿著靴子。燕飛在被內緊擁著她只穿上單衣豐滿誘人的動人肉體，毫無隔閡地感覺著她的火熱身軀，嗅著她迷人的氣息，右手同時按在她背心處，緩緩輸入最精純的先天真氣。

紀千千嬌喘細細的道：「慕容垂曉得你會來的，還布下天羅地網等你送上門來要活捉你，你怎可能神不知鬼不覺的來到這裏。啊！我的燕郎真有本事，慕容垂也鬥不過你呢！我和小詩可以隨你離開嗎？」

燕飛的心在滴血，見到紀千千而毫無辦法帶她走，在他來說是世間最殘忍的憾事。道：「現在還不是時候，不過我們已想出營救你和小詩的萬全之策，千千要多一點耐性。」

紀千千俏臉露出令他心如刀割的失望神色，死命摟著他，淒然道：「燕郎又要離開人家嗎？千千擔心再撐不下去，沒有燕郎的日子，令千千感到生不如死。」

燕飛強忍著心內酸楚，道：「千千你要堅強起來，如此我們才有機會在一起，永遠不用分離。我在天明前必須離開，否則再沒有脫身的機會。」

紀千千一呆道：「天明？」接著俏臉熱起來，嬌軀扭動，喘息著道：「光陰苦短，燕郎啊！立即佔有千千吧！人家甚麼都交給你。求你快佔有千千啊！」

燕飛腦際轟然一震，立感情慾高漲，幾乎喪失理智，尤幸尚能緊守最後一點思維，道：「千千請冷靜，時間無多，我這次來是要療治你心力損耗過度的情況。沒有你作我最神妙的探子，我們將沒法子從慕容垂手上把你和小詩救出來，你要集中精神，聽我的話。」

紀千千像從美夢返回殘酷的現實般清醒過來，道：「千千可以怎麼辦呢？這些日子來我不敢想你，思念你時會有頭痛和暈眩的可怕情況。」

燕飛道：「那是因爲你的精氣損耗過速過鉅，沒法補充復元。」

紀千千低吟一聲，道：「燕郎的手又熱又舒服，你是否要打通人家的經脈呢！」

燕飛道：「打通你一些特別的經脈是初步的功夫，以鞏固你的元陰。我會把一束凝煉的元陽之氣送入你體內去，只要你依我的功法，可在百日之內完成基本的重要功夫。到你的元陰能完全吸納我的元陽之氣，你不但不再會有心力損耗的問題，還可有節制地和我作心靈的傳達，如此我們終有一天可以重聚。不過在這百天之內，你不可以試圖與我作心靈的聯繫，我也絕不會回應你的召喚，否則前功盡廢。」

紀千千吻他一下，笑道：「千千是最聽燕郎話的了！」

燕飛道：「我要行功了！」湊在她耳旁，一邊向她解說基本的功法，先天眞氣源源不絕從她背心處送進她的體內去。

也不知過了多少時候。「噹！噹！噹！」四更的鐘音透過風雪聲似從九霄雲外處遠遠傳來。燕飛的手離開紀千千背心，欣然道：「成了！千千有甚麼感覺？」

紀千千勉力睜開美目，道：「人家很倦！最想的是在燕郎懷裏睡個不省人事，忘掉人世間所有悲苦無奈的事。」

燕飛心如鉛墜，離別的滋味的確不好受，尤其不知何年何月方可重逢。嘆道：「我必須立即離開，我來此的事，最好不要讓小詩知道。她曉得你和我能以心傳心的事嗎？」

紀千千雙目湧出離別的苦淚，淒然道：「她是半信半疑，唉！」

燕飛道：「最好不要和她談及這方面的事，你的婢僕裏有個叫風娘的女人，年紀在四十許間，是慕容垂派來監視你的高手。唉！你有沒有繩索一類的東西？」

紀千千坐起來道：「在隔鄰的箱子裏，我有一個裝滿行走江湖的好玩意，是千千多年收集的成果。其中有一條長達十丈的鹿筋索，細而堅韌。」

燕飛把她扳回床上，為她蓋好棉被，又擁吻一番，然後道：「你乖乖在這裏躺著，只要告訴我是哪個箱子，到你能和我再次建立心靈的聯繫，我們不是等於又重新在一起嗎？到時我會告訴你有關營救你的行動。」紀千千不顧一切地摟著他獻上香吻，天地旋轉起來，重聚和離別的喜悲在這刻融合為一。

燕飛穿窗而出，把窗關上，迅即閃往後院旁的一棵大樹，往上躍起，直抵樹顛。四周仍是風雪交加，白茫茫一片，提供了最好的掩護。燕飛知道時間不多，看準院牆外另一棵大樹，「颼！」的一聲平飛出去，倏忽間橫過六、七丈的距離，飛臨院牆之上，眼看力勢將盡，手上鹿筋索電射而出，勁透索端，搭在一株橫幹上，纏繞數圈。就借那股拉力，燕飛安然飛渡，落在院牆外的大樹上。足點樹幹，同時收回繩索，毫不停留的騰身而起，投往另一座建築物的瓦頂去。若有人在旁觀看，定以為他的落點是樓房的瓦坡，但燕飛卻知道那是最危險的地方，縱使有風雪的掩護，只要在任何建築物上現身，會立即被遍布周圍的暗哨發覺。

正在下降的當兒，燕飛手上的鹿筋索往下疾射，剎那間蹬個筆直，刺在瓦頂上。柔韌的鹿筋索貫滿眞勁，變成竹枝般堅硬而又有彈性，形成反衝之力，令燕飛再次騰升，大鳥飛翔般越過建築物，落在一個小花園內。燕飛心叫僥倖，知道已逃離最危險的區域，哪還猶豫，立刻往左竄上，穿行於建築物間的遊廊，在一組組的房舍間鬼魅般迅快的移動。十多鼻息的光景，他已到達潛進來的舊路位置。他可以神不知鬼不覺的潛進來，現在又有鹿筋索之助，更是如虎添翼。輕輕鬆鬆的避過兩隊巡兵，從高空離開慕容垂的行宮，直奔城牆。城牆上的燈火在漫天風雪下，已變得力不從心，無力照遠。他憑鹿筋索輕易攀上城牆，趁守兵躲進城樓避風雪的當兒，貼著城牆滑至牆腳，然後重施在雪下鑽行的絕技，到投進護城河冰寒的水裏去時，他曉得在與慕容垂爭奪紀千千的鬥爭裏，他不但勝了漂亮的一仗，還首次佔得上風。

劉裕被敲門聲驚醒過來，茫然坐起，下人來報道：「屠老大、慕容當家、卓名士正在外廳等待劉爺。」

劉裕爲之愕然，以三人的身分地位，聯袂登門來訪，按理應由江文清親自在大堂招呼，再召劉裕去見。如此登堂入室的到他的居處來，實於理不合。問道：「大小姐呢？」

那大江幫徒回答道：「大小姐天剛亮便到碼頭去，屠老大他們指定要立即見劉爺。」

劉裕心中湧起不安的感覺，匆匆梳洗後到外廳見三人。坐下後，卓狂生道：「鐘樓會議取消了。」

劉裕一呆道：「發生甚麼事？」

屠奉三嘆道：「因爲我們低估了敵人，於此謠言滿天飛的時候召開會議，只會有反效果。」

慕容戰解釋道：「由昨夜開始，一個謠言從夜窩子開始散播，指殺死奉善的人是劉兄和宋兄，目的是嫁禍彌勒教，好令鐘樓議會把彌勒教定爲公敵，以遂你們借邊荒集的力量對付彌勒教的野心。」

劉裕聽得目瞪口呆，這個謠言厲害處是合乎情理，想出謠言者不但高明，而且深悉邊荒集的情況，明白荒人得過且過的心態。屠奉三、慕容戰和卓狂生都目不轉睛地看他的反應，縱然沒有說出口，可是如此趁其不備的狀態下說出此事，更留意他的表情變化，可知他們也已心中存疑。

劉裕迎上三人目光，苦笑道：「你們認爲我會做這樣的事嗎？」

卓狂生道：「謠言最使人相信處，是指出奉善曾到廣陵與你碰頭，與你約定聯手對付彌勒教，亦因此奉善對你沒有戒心，故被你在邊荒集布局殺死。」

屠奉三道：「這點卻也是謠言的唯一破綻，因爲這是沒有人曉得的秘密，唯一的知情者只有殺奉善的凶手，他或許從拷問奉善得知。」

慕容戰道：「當然也可能由我們其中之一洩漏出去，而造謠者最高明的地方，正是使我們互相猜疑。」

劉裕聽得頭都大起來，忽然間他在對付彌勒教的事上優勢盡失，且處於被動的劣勢。想說話，又不知說甚麼好。

屠奉三沉聲道：「敵人的高明，令我們生出警覺，假如我所料不差，敵人將奉善的屍身掛在東門示眾前，已想出散播謠言這一著棋。這樣的謠言在別處或許無效，在邊荒集卻勝比千軍萬馬，可輕易分化荒人，令鐘樓議會沒法作出一致的決定。」

劉裕艱澀的道：「你們仍信任我嗎？」

卓狂生微笑道：「若不相信你，怎會暫時取消會議，待弄清楚眞相後再召開。」

屠奉三道：「我們信任你，是因爲你乃燕飛的朋友，燕飛看重的人，絕不會幹這種卑鄙的事。」

慕容戰道：「我們四人必須先團結一致，才有度過眼前危機的希望，否則我們將變成一盤散沙，任由敵人宰割。」

劉裕心中稍安，不過如此事傳到廣陵去，被劉牢之曉得自己曾與奉善秘密接頭，事後卻沒有上報，肯定吃不完兜著走。道：「只有查出誰是殺死奉善的凶徒，我們才能重新掌握主動權。」

屠奉三道：「此人肯定正潛伏在邊荒集內，所以對我們的動靜瞭如指掌，並以謠言瓦解我們公決彌勒教爲公敵的策略，現在他是佔盡上風。」

卓狂生道：「此人會不會與竺法慶根本沒有關係呢？」

劉裕心中一動，記起安玉晴昨夜說過的話，道：「此人肯定與彌勒教有關，也只有彌勒教的人才會留意和掌握奉善的行蹤，但此人亦非常熟悉邊荒集，這究竟會是誰呢？」

慕容戰道：「我們一起到這裏來見劉兄，固是想看劉兄對此事的反應，更希望可以檢視奉善的屍身，看可否從他的傷痕尋得凶手的蛛絲馬跡。」

劉裕道：「這方面沒有問題，我們立即去看奉善。呀！」三人精神一振，看著劉裕。「啪！」劉裕一掌拍在腿上，道：「我們竟忘記了請緝凶的專家來幫忙。」

三人同時一震，終想起擁有一個靈鼻的方鴻生，如他能在奉善的屍身嗅到凶手或凶手們的氣味，不就有可能找出潛藏邊荒集的敵人嗎？

燕飛渡過泗水，南面冒起的一股濃煙吸引了他的注意。風雪在天亮前停止，不過天上仍是雲層厚疊大地陰沉。燕飛有煥然一新的感覺，對紀千千的感情疑慮一掃而空，更重要是紀千千復元有望。他背掛著取回來的蝶戀花和行囊，展開腳法，朝濃煙起處奔去。半個時辰後他終抵達濃煙升起的源頭，那是一個由百多間房屋組成的村落。像邊荒的其他村落般，早被人遺棄，起火的是其中一棟較有規模的樓房，現已燒成灰燼。村內伏屍處處，有激烈的打鬥痕跡。死者均是道士裝扮，道袍上有太乙教的標記。燕飛立即聯想到太乙教與彌勒教的鬥爭，可以想像太乙教的道觀被夷爲平地後，太乙教徒四散流竄，其中一股不知如何逃進邊荒來，卻給彌勒教的追兵趕上，殺個橫屍遍野。太乙教完了。在與彌勒教的鬥爭裏，徹底敗陣下來。他沒有興趣去理會這種教派間的鬥爭，正要離開，驀有所覺，停了下來。

燕飛目光掃過三具仰臥村路上距離接近、身體不自然扭曲的屍體，心中湧起寒意。屍體沒有兵刃的傷痕，卻都是七孔流血，顯然是活生生地被人以氣勁震斃，而看他們橫死的位置，應是在逃走的當兒，行凶者從天而降，截著三人立即擊殺，整個過程迅快得沒有人能避遠一點。燕飛心中一動，檢視其他十多具屍體，更是心中駭然。所有死者的死法相同，全是被人以眞勁隔空擊斃，且是一招致命，五臟六腑碎裂而亡。何人有此手段和功夫？行凶者只有一個人，卻能在這批太乙教徒四散逃命之際，不容一人跑掉，其身手的迅捷、武功的可怕，確是駭人聽聞。燕飛便自問沒法辦得到。難道是「大活彌勒」竺法慶親自出手？此事應在不久前發生，竺法慶是否仍在附近呢？想到這裏，遠方傳來勁氣交擊的聲音。燕飛毫不猶豫朝聲音來處掠去。

方鴻生將白布拉起，蓋住奉善的屍身，神情古怪。

卓狂生道：「我們到外面說話。」

五人離開停屍間，回到忠義堂。坐好後，方鴻生仍是神情古怪，心神恍惚的樣子。

屠奉三問道：「是不是嗅不到氣味呢？又或是有太多不同的氣味？」

方鴻生道：「各位有沒有發覺這屍身到此刻仍沒有屍臭？」

慕容戰道：「會不會是因天氣轉冷，所以屍體沒有那麼容易腐壞？」

方鴻生搖頭，道：「眞奇怪！屍體被人灑上一種粉末狀的東西，不但蓋過其他氣味，還起了防腐的作用，這樣做有甚麼目的呢？」又道：「若我沒有猜錯，在灑上粉末前，屍身還被細意清洗過，似乎是針對我的鼻子所施的手段。」

屠奉三、慕容戰和卓狂生自然而然的朝劉裕瞧來。劉裕苦笑道：「看來我並不能憑方總的靈鼻洗刷我的嫌疑。」

屠奉三嘆道：「事情確教人感到意外，這當然不會動搖我們對劉兄的信任，但卻沒法利用此點去戳破謠言，更無法藉之說服議會，且令我們各派系間更添猜疑，因爲行凶者肯定是方總熟悉其氣味的人。」

卓狂生道：「我們首先要弄清楚一件事。」接著在眾人期待下，向方鴻生問道：「敵人顯然是先生擒活捉奉善，再施以酷刑逼供，如此是否有機會在奉善身上留下氣味呢？」

慕容戰道：「館主是否懷疑凶手故布疑陣，令我們徒勞無功？」

方鴻生答道：「每一個人都在不斷散播氣味，特別是出汗用力，又或情緒激盪的時候，只不過我們不自覺罷了！如果生擒奉善和殺他的是同一人，我敢肯定會在奉善身上留下氣味。」

江文清的聲音在入口處響起，道：「又有新的謠言了！」眾皆愕然。

燕飛進入樹林，勁氣交擊的聲音愈是清晰、密集而激烈，顯示交戰者均為超卓的高手，一般武林人物豈有如此威勢。他深入樹林近半里後，眼前出現的情景，以燕飛的冷靜，亦看得心神劇震。一黃一白兩道人影，正在林內追逐打鬥，兩人的身法均快得如失去實質，化為兩道輕煙，可是其發出的勁氣狂飆，卻是毫不含糊，所到處樹木倒折，枝葉激飛，像兩股龍捲風般肆意破壞逞威。黃影顯然佔盡上風，殺得白影左支右絀，節節敗退。當燕飛離兩人尚有十丈許的距離，黃影一掌掃中白影左肩，白影應掌斷線風箏般橫飛開去，噴出漫空鮮血。

蝶戀花來到手上。燕飛已曉得交手的兩人是誰，更曉得穿黃色袈裟者根本完全控制了戰局，之前貓玩耗子般的沒有立下殺手，是想殘忍地盡情侮辱和折磨對手，現在見到燕飛殺至，才狠下毒手，取對手之命。

燕飛大喝一聲，人劍合一往黃衣人攻去，同時叫道：「燕飛在此，請大活彌勒指點。」

竺法慶一聲長笑，迅速飛離，聲音遙傳回來道：「今天殺夠人了！小燕飛你既要求死，何用急在一時呢？」

燕飛知追之不及，更明白竺法慶不是怕了他燕飛，而是在力戰之後，不願與自己再作生死決戰。暗嘆一口氣，朝墜跌地上再爬不起來的太乙教教主江凌虛趕過去。

江文清坐上主位，神色凝重的道：「今早再有謠言傳出，說漢幫的祝老大是被我們大江幫害死，原因是我們在南方被桓玄和兩湖幫所壓，發展不順利，故要取漢幫而代之。」

卓狂生皺眉道：「這樣的謠言可以起甚麼作用？邊荒集一向是弱肉強食的世界，縱然事實如此，也沒有人理會。」

屠奉三道：「可是兩個謠言合起來，便可產生意想不到的效果，既加深邊荒集的分裂，更可以孤立大江幫和劉兄。」接著嘆一口氣道：「此人確實高明，不過卻錯估了我和大江幫及劉兄的關係，以爲我會利用這種形勢，策動其他人聯手打擊大江幫，好獨佔南方的利益，像以前漢幫的情況。」

慕容戰欣然道：「正因他錯估屠兄的心意，所以這謠言反而畫蛇添足，徒令我們知曉他們針對的是大江幫和劉兄。如此一來，他們的身分已是呼之欲出。」

卓狂生斷然道：「肯定與彌勒教和司馬道子有關係，而殺奉善的凶手更是我們大家都認識的人。」

江文清神情一動。眾人的注意力立即被她吸引。屠奉三道：「大小姐想到甚麼呢？」自坐上大江幫幫主之位，江文清一直不肯接受幫主的尊稱，所以幫內幫外的人，都喚她作大小姐。

江文清道：「我想到一個人。」目光緩緩掃視眾人，沉聲道：「這個人就是謀害祝老大的叛徒胡沛。我們一直猜不到他的背後是誰在撐腰，現在卻想到大有可能是竺法慶又或司馬道子。」

屠奉三皺眉道：「他似乎尚未夠資格活捉奉善。」

此時席敬領著兩人匆匆走進來，赫然是隨燕飛到北方去打聽紀千千情況的龐義和高彥。

〈卷六〉

第三章◆大敵壓境

第三章 大敵壓境

江凌虛靠樹邊坐著，神色平靜。可是燕飛曉得他五臟六腑俱碎，縱是大羅金仙也不能把他從鬼門關拉回來。不過他不愧是北方武林數一數二的高手，仍能憑一口精純至極的眞氣，保住神志。

江凌虛道：「燕飛！」

燕飛在他身旁蹲下，道：「教主有甚麼要交代下來的呢？」他對太乙教從來沒有好感，但見到江凌虛斷氣在即的淒涼景況，心中惻然，希望可爲他盡點人事，讓他去得安樂。

江凌虛急喘兩口氣，嘴角溢出鮮血，道：「他下一個要殺的人是你，小心！他借天地合璧之助，已練成妖法，天下再無人能與他匹敵。」

燕飛愕然道：「天地合璧？」

江凌虛忽然精神起來，臉泛紅光，道：「只有丹劫……你……唉！」

燕飛正要追問清楚，江凌虛已斷了氣，一代高手，就此辭世。

龐義和高彥剛坐下，尚未有機會說話，拓跋儀、紅子春、姬別和夜窩族的新領袖姚猛已聞風而至，忠義堂登時熱鬧起來。鐘樓議會的成員，除呼雷方、程蒼古和費二撇外，全部在座。

龐義見到劉裕，大喜道：「我們正頭痛如何找你，想不到你這傢伙竟來了。」

卓狂生笑道：「只差呼雷方和費二撇，否則我們可以就地舉行一個非正式的鐘樓會議。」

入口處呼雷方的聲音傳來道：「有千千小姐的消息，怎會沒有我們的分兒？」眾人瞧去，呼雷方和費二撇正並肩步入忠義堂。

江文清慧黠的讓出主位，道：「請卓館主登位主持。」又吩咐席敬派手下把守四方，以防有人偷聽，席敬領命去了。

卓狂生當仁不讓地坐上主位，面向分坐兩邊的眾人，道：「我有一個提議，是請議會批准宋悲風列席這個非正式的會議，他和千千小姐淵源深厚，絕不會做出任何不利千千小姐的事。」

紅子春皺眉道：「我敬宋悲風是一個好漢子，不過他一向與我們邊荒集沒有直接的關係，只是過客的身分，如此讓外人出席我們的會議，會是一個很壞的例子。」

屠奉三淡淡道：「紅老闆有這個想法，皆因不知危機將至，我卻贊成卓館主的提議，因為宋悲風乃一等一的劍手，可以增加我們的實力。」

呼雷方道：「屠當家指的危機，是不是指奉善被殺一事？」

龐義聽得一頭霧水，高彥卻叫起來道：「是否太乙教的奉善？」眾人目光全落在他身上，因為他的反應大得有點異乎尋常。

直至此刻，眾人仍弄不清楚為何只有他兩人回集，不過依照約定，他們應有營救紀千千主婢的頭緒，才會返回邊荒集。所以人人聞風而至，希望可以聽到好消息。

龐義終於明白，一震道：「燕飛所料無誤，彌勒教的魔掌果然伸進邊荒集來了！」這回輪到人人瞠目以對，包括劉裕、屠奉三等原本相信奉善被殺與彌勒教有關的人，以及另一方根本不相信的人。

卓狂生道：「一件一件慢慢的說，首先告訴我們，小燕飛在哪裏？爲何不是與你們一起回來？」

龐義道：「此事說來話長，我們從平城返回邊荒集的途中，被彌勒教的尼惠暉率眾追殺，燕飛要我們自行逃走，他卻以身犯險引開追兵。」

拓跋儀劇震一下，失聲道：「平城？」

屠奉三奇道：「你們怎會到那麼遠的地方去呢？」

高彥道：「所以說此事說來話長，可否容後稟報，先說彌勒教的事。當時燕飛告訴我們，在與孫恩決戰之前，曾撞破尼惠暉與漢幫叛徒胡沛在密林裏說話，當時胡沛稱赫連勃勃爲大師兄，王國寶爲二師兄，他自己則應是竺法慶的第三徒。」隨著這番話，忠義堂內靜至落針可聞。

劉裕拍腿嘆道：「我曉得是誰殺死奉善了！」

屠奉三喃喃自語的道：「好傢伙！難怪要在奉善的屍身做手腳，因爲方總認得他的氣味，而他更深明方總的異能。」

方鴻生一臉茫然的道：「究竟是誰呢？」

慕容戰代答道：「當然是我們的老朋友赫連勃勃。」

紅子春倒抽一口涼氣，不好意思的道：「我再不反對讓宋悲風列席。」江文清忙吩咐守候大門處的席敬，著他請宋悲風來。

姬別苦笑道：「我聽得糊塗了！誰可以告訴我究竟是怎麼一回事？」卓狂生以會議主持者的身分，解釋一遍，也好讓剛回來的龐義和高彥明白邊荒集近日發生的連串事件。

說話間，宋悲風隨席敬來到，劉裕招呼他到身旁坐下，並在他耳旁解釋眼前的情況。卓狂生說罷，忠義堂的氣氛有了變化，大家都明白改了地點召開的鐘樓會議，已從非正式轉入正式，此時正決定著邊荒集未來的方向，因為自邊荒集失而復得的戰爭後，這是首次面對敵人挑戰的危機。

卓狂生欣然道：「各位都看到了，我們不是仍有運氣嗎？龐老闆和我們的彥少及時回來，不但化解了我們互相的猜疑，更使我們團結一致以應付強敵。」

程蒼古此時到達，聞言笑道：「不單是我們議會成員團結一致，整個邊荒集亦萬眾一心，現在外面聚集著數以千計的荒人兄弟，正等待我們宣布有關營救千千小姐主婢的好消息。」

姚猛按捺不住，道：「以燕飛的腳程，怎會比老龐他們慢呢？」忠義堂又靜下來。

龐義待程蒼古坐下，嘆道：「不須為燕飛擔心，這小子變得愈來愈有本事，我和高小子曾想過，假設回來後見不到他，這小子定是偷進滎陽去見千千了。」最後一句令全場嘩然。

卓狂生請各人肅靜，然後道：「我忽然感到我們的小飛確實到了滎陽去，不論他成功與否，很快便會回來，令我們實力大增。眼前當務之急，是議會必須作出決定，該不該立即將彌勒教定為我們的公敵？」

呼雷方道：「這事還用說嗎？敢反對的，就是議會的公敵。」

劉裕舉起右手，待所有人的目光全集中在他身上，方悠然道：「可否容我作出一個提議？」

卓狂生道：「凡列席者均有發言權，劉兄請說出提議。」

劉裕道：「我的提議是今天並沒有舉行鐘樓會議，更沒有任何教派或任何人被定為邊荒集的公敵，而只是在討論奉善是否被我劉裕所殺一事，議會成員不但各持己見，還鬧得相當不愉快。」

屠奉三接下去道：「小弟更提議把劉兄和宋兄驅離邊荒集，只因大小姐、二撇爺和程老大力反對，卓名士又說不看僧面看佛面，一切待燕飛回來後，舉行會議再作決定。」

慕容戰啞然失笑道：「好計！我們就在暗地裏憑方總的靈鼻把潛入集內的赫連勃勃和胡沛挖出來。希望那時燕飛已回來了，我們可重演當日圍殲花妖的手段，要另一個凶手伏法邊荒集。」

卓狂生欣然道：「看！我們的團結精神不是又回來了嗎？又是拜千千小姐所賜。現在任何惡勢力欲進犯邊荒集，其策略都是要先分化我們，令我們變回一盤散沙的局面。現在天下亂勢已成，邊荒集是僅餘的樂土，但荒人並不是要躲縮在這裏苟且偷生，而是要光明正大、轟轟烈烈地活著，做大生意、賺大錢。當我們把千千小姐主婢迎回邊荒集，邊荒集將進入最鼎盛興旺的歲月，任何人曾經歷過此中盛況，已可不負此生。」

姚猛跳將起來，振臂高呼道：「我姚猛代表夜窩族完全贊同卓館主說的話，要活著便要痛痛快快的活著，一天千千小姐仍未回來，沒有人可以眞的活得痛快。」

劉裕心中一陣激動，謝安的心願，終於在紀千千手中完成，把邊荒集統一起來，大家眾志成城的為邊荒集的「公義」和「自由」奮鬥努力。當紀千千踏足邊荒集的一刻，邊荒集再非以前的邊荒集。

卓狂生長笑道：「我們荒人都是英雄好漢，姚猛請坐下。」

姚猛坐下後，好一陣子都沒有任何人發言，但每一個人都感覺到忠義堂內瀰漫著激盪情懷，人人願為邊荒集和紀千千拋頭顱灑熱血的氣氛。劉裕更曉得邊荒集外的形勢，不單消除了各派系間以前解不開的矛盾，也令所有人更珍惜眼前擁有的一切，那並非理所當然的，而是必須盡力去保護和爭取。在北方，苻堅被殺，苻秦政權崩潰，慕容垂強勢崛起，令其他各族陷於掙扎求存的劣勢。慕容垂因而成為其他各族的共同敵人，一天慕容垂仍屹立不倒，其他各族仍有合作共抗大敵的空間。這種形勢亦體現在邊荒集內。而邊荒集更有一個獨一無二的條件，就是當慕容垂征服北方，邊荒集將成為各族唯一能保全自主和自由的地方。南方的形勢同樣複雜，且更微妙，於是劉裕可和大江幫結為親密盟友，而屠奉三竟能與他們和平相處，甚至在某些特異的情況下並肩作戰，更屬異數。說到底，邊荒集最引人的地方，就是它的公義和自由。

卓狂生道：「好了！對彌勒教我們大家已有一個共識，亦決定了行動的方針。現在該談營救千千小姐的大計了！」眾人的目光落在龐義和高彥身上。

龐義道：「我和高彥均認為燕飛對拯救千千和小詩的事，已有周詳的計畫，不過卻沒有清楚告訴我們，所以要等他回來後，才可詳細交代。」

拓跋儀終忍不住問道：「你們為何要到平城去？」

高彥道：「橫豎現在人齊，我可以把已知道的向各位報告。我們看過滎陽的形勢，知道縱然盡起邊荒的兵力，也無法將千千和小詩救出來。正無計可施的時候，燕小子提議北上，越過長城到盛樂找他的兄弟拓跋珪幫忙。」

龐義接口道：「坦白說，我和高小子心中都不以為然，認為是浪費時間，豈知竟在雁門城附近遇上拓跋珪準備攻打平城的部隊。」

拓跋儀失聲道：「甚麼？」

眾人無不動容。特別是慕容戰、呼雷方這些深悉北方形勢的人，更曉得平城不單是長城內的軍事重鎮，且接近燕國首都中山。拓跋珪的行動，等於去捋慕容垂的虎鬚。

屠奉三豎起拇指讚許道：「夠膽色！」

拓跋儀立即對他好感大增，心切地追問道：「結果如何？」

高彥道：「說出來你們肯定不會相信，守城的是慕容垂的兒子慕容詳，可是拓跋珪加上我們的小燕飛，憑著奇謀妙計，以不足三千人的兵力，只一天時間便攻陷平城，又把慕容詳趕回中山，氣走原駐於長城的燕軍部隊，接著更兵不血刃的接收雁門。」

眾人聽得目瞪口呆，果如高彥所說的，露出難以置信的神情。要知燕國以兵精將良名著於世，平城又是北塞著名的堅城，即使兵力充足，要攻下這麼一座大城恐怕一年半載仍辦不到。拓跋族進佔平城，登時壓下慕容垂如日中天的聲勢威望。慕容戰和呼雷方均像在黑暗裏見到曙光，首次對本族的前途生出一線希望。拓跋儀放下心頭大石，仍猶有餘悸地喘息著。氣氛變得古怪起來。

卓狂生雙目放光的鼓掌道：「這台小燕飛偕拓跋珪智取平城的說書，由你兩人負責，肯定轟動整個邊荒集。」

江文清淡淡道：「拓跋珪不準備攻打中山嗎？否則燕飛怎會和你們一道離開呢？」

劉裕心中暗讚，江文清的思考的確縝密，從燕飛的離去推斷出拓跋珪無力攻打中山。心中亦湧起另一番滋味，拓跋珪是燕飛的兄弟，早在淝水之戰前，他就已在邊荒集見識到拓跋珪的本領，現在終於證明自己沒有看錯。在將來的某一天，他劉裕和拓跋珪會不會變成勢不兩立的敵人呢？

龐義答道：「據燕飛說，拓跋珪是要逼慕容垂回師作戰。」

屠奉三拍腿道：「這就是燕飛營救千千小姐的奇謀妙計了！」

宋悲風一直默默旁觀，感受著荒人的行事作風，他們的率真和熱血。相較之下，建康的高門大族除謝安叔姪外，其他人只會關起門來互相吹捧、清談空議，又永遠不會將理想付諸實行。飽食終日、無所事事。而這裏在座者，三言兩語便定出行動的方針和計畫，爽快俐落。

紅子春道：「我仍不明白，此事與營救千千小姐有何關係？」在邊荒集諸雄中，紅子春和姬別對紀千千特別感激，因爲當日邊荒集被慕容垂和孫恩聯手圍攻時，只有紀千千接受他們兩人的見解，定下棄集保命的大計，後來更犧牲自己，拖延著敵人的大軍，令他們能脫身逃走。荒人最講江湖義氣，恩怨分明，所以兩人在營救紀千千主婢一事上，傾力支持。

拓跋儀像變成另一個人般，生氣勃勃的代答道：「只要慕容垂離開滎陽，不管他有沒有將千千小姐主婢帶在身旁，我們的機會便來了。」

姚猛比任何人更著急紀千千的事，事實上整個夜窩族對紀千千已生出近乎盲目的崇拜，更視紀千千被擄走爲必雪的奇恥大辱。此時他既興奮又擔心，焦急地問道：「假如慕容垂只派人去收復平城，我們豈非好夢成空？」

劉裕盡顯其過人的軍事上的才智，淡淡應道：「假設慕容垂派出的軍隊慘敗又如何呢？」

鬧烘烘的大堂倏地靜下來，人人心兒「怦怦」的狂跳著，想到在那樣的情況下唯一的可能性。忽然間慕容垂再不是那麼可怕，也再不是無懈可擊。慕容垂的弱點在北線，拓跋珪攻陷平城，正顯示慕容垂的勁敵已經崛起，還直接威脅到慕容垂所統轄的不容有失的京城。

卓狂生總結道：「會議到此結束，一切待小飛回來再作商討。對付彌勒教一事依計而行，由老屠作總指揮，各位請舉手表決！」

十名議會成員，同時舉手贊成。卓狂生呵呵笑道：「散會！」

燕飛沿穎水西岸趕往邊荒集，河上不時有舟船往來，顯示出邊荒集已回復南北貨運貿易中心的盛況，心中欣慰。雖然從江凌虛的遺言得悉竺法慶練成魔功，他仍是一無所懼，卻也不是沒有戒備之心，且深思為何竺法慶會把自己視為下一個除去的目標。江凌虛並不須危言聳聽，因為燕飛曾參與謝玄在建康擊殺竺不歸之役，縱然他沒有出手對付竺不歸，但以彌勒教的睚眥必報，與他燕飛已是勢不兩立。回想江凌虛臨終的情況，似有很多話要告訴自己，只恨沒有足夠的力量支持他盡情傾吐。當他說出自己是竺法慶下一個要殺的人，似還有下文，但旋又想到破竺法慶的魔功更為重要，於是轉到丹劫上，到想到燕飛根本不可能找到不知所縱的丹劫，又或得到丹劫也不可能服用，一時心灰意冷下再沒法堅持而斷氣，於是令他的遺言變得支離破碎，不能構成完整有用的情報。江凌虛究竟想告訴他甚麼重要的事呢？

彌勒教憑甚麼得到慕容垂的重用？在滎陽燕飛親眼目睹尼惠暉的威勢，與慕容垂更有密切的關係，他們就像朋友般有商有量，合作無間的一起對付他燕飛。他想起赫連勃勃。事實上慕容垂和彌勒教一直是夥伴的關係，因為赫連勃勃正是竺法慶的大弟子，而赫連勃勃更是慕容垂進攻邊荒集的先鋒軍。赫連勃勃在邊荒集的胡作妄為或許曾觸怒慕容垂，不過慕容垂為了應付拓跋珪此一心腹大患，權衡輕重下，只好繼續在各方面支持赫連勃勃。在如此情況下，拓跋珪攻打赫連勃勃的統萬城，當不會如想像般輕易，尤其拓跋珪現在與慕容垂已撕破臉。彌勒教在北方勢力龐大，將佛門根深柢固的勢力摧毀得體無完膚，如慕容垂全力支持赫連勃勃，對羽翼初成的拓跋珪會構成嚴重的威脅。忽然間，他曉得與彌勒教的鬥爭，已變得與營救紀千千和小詩的事有直接關聯。

慕容垂正在玩手段，千方百計奪取紀千千的芳心。要生擒他燕飛，是要向紀千千證明燕飛只是個失敗者，粉碎燕飛在紀千千心目中無敵英雄的形象，讓紀千千親睹他落難的窩囊模樣。假設生擒他不成，只好借彌勒教之手殺死他，如此可斷去紀千千對他的癡念，而紀千千也很難怪罪慕容垂，因爲一切都可推在竺法慶身上。殺死他燕飛，既可打擊拓跋珪，又可重挫荒人的鬥志和士氣，不論對慕容垂或竺法慶，均有數之不盡的好處。竺法慶現身邊荒，盡殺太乙教的漏網高手，正是彌勒教擾亂天下的前兆。透過赫連勃勃和王國寶兩大門徒，彌勒教可輕易在南北取得擴展勢力的據點。看來赫連勃勃只好交由拓跋珪去應付，他與竺法慶的衝突也已是無可避免。他會盡一切方法和手段，阻止竺法慶到南方去，不單是爲了報答謝家的恩情，更是爲了邊荒集的福祉和紀千千主婢。就在此時，他聽到右方傳來僅可耳聞的數下兵刃交擊的聲響。燕飛心中一動，循聲掠去。

劉裕呆坐小廳內，腦中亂成一團。宋悲風走進來，到他身旁隔几坐下，沒有說話。他是最清楚劉裕情況的人，也只有他明白劉裕的煩惱。

劉裕像不曉得宋悲風就坐在身旁的模樣，喃喃道：「我該怎辦呢？」

宋悲風道：「將所有事情告訴燕飛吧！左瞞右瞞不但於事無補，還會增加不必要的誤會，甚至害燕飛作出錯誤的判斷，更會損害你們之間的友情。」

劉裕露出一個苦澀的表情，嘆道：「他曉得我與任妖女合作，會怎樣看我？」

宋悲風道：「他如眞的是你的好朋友，會體諒你的處境和爲難處。」

劉裕霍然而起。宋悲風一呆道：「你要到哪裏去？」

劉裕沉聲道：「我想到集外轉一圈，假如殺奉善的眞是赫連勃勃，他該有一支部隊隱藏在邊荒集的附近。」

宋悲風陪他站起，點頭道：「這個可能性非常大。」

劉裕道：「宋叔讓我一個人獨自去吧！別忘記我是北府兵裏最出色的探子，有足夠能力保護自己。」

宋悲風明白他的心情，低聲道：「小心點！」劉裕搖頭再嘆一口氣，出門去了。

紀千千坐在床沿，低頭審視愛婢的容顏，愛憐地喚道：「詩詩！詩詩！」

小詩張開眼睛，道：「小姐！」勉力的想坐起來。

紀千千扶她挨著床頭坐好，道：「今天好點了嗎？」

小詩點頭道：「好多了！」又不好意思的道：「小詩眞沒有用，令小姐擔心！」

紀千千微笑道：「人在病倒時，情緒自然會低落，失去鬥志，我也會這樣的，詩詩不用自責。我們現在更應互相扶持，互相勉勵。爲何這樣呆看著我呢？」

小詩道：「小姐今天像變成另一個人似的，一副容光煥發的樣子，發生了甚麼事呢？」

紀千千有強烈的衝動想將昨晚見到燕飛的事向她盡情傾吐，好讓她分享自己心中的歡娛和振奮，旋又記起燕飛的指示，更暗自心驚。如讓慕容垂又或那個監視自己的風娘發覺自己神色有異，不起疑心才怪。

同時也明白燕飛爲何要她瞞著小詩，因爲以小詩的單純，絕對藏不住心事。只好騙她道：「我收到一個好的消息，我們的邊荒第一劍手聯同他的兄弟拓跋珪，已攻陷北方的平城和雁門兩大重鎮，兵鋒直指燕都中山，令慕容垂進退兩難，我們重返邊荒集的夢想，已從沒有可能變得極有希望。」

小詩露出驚喜的表情，她並不眞正明白紀千千說的話，不過她絕對信任紀千千，紀千千說有希望，她當然深信不疑。事實上自被帶來滎陽後，紀千千還是首次出現眼前般朝氣蓬勃的神色。

「咯！咯！咯！」紀千千不悅道：「誰？」

被稱爲風娘的管家婦，慕容大嬸的聲音在門外道：「小姐起床了嗎？早膳預備好了，請讓婢女們進來伺候小姐。」

紀千千心忖自己定要在梳妝抹粉上下點功夫，好掩蓋自己因燕飛而來的艷光，答道：「謝謝大嬸！我打扮妥當後待會便到。」

風娘去後，紀千千拍拍小詩臉蛋，喜孜孜的道：「沒有人鬥得過燕飛的，即使強如慕容垂，也注定要吃敗仗。」小詩怎知她指的是昨晚發生的事，茫然點頭。

卓狂生領著龐義和高彥來到第一樓的所在處，笑道：「你們給我看，這地方成甚麼樣子呢？」東大街人來車往，附近店鋪擠滿各方來辦貨的人，唯只第一樓舊址光禿禿一片，只有幾根打進泥土內的木樁，成爲對比強烈的情景。

高彥奇道：「你帶我們龐老闆到這裏來，只是爲了發牢騷嗎？」

龐義道：「這傢伙在逼我提早重建第一樓。唉！一天千千未回來，我根本提不起興趣去幹這件事。」

卓狂生啞然笑道：「相信邊荒集吧！我們可以創造出任何人夢想以外的奇蹟，包括從慕容垂手上救回千千小姐和小詩。你重建第一樓，怕怎樣也需要一年半載的工夫吧！當千千小姐榮歸邊荒集時，你的第一樓也剛好落成，不正是歡迎千千小姐的最大賀禮嗎？」

龐義苦笑道：「我眞的提不起勁。」

卓狂生道：「有甚麼提不起勁的？你要人有人，要錢有錢。還有就是你的雪澗香，已斷貨多時。沒有雪澗香，人人都提不起勁，特別是我們的小燕飛。」又對著高彥道：「我說得對嗎？」

高彥一向知道卓狂生腦袋想出來的東西，總是與眾不同，只好同意道：「千千和小詩回來時若見到第一樓矗立在東大街，肯定會有意外的驚喜。」

龐義頹然道：「可是……」

卓狂生不耐煩地截斷他道：「可是？可是甚麼呢？我是邊荒的專家，最明白荒人的心態，第一樓重建動工，將會起了激勵士氣的作用，令人人覺得第一樓就是千千以前在建康長駐的秦淮樓，沒有紀千千的第一樓成甚麼樣子呢？明白嗎？」

高彥推推龐義道：「這傢伙的話不無小道理呢！」

卓狂生不悅道：「甚麼小道理，是大大有道理。第一樓正代表我們迎接千千小姐回來的自信和決心。荒人是很奇怪的，需要一座像第一樓的東西來提醒他們。在營救千千小姐主婢一事上，你能起的最大作用，就是使第一樓在廢墟裏重生，還要比以前更壯觀。」

龐義終於讓步，點頭道：「好吧！不過雪澗香釀成後必須窖藏一年，方可以恢復供應。」

卓狂生喜道：「算你的！你可知流到建康所剩無幾的雪澗香，現在是價比黃金。我還有一罈，等燕飛回來後再拿出來大家喝個痛快。」又高嚷道：「第一樓啊第一樓，當千千小姐和小詩回來之時，你會重新成爲邊荒集東門大街的地標，荒人將以你爲榮耀。」

燕飛切入通往邊荒集北面的驛道去，此為水路外貫通邊荒集和泗水的主要陸路，當日苻堅大軍南下，正是倚賴這條被荒人稱之為「邊泗驛道」的大道。邊荒的道路大多毀壞不堪，只有連貫邊荒集南北、潁水以西的兩段驛道在荒人不停修補下，大致仍保持良好的狀態。打鬥者已不見蹤影，只能從道上凌亂的足跡蹄印察覺此處曾經歷劇烈的戰鬥。燕飛乃追蹤的高手，伏到地面展開「地聽」之術，剛好捕捉到十數騎和一輛馬車離去的聲音，逐漸朝邊荒集的方向遠去。燕飛跳起來，嗅到一陣似曾相識的幽香。他的鼻子雖及不上方鴻生的天生異稟、神乎其技，仍比一般人遠為靈敏。心中同時浮起安玉晴的如花玉容，感到她正在那輛車內。燕飛暗吃一驚。她怎會到這裏來呢？又怎會與人惡鬥？憑她超卓的身手，何人可生擒她？想到這裏，再不猶豫，全速朝車馬隊追去。

臨海郡，章安城。孫恩在盧循和徐道覆陪伴下，巡視集結在海灣內的船隊。章安城東臨東海，如由此乘船北上，可從海路入大江，直抵建康，乃建康南面最重要的大城之一。三人沿岸策馬緩行，海港上近二百艘戰船飄揚著天師軍的旗幟，展示著天師軍力能顛覆大晉的威勢。孫恩目光投往東面出海口處，若有所思。

徐道覆道：「一切準備就緒，只要天師一聲令下，我們立即揚帆北上。」

孫恩於一高阜上勒馬停下，微笑道：「沿岸大城情況如何？」

徐道覆道：「建康朝廷以內史王凝之為帥，進駐會稽、陰城，兵力在萬許之間，以為可阻擋我們天師大軍。」

孫恩冷哼道：「王凝之？」

盧循道：「王凝之是王羲之之子，謝玄姊謝道韞的夫婿，篤信天師教，卻不認同我們天師道，為人愚痴，自以為是，非為將才。」

孫恩啞然失笑道：「難道謝玄一死，晉室真的再無良將？」

徐道覆笑道：「晉室派系之爭愈趨激烈，最近王國寶更授意大臣，請司馬曜加封司馬道子，為司馬曜怒拒。司馬曜見司馬道子驕橫難制，欲以王恭聯結殷仲堪以制道子，豈知殷仲堪顧忌桓玄，竟提議王恭拉攏桓玄，桓玄乘機向王恭提出條件，須獻上女兒王淡真作其妾，此舉不但令殷仲堪狼狽不堪，更使王恭進退兩難，拖累了倒司馬道子的行動。」

孫恩搖頭嘆道：「又一個蠢人。」

盧循道：「司馬曜見局勢不對，不得不把在朝廷裏繼謝安後，成為反對司馬道子和王國寶的中流砥柱的中書侍郎范寧降官，外派為豫章太守，又改封司馬道子為會稽王。在如此情況下，晉室根本無暇南顧。」又道：「進軍建康，此實為千載難逢之機。」

孫恩道：「道覆有何意見？」

徐道覆目光緩緩掃過聲勢龐大的戰船隊，沉聲道：「現在會稽、吳郡、吳興、義興、臨海、永嘉、東陽、新安八郡，均有我們天師道的人，晉室的統治名存實亡，當地豪強全力支持我軍，只要天師振臂一呼，晉軍勢必望風而倒。不過縱使建康以南沿海各郡盡入我軍之手，要攻陷建康，仍非易事，如拖延個一年半載，惹得北府兵或荊州軍來援，我們的形勢會相當不妙。依我看現在尚未是大舉進攻的時候。」孫恩點頭不語。

盧循皺眉道：「道覆之言有理，不過現在八郡豪強士族，全翹首期待天師逐走北人，好自己當家作主，如我們按兵不動，支持我軍者的熱情一旦冷卻，對我們將非常不利。」

孫恩微笑道：「你們說的，各有各的道理。晉室還未眞的大亂，妄然攻打建康，反會令晉室團結起來，故不宜於此時對建康用兵。」稍頓續道：「不過我們也不可以全無作爲，就讓我們率水師沿海岸北上，已足可兵脅王凝之，教他不敢妄動。翁州有大海之險，易守難攻，可令我們先穩立於不敗之地，又可展示我們推翻晉室的志向，一舉兩得。」徐道覆和盧循連忙稱善。

孫恩仰天笑道：「我們就以一個月的時間作攻打翁山的準備，從容布置。得翁山島後再逐步蠶食沿海郡城，令建康南面屏障盡失，那時我們要攻要守，再不由其他人作主了。」兩人轟然應喏。

馬車隊的輪聲蹄音，離開驛道，進入道旁西面的疏林區，朝西南方馳去。燕飛循聲追入林內，已可隱見敵人背影。十多騎護著一輛馬車，正在林內穿行。他本打定主意，見到敵人立即突襲，務要殺敵人一個措手不及，好救回安玉晴，可是馬車隊中一人的身影，卻令他心有所戒，不敢輕舉妄動。那是赫連勃勃的背影。其他騎士雖是坐在馬背上，但人人氣度沉凝，穩如泰山，顯然無一庸手。燕飛心中升起無數疑問，値此赫連勃勃正和拓跋珪對戰的時刻，赫連勃勃怎可能分身到邊荒集來？赫連勃勃於此截擊安玉晴，是否早有預謀？否則怎會備有馬車，載走美麗的戰利品。赫連勃勃與安玉晴到底又有甚麼過節？縱使敵勢龐大，燕飛已下定決心，誓要從赫連勃勃魔掌中救出安玉晴，因爲以赫連勃勃的淫虐好殺，安玉晴落在他手上，遭遇之慘實不堪想像。

尾隨對方急趕三十多里後，林木轉密，車馬隊忽然停下來。燕飛利用林木的掩護，無聲無息追至二十丈許外的近處，靜觀其變。蹄聲在南方響起，迅速接近，赫連勃勃一方全無異樣神態，來的顯然是同黨。車門打開，一名勁裝女子從車上下來，身材苗條，有對妖媚的大眼睛，不見有隨身兵器。她的身分應該不低，立即有人牽來一匹空騎，讓她跳上馬背。在陣陣寒風吹拂下，女子衣衫飄揚，更展露出她曼妙的曲線。燕飛留意她上馬的動作，雖不見如何賣弄，可是能在迅捷裏透出一股輕逸好看，那種隨心所欲的姿態，確非一般好手辦得到。燕飛眼力高明，立即作出判斷，此女武功當是赫連勃勃級數，縱及不上赫連勃勃，亦相差不遠。他終於明白爲何憑安玉晴之能，亦要中伏遭擒。

此女催馬來到赫連勃勃馬旁，與後者同朝蹄音來處凝視，道：「她身上沒有心珮，眞氣人。」又向赫連勃勃嬌笑道：「此女乃人間尤物，勃勃你不可監守自盜，否則彌勒爺絕不會放過你。」

赫連勃勃「嘿嘿」淫笑道：「那我慾火焚身時怎辦好呢？是不是可以找你護法仙娘來打救？」

那女子正笑得花枝亂顫，意態引逗時，赫連勃勃另一邊的中年佩刀壯漢怪笑道：「喬琳你不要厚彼薄此，定須雨露均霑，公平布施肉身，讓我狄漢分得一杯羹，這才叫功德無量。」

燕飛注意到當三人調笑之際，其他人不但不敢說話，連附和的笑聲也沒有，顯然在這批人中，以赫連勃勃、喬琳和狄漢三人的身分地位最高。

赫連勃勃故作驚訝的道：「老狄你不是說笑吧！你們四大金剛朝夕相對，你竟然未嘗過我們喬大姊床上的銷魂滋味，說出去誰肯相信呢？」

狄漢故意裝出誇張的頹喪樣子，嘆道：「喬大姊整晚顧著伺候彌勒爺，哪來空閒陪我們玩樂，不用陪彌勒爺時又要好好歇息休養，哈！」這番話說得缺德露骨，充滿淫猥的意味。

喬琳大嗔道：「狄漢小心我割下你的舌頭，誰晚晚都去陪彌勒爺了？」

此時二十多騎在南方出現，筆直朝他們馳來，遠看過去來人作商旅打扮，與一般往來邊荒集的行旅沒有分別。燕飛從他們的對答已清楚這對男女狄漢和喬琳的身分，他們正是彌勒教四大護法金剛其中兩人，出現在這裏當然不會有甚麼好事。最奇怪的是安玉晴一向行蹤飄忽，怎會如此容易給人釘上，中伏遭擒。

來騎終於到達，在兩丈許處勒馬停下，其中一人放緩騎速，馳至三人前方，神色凝重地向三人打招呼。赫連勃勃訝道：「太子的神色為何如此沉重？發生了甚麼事？」

燕飛聽得心中大懍，隱隱感到事情大不簡單，其中必包藏陰謀詭計。眼前被稱為太子者，肯定不是慕容寶，那何來另一個太子？被稱為太子者年紀該不過三十，長得一表人才，體魄健壯，膀闊腰圓，表情嚴峻，腰佩馬刀，一看便知是有身分地位的胡人。他沒有直接答赫連勃勃的問題，反問道：「安世清的美麗女兒到手了嗎？」

喬琳顯然對他極感興趣，獻媚的嬌笑道：「全賴太子大力幫忙，彌勒爺會非常感激。」

狄漢沉聲道：「邊荒集是否出現意料之外的變化呢？」

那太子點頭應是，道：「你們現在絕不宜到邊荒集去，奉善一事荒人已認定是赫連兄幹的，此刻正由那方鴻生憑他的鼻子搜索赫連兄的下落。」

赫連勃勃大怒道：「我到邊荒集去，第一件要做的事就是把那傢伙的鼻子割下來。」

燕飛聽得一頭霧水，亦隱隱知道不妙，照道理方鴻生若要把赫連勃勃找出來，該屬極端機密的事，而這被稱作太子的人，卻似是瞭如指掌，清楚掌握一切。

狄漢道：「我們的計畫該是萬無一失的，怎會忽然讓敵人生出警覺？」

太子嘆道：「本來是一切順利，弄得荒人疑神疑鬼，劉裕則難脫嫌疑，豈知龐義和高彥今早忽然回來，還代那殺千刀的燕飛傳話，指出赫連兄和胡沛兄都是大佛爺的門徒，登時將整個形勢扭轉過來，還臨時在大江幫的忠義堂舉行會議，決定全力與我們周旋，教人意想不到。」

赫連勃勃、狄漢和喬琳三人聽得面面相覷。暗處的燕飛則心呼好險，幸好自己偷聽到他們的談話，因爲議會中肯定有他們的內奸，否則那太子不會如此清楚會內發生的事。如果不是要救安玉晴，他會立即趕回邊荒集去。此時他再弄不清楚彌勒教與慕容垂的關係，因爲這被稱爲太子者，肯定屬於另一股胡人的勢力。

赫連勃勃道：「燕飛怎會知道我們的事？」

太子道：「現在並不是追究燕飛如何知道這方面事情的時候，孤立大江幫和劉裕的計畫再行不通，我們必須重新部署，否則我們在邊荒集僅餘的一點優勢也會失去。」

赫連勃勃冷哼道：「雖然事情的發展有點波折，不過邊荒集始終會落入我們手上。佛尊神功大成，天下再無敵手，加上我們有人接應，可逐一刺殺阻著我們的人，等到邊荒集群龍無首，人心大亂之時，我們便可以收拾殘局。」

太子苦笑道：「這是沒有辦法中的辦法，我們在邊荒集的線人也不是那麼可靠，全賴我大力堅持，曉以大義，他才勉強屈服，但已費盡我唇舌。唉！邊荒集眞是個大染缸，可令任何人變質。」燕飛心中暗罵，爲何不說清楚點呢？

太子又道：「我現在去安排我方人馬潛入邊荒集，請轉告大佛爺，在與我們會合前，千萬不要輕舉妄動。」

赫連勃勃出奇謙卑的道：「一切依太子的吩咐。」太子向後面的手下們打出手勢，逕自策馬朝西北去了，二十多騎緊追其後，迅速沒入林木深處。

赫連勃勃等呆坐馬背上，該是仍爲太子帶來的壞消息震撼，影響了情緒，方寸大亂。燕飛心中一動，展開身法，潛前逾十丈，離開對方只有七、八丈的距離。此時對方十七個人，多立馬在馬車前方和兩側處，馬車後只有三騎守衛，馬車御者的注意力也集中到前方去。

赫連勃勃道：「我們究竟在甚麼地方犯了錯誤呢？」

喬琳狠狠道：「我們最大的錯誤，是沒有殺死燕飛。」

狄漢不服地道：「這小子命眞大，佛娘在把他埋進地底前，已運功震斷他心脈，豈知他仍然可以活下去，劍術還一天比一天進步。這次佛娘借燕飛打擊孫恩信心之舉，可說偷雞不著反蝕把米。」

燕飛明白過來，尼惠暉確曾把自己帶離險境，卻是不安好心，一方面向孫恩示威，好令他疑神疑鬼，信心受損；另一方面可保證自己難以活命。豈知自己受丹劫改造的經脈，在胎息大法下竟可斷脈重續。亦暗抹一把冷汗，假如尼惠暉在自己心臟捅上一刀，保證自己只能埋屍土下。他見赫連勃勃等三大高手都是心神恍惚的模樣，決定冒險救人，提聚玄功，下一刻已縱身而起，來到樹上橫椏處。長風吹得遠近枝葉搖曳作響，掩蓋了他觸動樹葉的聲音。幸好這區域沒有受雨雪侵襲，否則加添他潛蹤匿跡的困難。燕飛幾個起落，來到馬車上方三丈許處大樹的枝葉濃密處。他自信可在敵人攔截前，破頂進入車廂裏，問題在安玉晴必被他們以獨門手法封閉穴道，他帶著一個人，如何才可以躲過敵人的追擊。只是一個赫連勃勃，要勝過他已非易事，何況還有喬琳和狄漢兩大高手，再加上十多名無一庸手的匈奴戰士。但若錯過眼前機會，待車馬隊開出，在敵人全神戒備下，救回安玉晴的機會將更渺茫。

正頭痛間，他忽有所覺。他自然而然朝左方林木處瞧去，只見劉裕正藏身一堆樹叢後向他打手勢，由於角度的關係，不虞被敵人察覺，只有居高臨下的燕飛可以看到他。燕飛完全沒法明白爲何劉裕會在此處出現，卻是喜出望外，忙打出手勢，表示目標在馬車內，著劉裕設法在前方引開敵人。兩人曾並肩作戰，有非常好的默契。劉裕表示明白，消失在樹叢後。燕飛耐心靜待，心中祈禱赫連勃勃等多聊一會兒。

狄漢的聲音傳來道：「原來的計畫已不可行，只好以武力控制邊荒集，幸好我們有內應，否則根本無從著手。」

赫連勃勃道：「太子說過我們的內應心中仍有猶豫，所以必須趁他變卦前動手，令他無法後悔。」

喬琳道：「返營地再說吧！」

赫連勃勃回頭道：「沙延拿你立即掉頭回去向彌勒爺上報剛才太子說的事。還有要告訴他安世清的女兒已到手了！」馬車後三騎之一領命去了。

赫連勃勃正要策馬而行，在左方三十丈處，劉裕倏地出現在一棵大樹離地四、五丈的橫幹上，雙腳搖搖晃晃的，一派逍遙寫意的模樣，長笑道：「赫連兄別來無恙！既到邊荒，何不到邊荒集來探望故人好友，卻要藏在密林內鬼鬼祟祟的，是否又在做見不得人的勾當。」赫連勃勃等無不色變。喬琳和狄漢怒喝一聲，策騎朝劉裕衝去。

赫連勃勃則一臉驚疑神色，環目四顧，掃視遠近，察看是否尚有其他敵人，然後大喝道：「你們先走一步！」接著策馬追在喬琳和狄漢馬背後去。

御者豈敢遲疑，馬鞭揚上半空，再往下抽打拉車的四匹馬兒臀處。眾騎護著馬車正要開出，燕飛已無聲無息從天而降，蝶戀花灑出百千劍影，迎頭往馬車後兩騎疾攻而下。兩名匈奴戰士雖是身手高明，因與燕飛尚有一段頗遠的距離，且是猝不及防，登時遭殃，肩井穴分別被刺中，倒墜落馬。兩匹馬驚嘶人立而起，其他戰士驚覺有變，已來不及阻止要發生的事。燕飛足點其中一馬頭頂，借力平飛開去，後發先至的趕上剛開行的馬車，足踏廂頂，一個觔斗，蝶戀花化作長虹，向駕車的御者直擊而去。喬琳和狄漢離劉裕所在處已不足五丈，赫連勃勃則追在他們之後十丈多的位置，三人聽到人叫馬嘶的聲音，回頭望來，均氣得差點六眼齊噴火燄，知道中計，卻再沒法扭轉敗局。燕飛的動作快如電閃，御者聞聲別頭往後看，正要拔出藏在座位下的馬刀，蝶戀花已朝他面門射至，大駭下側身翻下馬車，險險避過殺身大禍。御者仍在林地上止不住勁翻滾轉動的當兒，燕飛落入御者的位置，執起馬韁，催馬疾行，偏往右方，嚇得敵騎急竄逃避。剎那間，燕飛已策馬破出重圍，朝東面驛道的方向馳去。敵騎亂成一團，好一會才重整陣腳，窮追在馬車後。赫連勃勃、喬琳、狄漢三人此時還哪來閒情理會劉裕，齊齊掉轉馬頭追來。

「噗！噗！」追得最接近的兩名匈奴戰士從馬背騰身而起，落在車頂處。燕飛哈哈一笑，發出兩道指風，刺在奔在前頭的健馬股上，馬兒吃痛下更是發足狂奔，馬車突然加速。燕飛已輕盈如狸貓般翻上車廂前端邊沿處，蝶戀花全力揮擊。「噹！噹！」兩聲清脆的響音後，兩名手持馬刀的匈奴戰士無一倖免地被命中兵器，不單攻勢全消，還被蝶戀花帶著的眞勁震得分兩邊掉下車廂去，重重跌在地上。燕飛又閃電前移，另一名撲上廂頂來的敵人尚未有機會立足實地，早給他連人帶刀劈得飛跌往遠處，再爬不起來。一聲長笑，劉裕不知從哪裏鑽出來，從天降下，落入御者的位置，控制著馬車有驚無險地在林木間穿行。燕飛橫劍立在車廂頂，狀如天神。敵騎登時氣餒，再沒有人敢以身試法躍到車頂來，只敢追在車後，叱喝作勢。赫連勃勃已追至戰士們隊後，喬狄兩人在更遠處追來。燕飛大笑道：「有勞赫連兄相送，不過送君千里，終須一別，赫連兄請回吧！」忽然一拳隔空擊出，勁氣狂吐，追在最近處的匈奴騎士避無可避下，登時應拳拋跌，掉到地上。後來數騎慌忙閃躲，以免踏著自己人，頓時隊形散亂，潰不成軍。隨後追來的赫連勃勃被己方人馬所阻，不得不勒馬收韁。只是這一耽擱，馬車早已去遠，消沒在林木之間。

「停車！」劉裕駕著馬車登上一座小丘，方把馬車停下。

燕飛掃視遠近，看清楚沒有敵蹤，方從車廂頂躍下，道：「劉兄替我把風！」

劉裕一個觔斗翻上車頂，心中湧起親切和熟悉的感覺，想起當日兩人並肩作戰的情景。開門的聲音在下方傳來，接著是燕飛「咦」的一聲驚呼。劉裕見遠近無人，跳往地面，燕飛此時已進入車廂去，他則探首望進車廂內。車廂空無他人，只有燕飛在呆看廂壁。

劉裕直至此刻仍不知馬車內載的是何人，問道：「有甚麼問題？」

燕飛從車門退出來，道：「她走了！還在廂壁留字，說多謝我們。她定有一套解穴的獨家本領，趁我們不注意時，由車窗離開。」

劉裕道：「她是誰？」

燕飛走到車頭，把四匹跑得不住噴白氣的馬兒解下來，答道：「就是安世清的女兒安玉晴。」

劉裕一邊幫忙解馬，邊聽燕飛把事情解釋一遍，到把事情弄清楚，四匹馬兒回復自由，安靜吃草，兩人到車尾的丘坡頂坐下，休息回氣。

劉裕道：「假如可以弄清楚那被稱爲太子者的身分，我們便可以知道誰是內奸。」

燕飛道：「你怎會這麼巧到這裏來的呢？」

劉裕道：「我是跟蹤那太子的一夥人來的，我正要到集外走走，看看能否發現敵軍的影跡，甫出邊荒集，見到他們偏離驛道，進入樹林，心覺可疑，遂追在他們身後，還差點追丟他們。」

燕飛問道：「邊荒集情況如何呢？」

劉裕扼要敘述情況，從奉善被殺說起，到今早在忠義堂舉行的臨時議會，然後總結道：「敵人既對議會內發生的事瞭如指掌，那肯定當時在場者有一個人是內奸，且此人該是胡人，故不得不屈服在那太子的民族大義之下。」

燕飛點頭道：「當然不會是拓跋儀，剩下來的便只有慕容戰和呼雷方。」忽有所悟一震道：「肯定是呼雷方，因爲慕容沖只有三十多歲，哪來這麼大的兒子。只有羌主姚萇，才會有這麼一個兒子。」

劉裕沉聲道：「如是姚萇的兒子，便該是姚興，此人智勇雙全，武功尤勝乃父，堪爲羌族第一高手。」

燕飛嘆道：「唉！呼雷方！一邊是邊荒集的兄弟，一邊是自己的親族，我可以想像到他的爲難處。我們立即趕回邊荒集去。」

劉裕一把扯著他，苦笑道：「我還有重要的事須向你交代。」

燕飛訝道：「究竟是甚麼事？爲何你的神情如此古怪？」

劉裕頹然道：「彌勒教的人之所以算計安玉晴，爲的該是心珮，縱然不能在她身上尋得，也可挾持她威脅安世清把心珮交出來，他們不知心珮已被任青媞盜走，更不知道心珮現正在我身上。」

燕飛失聲道：「甚麼？」

劉裕緩緩解下掛在頸上的心珮，遞到燕飛眼前，道：「這就是心珮。」

燕飛一把接過，拿到眼前審視，皺眉道：「任妖后的東西怎會落在你手上呢？」

劉裕道：「是她硬逼我收下，好爲她保管，因爲此珮能與天地珮生出感應，她還以爲天地珮仍在安世清手上，怕被他們父女追殺。」接著一五一十把前因後果說出來，連任青媞說過關於玉佩的異處亦一字不漏，到最後整個人輕鬆起來，道：「說出來心裏舒服多了！你要惱我我絕不會怪你，因爲確實是我不對。」

燕飛呆望他半晌，接著沉吟起來，忽然笑道：「如在千千被擄北上之前，我曉得你與任青媞合作，還瞞著我，我心中一定很不舒服，現在卻似聽著最理所當然的事，你明白是甚麼道理嗎？」

劉裕愕然搖頭，表示不明白。燕飛出奇地平靜的反應，實出乎他意料之外。劉裕清楚自己變了，而燕飛也不是以前的燕飛。人是會因應環境而變化，否則便要被淘汰。

燕飛露出一個苦澀和神傷的表情，仰望日落前的天空，徐徐道：「那晚我看著千千返回慕容垂的戰船去，看著戰船把我最心愛的人帶走，當時我立下決心，不論用何種手段，只要千千能回到我身邊，我也會毫不猶豫去做。當然！我指的手段只是針對敵人，並不會殃及無辜。」接著朝他瞧來，眼中射出深刻的感情，語氣卻依然平和，淡淡的道：「所以我明白你的處境，爲了掙扎求存，爲了不負玄帥所託，你不得不作出妥協，若非如此，你可能早被司馬道子和王國寶害死，怎還能和我坐在這裏傾吐心事。」又把目光投往山林遠處，沉聲道：「我從來沒有想過參與任何戰爭，可是我能不爲邊荒集而戰，不爲千千而戰嗎？我沒有選擇，你也沒有選擇，所以我明白你，更體諒你。」

劉裕一陣激動，把手埋入舉起的雙掌裏，淒然道：「可是我欺騙了玄帥，沒有把曼妙的事告訴他，更對不起你。」

燕飛搖頭道：「因為你沒有選擇。如不是曼妙令司馬曜和司馬道子不和，南方豈還有你立足之地。我和你都處於人生的低潮中，唯一可做的是如何在如此惡劣的環境裏做到最好，奮鬥不懈，朝目標邁進。」接著道：「你說任青媞對司馬曜動了殺機，此事非同小可，一個不好，南方將出現四分五裂的情況。」

劉裕抬起頭來，思忖道：「南朝於淝水之戰後，早呈分裂亂象，全賴玄帥挾淝水之戰的餘威，鎮著各方勢力。任青媞縱有殺司馬曜之心，亦非一時三刻可以辦到的事，必須巧妙布局，否則曼妙焉能活命？所以眼前當務之急，是如何應付彌勒教。如讓竺法慶安抵建康，謝家肯定片瓦無存。」稍頓後道：「你是否到過滎陽呢？」

燕飛淡淡道：「我不但到過滎陽，還見過千千。」劉裕劇震一下，眼中射出難以置信的神色。

燕飛露出回憶的神情，道：「我一直想不通當晚決戰孫恩前，為何只見到尼惠暉，卻不見竺法慶，原來是竺法慶得到天地珮後，立即潛往秘處借天地珮的奇異功能，修練『十住大乘功』最後一重功法，也因此而令彌勒教顛覆邊荒集的大計胎死腹中，變成赫連勃勃冒險一搏，結果是慘敗一場。」接著把在滎陽見到尼惠暉和江凌虛的遺言道出，讓劉裕明白事情的來龍去脈。

劉裕恍然道：「彌勒教應是一直與慕容垂暗中勾結，任遙也是他們的夥伴，且布下一個對付孫恩的陷阱，卻被孫恩識破，先下手為強殺死任遙。赫連勃勃的慘敗，令慕容垂不得不與孫恩聯手。事情的複雜處，只可以一筆糊塗賬來形容。」

燕飛雙目亮起來，沉聲道：「現在赫連勃勃和彌勒教捲土重來，還有羌族作後盾，顯示彌勒教或許已背叛了慕容垂，原因是怕慕容垂如統一北方，那彌勒教和赫連勃勃在北方將沒有容身之地。所以我們首先要解決呼雷方的問題，然後方可以萬眾一心的應付外敵。」

劉裕道：「我只是擔心，假如竺法慶察覺暫時在邊荒集難有作爲，會繞過邊荒集到建康去，我們最終仍是沒法阻止他南下。」

燕飛合攏右手，把心珮緊握在手中，微笑道：「你不是說過天地珮與心珮有著微妙的感應嗎？如此事屬實，那竺法慶就休想到建康去，我們說不定可殺彌勒教一個片甲不留，爲世除害。」

劉裕精神大振，道：「我們立即回邊荒集去。」

在日出前的暗黑裏，呼雷方匆匆來到小建康的振荊會總壇，陰奇在大門處靜候他。

呼雷方怨道：「甚麼事這般緊急，連天亮都等不及呢？」

陰奇道：「是有關赫連勃勃的事，我們在邊荒集發現了他的營地。」

呼雷方一震道：「竟有此事？營地在邊荒何處？」

陰奇領著他往主堂走去，道：「我並不清楚，建功的是劉裕，眞不愧是北府兵最出色的探子。」呼雷方沉默下來，沒再說話。

主堂出現前方，暗無燈火，亦沒有人聲傳出，洞開的大門內黑漆一片。呼雷方忍不住問道：「誰在堂內？」

陰奇恭敬的道：「爲避開敵人耳目，所以我們不敢張揚，已到的有江大小姐、卓館主、慕容當家和劉裕四人。」

呼雷方露出猶豫神色，在石階前止步。陰奇湊近低聲道：「我們決定對赫連勃勃來個迎頭痛擊，一舉粉碎他準備進軍邊荒集的行動，所以天明後我們立即秘密集結人馬，於黃昏時出擊。」

呼雷方稍鬆一口氣，點頭道：「明白了！」舉步走上長階。

陰奇追在後方，道：「呼雷當家請入大堂，我還要招呼其他人。」

呼雷方道謝一聲，逕自進入大堂。黑沉沉的大堂內坐著十多人，呼雷方心知不妙時，「砰」的一聲，大門在身後關閉。燈火倏地亮起，照得大堂明如白晝。

呼雷方厲叱道：「究竟是怎麼回事？」卓狂生坐在面向大門的主位處，兩邊坐的全是鐘樓議會的成員。最使他料想不到的是負責關門的竟是劉裕和久違了的燕飛。

屠奉三目光投向身旁的空椅，道：「呼雷當家請坐！」

呼雷方的目光落在慕容戰身上，神色轉厲，怒道：「你也站在漢人的一方來算計我？」

慕容戰攤手道：「這與種族沒有任何關係，一切依邊荒集的規矩辦事，赫連勃勃乃邊荒集的公敵，誰與公敵勾結，立即成為我們的公敵。」

呼雷方冷靜下來，沉聲道：「你們不要含血噴人，要證明我和赫連勃勃勾結，須拿出真憑實據來。」

姬別嘆道：「我一向敬重你呼雷方是條好漢子，大家曾並肩作戰，我們更曉得你被迫與赫連勃勃這種人合作，是有逼不得已的苦衷。只要大家開誠布公，仍然有和平解決的辦法。」

卓狂生以主持的身分淡淡道：「呼雷當家請入座，你仍是議會的成員。」

拓跋儀道：「大家平心靜氣把所有事攤開來說如何？」

呼雷方目光移到江文清處，後者鼓勵地點頭，呼雷方神色轉緩，移到屠奉三旁的空椅子頹然坐下。此時燕飛和劉裕才離開大門邊，分坐於左右末席。堂內一陣沉默。

燕飛平靜的道：「我見到赫連勃勃偕彌勒教的喬琳和狄漢，在邊荒的一處密林內與姚興碰頭，還聽到他們的對話。當時赫連勃勃擒下安世清的女兒安玉晴，還多謝姚興在邊荒集提供安玉晴的行蹤。呼雷兄該知道我並沒有造謠。」

呼雷方木無表情，強撐道：「這跟我有何關聯？」大堂靜至落針可聞。

燕飛從容道：「我曾到過滎陽，親眼見到尼惠暉現身城內，還協助慕容垂來搜捕我，貴族太子姚興是否清楚彌勒教與慕容垂的關係呢？如姚興一無所知的話，他就是被人利用了。」呼雷方終於色變，欲語無言。

卓狂生大喝道：「呼雷方你仍未醒悟過來嗎？彌勒教和慕容垂看上你們羌族，只因你的利用價值。現在我們邊荒集團結一致，根本無隙可尋，想要來佔便宜，要明刀明槍和我們打硬仗，我們怕過誰來？你如被人利用，等於我們被打開一個缺口，對大家都沒有好處，你們羌族最後更是一無所得，只會便宜慕容垂和竺法慶。」呼雷方像癱了似的挨在椅子上，一副無話可說的模樣。

紅子春道：「你的爲難處，我們人人明白，也沒有怪你。我們坐在這裏的誰不與邊荒外的各大勢力有千絲萬縷的關係，可是一切必須依邊荒集的規矩辦事，邊荒集才能繼續興旺下去。邊荒集就是邊荒集，是我們安身立命的地方，沒有了邊荒集，我們將成爲名副其實無家可歸的荒人。」

姚猛奮然道：「我們眞正的大敵是慕容垂，因千千小姐的事我們荒人與他是勢不兩立，任何想顚覆邊荒集的人，便是我們的公敵。」

屠奉三伸手過去拍拍呼雷方的肩頭，溫和的道：「幸好燕飛撞破彌勒教的陰謀，呼雷當家仍未泥足深陷，只要你老哥迷途知返，將功贖罪，大家仍是好兄弟。」事實上眾人仍弄不清楚，究竟是彌勒教背叛了慕容垂與羌族合作，還是仍勾結慕容垂以利用羌族，不過這麼說出來，只是讓呼雷方好下台。

呼雷方終於崩潰，頹然道：「是我對不起你們，你們來教我怎麼辦吧！」

費二撇沉聲道：「赫連勃勃的營地在何處？」

呼雷方微一錯愕，接著坦然道：「該是在集外西北方二十里處的鶺子峽附近，地方是我為他們揀選的。」眾人都露出欣然神色，呼雷方肯吐露實情，證明他確有將功贖罪之心，更證實了赫連勃勃確實隱瞞著彌勒教與慕容垂的關係。

燕飛道：「呼雷兄可置身於此事之外，還可以裝作被我們軟禁起來，沒法放出消息，而彌勒教也只會以為是我識破他們的陰謀。」

呼雷方點頭表示感激，道：「我族的戰士要後天才抵達鶺子峽，赫連勃勃的匈奴兵加上彌勒教的徒眾，兵力在二萬人間。」眾人聽得倒抽一口涼氣，若有呼雷方作內應，加上彌勒教高手雲集，驟施突襲，邊荒集大有可能失陷於一夜之間。

劉裕終於發言，道：「我們和赫連勃勃交過手，他會不會憑此二萬人，提早發動呢？」

卓狂生點頭道：「以赫連勃勃愛冒險的性格，此事大有可能。」

屠奉三道：「如他返營地後立即進軍，現在該在十里的範圍內。」

江文清道：「高彥已率領他的兄弟們到集外探察敵情，敵人如有任何異動，肯定瞞不過他的耳目。」

呼雷方道：「燕兄可否告訴我遇上赫連勃勃時的情況？」

燕飛扼要敘述一遍。呼雷方聽罷長長呼出一口氣，道：「如赫連勃勃仍未進軍邊荒集，明天必找人來向我探聽情況，我便可以騙他上當了。」

「咯！咯！咯！」燕飛醒轉過來，勉力坐起，問道：「誰？」

拓跋儀以腳尖把門推開，右手托著一盆水，另一手拿著梳洗的用具。跨過門檻進來笑道：「天亮啦！還不起床，整個邊荒集都在等我們的燕英雄。」

燕飛記起之前隨拓跋儀回來，到北門的大驛站後，由於多天沒有好好睡覺，再撐不住，睡個不省人事。移到床沿道：「現在是甚麼時候？」

拓跋儀把東西一古腦兒全放在一角的小圓桌上，道：「現在是申時中，你睡了足有五個時辰。」

燕飛嘆道：「我似還未睡夠。」辛苦地站起來，移到桌旁坐下，掬水洗臉。冰寒的水，令他精神一振。由於拓跋儀心切拓跋珪攻陷平城和雁門的情況，力邀他到大驛站休息，所以他沒有隨劉裕回東門去。

拓跋儀道：「赫連勃勃並沒有輕舉妄動，只是派人入集打聽情況。」

燕飛道：「誰來見呼雷方？」

拓跋儀道：「來見呼雷方的是喬琳，見到呼雷方安然無恙，她的心已放下一半。呼雷方和她說話時，屠奉三和卓狂生兩人在隔壁監聽，以保證呼雷方不會玩花招。」

燕飛問道：「喬琳相信呼雷方的話嗎？」

拓跋儀笑道：「哪到她不相信，我們所有腦袋加起來所想出的故事合情合理，你和劉裕是從集外遠追著姚興一行人，直跟到他們碰頭處。因見他們聲勢浩大，只敢在遠處偷看，難以接近，故而聽不到他們的對話。後來姚興等離開，你和劉裕想偷襲赫連勃勃，所以你繞了一個大圈，來到他們後方，剛好聽到『安世清的女兒已到手了』這句話，猜到安玉晴在馬車上，所以下手救人。」

燕飛欣然道：「確是切合當時的情況，不過最有說服力的是呼雷方仍好端端的活著。以赫連勃勃的心性胸襟，想破腦袋也想不到有諒解別人這回事，他肯定會深信不疑。」接著起身穿衣，又背上名震天下的蝶戀花。

拓跋儀仍坐著，道：「呼雷方告訴喬琳邊荒集雖提高警覺，不過仍未明白事情的嚴重性，只以為彌勒教是來興風作浪，不過已精騎盡出，搜索集外方圓百里之地，還勸喬琳必須暫時撤退。」說畢弓身而起，陪燕飛朝北大街舉步。

燕飛道：「喬琳反應如何？」

拓跋儀答道：「她可以有甚麼反應？當然是回去向赫連勃勃報告，兩個時辰後她又回來見呼雷方，告訴呼雷方必須趁我們尚未有戒備前，於今晚天明前突襲邊荒集，要呼雷方準備。呼雷方裝作反對一番，最後無奈同意，還約好從西、北兩門殺入集來。」

燕飛嘆道：「這叫一錯再錯，這次還要賠上個彌勒教。」

拓跋儀道：「照我們猜測，該是由竺法慶親自下令進攻，赫連勃勃還未有資格指使喬琳和狄漢，我們會於子時後封鎖全集，再把婦孺老弱和不相干的人撤往潁水東岸，然後張開羅網，待敵人自投進來。」

兩人走出大驛站，來到熱鬧的北門大街，陽光灑在身上，令人生出懶洋洋的感覺。燕飛不理會街上行人投到他身上的目光，仰首觀天，道：「今晚會是一場硬仗，竺法慶和尼惠暉並不容易應付，一個不好，我們會有重大傷亡。」

拓跋儀道：「所以一眾人等正在老卓的說書館恭候你老哥的大駕，好商量誅妖大計，因此我不得不喚醒你。」

燕飛正要說話，忽然發覺有人在路旁向他揮手。拓跋儀愕然道：「是誰？」

燕飛定神看清楚點，方發覺是作男兒打扮的安玉晴，由於她臉覆重紗的形象太深刻鮮明，一時間沒有想到是她。拍拍拓跋儀肩頭道：「是安大小姐，你為我把風，我過去和她說兩句話。」

拓跋儀笑道：「只限兩句，多說半句我會把你捉走。」

燕飛跟著安玉晴步入小巷。安玉晴停步轉身，那對令燕飛沒法忘記，秀氣而神秘的大眼睛正一眨不眨的瞧他，道：「人家尚未有機會親自多謝你呢！」

燕飛移至離她香澤可聞的近處，不解道：「安小姐為何不告而別呢？如非你在車廂內留字，我會以為竺法慶神通廣大到把你暗中帶走。」

安玉晴對他的神態明顯比在建康謝府見面時友善親切，微笑道：「玉晴不想在那種情況下與你們相見嘛！」

燕飛問道：「安小姐怎會中伏的呢？」

安玉晴苦笑道：「我在集內發現喬琳，見她離集便從後追蹤，豈知竟是個陷阱。」

燕飛再問最關心的問題，道：「當時在車內，安小姐有沒有聽到敵人的交談對話？」

安玉晴冷哼一聲，道：「他們封鎖了我身上十八處要穴，令我昏迷過去，我甚麼都聽不到。不過自小爹便以丹藥來鞏固增強我的脈絡，令我的體質異於常人，所以你們的打鬧聲驚醒了我，並自行運氣衝開所有被禁制的穴道。」

燕飛心中欣慰，心忖難怪赫連勃勃一方不怕會從眼前美女這裏洩出秘密。微笑道：「小姐的體質肯定非常特異，看來不用我們幫忙，也可以脫困。」

安玉晴俏臉微紅，輕輕道：「有利必有弊，丹藥也使我的性格異乎常人，甚至不近人情，以前如有甚麼得罪燕兄的地方，請燕兄不要放在心上。」

燕飛忍不住細看她動人的美眸，欣然道：「怎麼會呢？我有個好消息告訴小姐，我在太乙教的道觀遇上令尊，還僥倖地助他除去體內令他性情大變的丹毒，使他康復過來，現在他已回家去了！」

安玉晴露出無可掩蓋的驚喜神色，小女孩般雀躍道：「眞的嗎？」

燕飛解釋一遍，然後道：「我有急事趕著去辦，小姐若不想捲入戰事去，最好暫時離開邊荒集。」

安玉晴道：「是否要對付彌勒教呢？」

燕飛道：「正是彌勒教，如無意外，他們會在今晚全面進犯。」

安玉晴道：「玉晴可以稍盡棉力嗎？人家到邊荒集來，正是要託你幫忙，以討回落在竺法慶手上的天地珮。」

燕飛訝道：「上次在烏衣巷謝家和小姐說話，小姐似是對天地珮毫不在意，爲何現在又急於討回玉佩？」

安玉晴秀眉輕蹙，神情動人至極，淺嘆一口氣道：「因爲我怕竺法慶藉天地珮合璧的特異效能，從而成功尋得心珮，而我是絕不容心珮落在這邪魔手上的。」又道：「箇中情況，確實一言難盡，我們可以約個地方再碰面說話嗎？」

燕飛如何可以拒絕，說出時間地點後，安玉晴甜甜一笑，這才去了。到拓跋儀來到他身旁，他的腦海仍浮現著她動人的笑容。

拓跋儀呼出一口氣道：「好像不止兩句吧！這女子的艷色比得上紀千千，縱使沒有搔首弄姿，已是撩人至極。」

燕飛會意過來，笑道：「你想到哪裏去了，人家可是正正經經的閨秀，走吧！」兩人談笑著去了，從他們輕鬆的神態和步伐，誰也察覺不到針對邊荒集的另一場戰爭風暴，正在醞釀成形中。

〈卷六〉

第四章◆心珮妙用

第四章 心珮妙用

在進入說書館前，劉裕截著燕飛到一旁說話，拓跋儀只好先進館內去。夜窩子的青樓、賭館尚未開始營業，在日落的餘暉中，有種懶洋洋的況味。

燕飛皺眉道：「甚麼事這麼要緊？」

劉裕把藏在手裏的東西塞進他手心去，燕飛一把握著，接著露出無可掩飾的驚異神色，駭然道：「爲何變得這麼熱呢？」手中握著的正是心珮。

劉裕搭著他肩頭，走到外院一角，低聲道：「在一刻鐘前心珮開始變暖，該是竺法慶來了，這種異事，你該比我有辦法。」

燕飛苦笑道：「竺法慶可能仍在集外，又或可能已在集內，甚至在我們身旁，誰可以肯定呢？此事眞教人頭痛，如尼惠暉和竺法慶一起行動，只是他們兩人，已可對邊荒集造成很大的破壞。一個不好，給他們識破我們今晚的計畫，形勢反會變得對我們不利。」

劉裕道：「若依常理，竺法慶在赫連勃勃的匈奴兵和彌勒教徒聯軍全面入侵前，該不會有任何行動，以免打草驚蛇，而我們必須趁此機會圍剿竺法慶夫婦，那赫連勃勃肯定要全軍覆沒。」

燕飛點頭道：「你現在比我清醒，告訴我該怎麼辦好？」

劉裕目光閃閃的道：「我有很不對勁的感覺，敵人似乎太輕易中計了，事情絕不像表面看到的那麼簡單，若竺法慶夫婦已在集內反合乎情理。胡沛追隨祝老大這麼久了，不單對邊荒集瞭如指掌，且肯定尙有餘黨留在集內，要從內部顚覆邊荒集，不用完全倚賴舉棋不定的呼雷方。」

燕飛終認識到劉裕擅長與敵人鬥詭謀玩手段的一面，他本身也是才智高絕的人，只因旅途疲倦，沒有閒暇靜心思索，現既從心珮的變異猜測到竺法慶大有可能已潛入邊荒集，而非在敵人營地處靜候進攻的時刻，立即驚醒過來。道：「我們可從心珮的變化推斷竺法慶在集內，竺法慶手上的天地珮當然也會生出反應，他會怎麼想呢？」

劉裕道：「他或許只能疑神疑鬼，不明白天地珮爲何有此情況，因爲這是道門的秘密，他大有可能並不清楚，換了是孫恩或江凌虛當然是另一回事。另一個可能性是他把天地珮藏在錦盒一類的東西內，以免打鬥時受損，根本不知道天地珮竟有變化。」

燕飛動容道：「如此主動權將掌握在我們手上。」又嘆道：「本來只要找著安玉晴一問便知，只恨沒法問個清楚明白。」

劉裕一呆道：「安玉晴竟回來了嗎？」

燕飛當機立斷道：「我還約好她待會碰頭說話。事不宜遲，你立即請宋大叔去見安玉晴，要她到說書館來，以免她再被竺法慶暗算，其他的事，你該知怎麼辦，我現在設法利用心珮找出竺法慶的藏身處，否則今晚我們會輸個一塌糊塗。」

劉裕皺眉道：「可是我們如何向安玉晴解釋呢？我們絕不能把心珮的事洩漏出去，包括我們邊荒集的兄弟在內。」

燕飛道：「這個問題不難解決，人人均曉得我對尼惠暉的妖法能產生感應，就以此作藉口代替心珮的奇異功能吧！」

劉裕拍額道：「好計！」從懷中掏出一盞精巧的小風燈，遞給燕飛，道：「小心點！我們會移師古鐘樓頂的觀遠台並留意你發出的訊號，好全力支援你。」又說出通訊的幾種手法。燕飛接過小風燈，迅速去了。

夜色籠罩邊荒集。表面看邊荒集一切如常，荒人開始湧向夜窩子尋歡作樂，事實上邊荒集卻是外弛內張，各大勢力正祕密動員，蓄勢以待。劉裕說得對，這方面的情況是不可能瞞過胡沛的，大江幫接管了漢幫，也接收了彌勒教的餘黨，大江幫人馬的調動，勢必令竺法慶和尼惠暉有所警覺；從而推斷出呼雷方或許已背叛了他們。這是一場鬥智鬥力的遊戲。燕飛提著心珮，對角走直線的搜了邊荒集一遍，從心珮的微妙變化判斷竺法慶所在的位置，已有所得。他此刻藏身在第一樓空址的暗黑裏，幾可肯定竺法慶所在處就是原爲布帛莊，後被屠奉三半強逼下奪去作刺客館的興泰隆布行。

邊荒集之戰後，屠奉三得到了小建康，把刺客館交回原主人，只沒想過興泰隆的老闆任明幫竟是彌勒教的妖人。屠奉三並不是隨便挑選一個鋪子作刺客館，而是看上興泰隆的戰略性位置和規模，它不單緊扼東門大街的中心地帶，且有個廣闊的後院，內有四座貨倉，足可讓數百人藏身。假如興泰隆有一支五百人的彌勒教的最精銳部隊，趁兵荒馬亂時從集內攻打東門，肯定可以一舉控制東門。所以喬琳說的甚麼攻打西門北門，肯定是誆騙集內聯軍之計，其目的是使聯軍集中力量防守此兩門，彌勒教則從東門乘虛而入，由此亦可判斷，敵人已看破呼雷方出賣了他們。燕飛暗呼「好險」。敵人的計畫本是萬無一失，從將奉善的屍體示眾開始，陰謀逐一實行，在呼雷方的呼應下，只要驟施突襲，一舉收拾江文清、席敬、程蒼古、費二撇等大江幫的領袖人物，確可取大江幫而代之，然後再蠶食其他勢力，豈知卻給他燕飛撞破他們的勾當，如此看邊荒集仍是氣數未盡。想到這裏，燕飛提氣輕身，朝興泰隆所在潛去。

「大王駕到！」紀千千獨坐內堂，神色平靜地看著臉上帶點倦容的慕容垂走進來。

慕容垂默默在小几另一邊坐下，好一會才道：「千千該猜到發生了甚麼事吧？」

紀千千心中湧起難言的感覺，天下間恐怕只有燕飛，自己的愛郎，方有將這無敵霸主玩弄於股掌上的本領，先是把自己從他手上搶回去，雖是功敗垂成，但已震驚天下；現在又在對方千軍萬馬全力戒備下，偷進來與她私會，令慕容垂頹然若失如眼前的模樣。櫻唇輕啓道：「他來了！」

慕容垂點頭道：「他來了又走了，千千該可放下心事。」

紀千千淡淡道：「他有沒有受傷呢？」

慕容垂搖搖頭，忽又啞然失笑道：「好一個燕飛！狡猾如狐，絕非有勇無謀之輩，且機警過人，看出情勢不對，立即離開，使我所有布置頓然落空，這樣一個高明的對手，確實難得。」

紀千千暗吃一驚，與慕容垂相處了如此一段日子後，憑她的蕙質蘭心，已逐漸揣摩到他的性格和行事作風。慕容垂忽然稱讚燕飛，一來表現出他過人的心胸和風度，更因他另有對付燕飛的方法。慕容垂是那種一旦認清楚目標，永不放棄的人，就像他對自己。

慕容垂朝她瞧來，柔聲道：「千千沒話要說嗎？咦！千千今晚的精神相當不錯。」

紀千千心嘆一口氣，知道不論如何弄妝，仍難瞞過他一對銳眼，更曉得愈解釋愈糟，索性不答他，道：「你想我說甚麼呢？」

慕容垂倒沒有生出懷疑，道：「千千的確不好在這事上說話，妒忌是最折磨人的一種情緒。好吧！我想弄清楚我們的協議是否仍有效？」

紀千千心忖這可是你一廂情願的協議，人家從來沒有答應任何事。不過也知道若慕容垂眞能活捉燕飛，她紀千千是會爲燕飛作出任何犧牲的。就在這一刻，她感到和燕飛的未來陷入了另一危機。慕容垂並不是被動地等待燕飛來營救她，而是可以主動出擊，只要能生擒燕飛，自己便須獻身給他，而如若事情發展到那地步，她也不可能再回到燕飛身邊。慕容垂此著確實高明。

紀千千絲毫不露出內心的情緒，輕輕道：「大王怎麼說就怎麼辦了。千千感到很倦，想早些兒休息。」此時她心中塡滿燕飛的影子，再容納不下其他東西，更依燕飛傳授的秘法，意守丹田，不讓精神外洩。

慕容垂緩緩而起，微笑道：「千千動氣了！不過我卻沒有怨怪之意，明天將是我舉行登基大典的好日子，千千請千萬賞臉出席，否則我慕容垂會感到美中不足。」說罷悠然去了。

燕飛從屋頂猛來一個倒翻，返回地面，躲在一條後巷的暗黑裏。興泰隆的後院離他只是隔開一列房舍，忽然心生警兆，雖未看到任何敵人的影跡，爲安全計，忙就地找藏身處隱蔽身影。數息之後，破風聲在西南方響起。燕飛在暗黑裏仰首上望，把眼睛瞇成一線，以免敵人因他的窺視生出感應。他是不得不小心，從來者移近的速度，他判斷出對方乃一等一的高手。三道黑影在屋簷上橫過，一閃即去，投往興泰隆後院的方向。

燕飛一眼認出在上方掠過的三道黑影裏，居中者正是竺法慶的妻子尼惠暉，另兩個緊隨她左右的男子，從其高明的身手看，該是屬於彌勒教的四大護法金剛人物。燕飛心中叫好。尼惠暉終於從滎陽及時趕到，當是因竺法慶在邊荒遇上自己後，向滎陽的尼惠暉送出消息，使她不用枯守滎陽，趕到這裏與竺法慶會合。他叫好的原因，是可尾隨尼惠暉以找到竺法慶的藏身處，更因尼惠暉剛到，竺法慶怎都要向她解釋一番，讓她明白邊荒集現在的形勢，那他便可以掌握敵情。這些念頭以電光石火的高速掠過他的腦海，燕飛從暗處竄出，緊躡敵人尾巴去了。

劉裕站在觀遠台上，目光巡視東大街一帶的房舍，左右伴著他的是屠奉三和卓狂生。台上尚有二十名來自夜窩族的精選好手，人人聚精會神，嚴密監視整個邊荒集，只要燕飛在任何可見處發出燈光訊號，均難避過他們的眼睛。以江文清、慕容戰、拓跋儀為首的三支精兵，正隱伏於夜窩子邊緣區的樓房，枕戈以待任何突變。夜窩族成群結隊出動，表面看似尋歡作樂，事實上人人作好準備，可以應付任何場面。外圍的防禦由紅子春、姬別、費二撇等一眾老大負責。呼雷方由於情況特殊，只領本部人馬在南門候命，還有人監視。一切準備妥當，只待燕飛的訊號。

卓狂生拈鬚欣然笑道：「我們邊荒集全賴有個小燕飛，憑其神妙靈覺洞悉敵人的陰謀，否則我們死了都不知是怎麼回事。」

屠奉三嘆道：「我很少佩服一個人，但卻不得不佩服燕飛，若不是他，我們早命喪於蜂鳴峽。而在滎陽那樣敵人嚴陣以待的情況下，仍能潛進去見到我們的千千美人。今晚如能大破彌勒教，也是拜他所賜。」

聽到兩人對燕飛的讚許，劉裕另有一番感受。他們兩人都是不甘屈服於命運的人，所以一旦遇上機會，便擺脫過去，重新掌握自己的命運，而邊荒集正是上天賜與他們最大的恩寵。卓狂生是一個很特別的人，對事物有異於常人的觸覺和看法。比之建康名士的浮誇，他才是骨子裏的風流名士，不須蓄意求之，本身已俱備收放自如的名士氣質。任遙的死亡，把他從家族的宿命裏解放出來，所以他拒絕再參與逍遙教的任何行動。屠奉三則是因邊荒集而看透桓玄是怎樣的一個人，並對他徹底的失望，再不甘心作他統一天下的工具和走狗。他們感激燕飛，正因燕飛和他們在利益上完全一致，大家都是拋開生死誓要維護邊荒集的自由和公義，榮辱與共。

古鐘場逐漸熱鬧起來，來自五湖四海做買賣和耍雜藝的各路江湖兒女，開始設立營帳和攤檔。劉裕有感而發的道：「好一個燕飛！好一個邊荒集！未到過這裏的人，想破腦袋也想不到這裏的情況。」心中不由升起王淡眞的如花玉容，如她在自己身旁，會是如何的一番光景滋味？她現在芳蹤何處呢？今夜是非常特別的一夜，在繁華熱鬧下暗藏的是重重殺機。

屠奉三嘆道：「劉兄說得對。當我首次踏足邊荒集，便生出從未有過的感受，那時我還是個破壞者的身分，且沒有自省的能力，可是當我見到千千小姐，我首次對自己的作爲猶豫起來，想到邊荒集等於一個美麗和清澄的小湖，裏面生長著各式各樣的魚兒和水草，任何有別於此的東西投進去，都會破壞湖中動人的環境。」

卓狂生雙目射出狂熱的神色，臉上現出回憶的神情，緩緩道：「我也來說說第一次來到邊荒集的感受，那是一見鍾情，然後我知道自己在熱戀了，愛上的是邊荒集，愛上它的一切，其他再不重要。我愛的不單是它的優點，更愛它的缺點。只有在邊荒集，你才能有血有肉的活著。每一刻都不知下一刻會發生的事，每一刻邊荒集都處於安全和危險的分界中，就像美夢和噩夢糾纏不休。說起來我還要感激兩位，陰差陽錯的令我回復自由之身，老天爺待我眞的不薄，所以我已決定和邊荒集共存亡，在其他地方縱使活著也沒有絲毫意義。」聽到他深情的自白，兩人一時間都沒法說話。

足音響起。宋悲風來到屠奉三旁，沉聲道：「見不到安小姐！」

劉裕一震道：「不是出了事吧？」

卓狂生信心十足的道：「沒有人敢在夜窩子動手的，何況安玉晴並非一般女流，劍法高明，如彌勒教敢公然向她下手，肯定避不過我們夜窩族的耳目。」

屠奉三點頭道：「她該是遇上特別事故，未能應約。」

宋悲風道：「小飛仍未有消息嗎？」

劉裕搖頭答道：「我們仍在等待。」

屠奉三道：「待會偷襲彌勒教的伏兵，由我們四人和夜窩族的精選高手，負責協助燕飛對付竺法慶和尼惠暉夫婦，另外的妖人則由其他好漢招呼。他娘的！我們要叫他們來得去不得，如此方可顯示我們的實力。」

破風聲起。四人別頭瞧去，高彥神色凝重的從入口處掠至。

燕飛後發先至，就趁尼惠暉三人踰牆進入後院的剎那，從另一邊牆翻入後院。比起滎陽城慕容垂行宮的布置，彌勒教妖人藏身的興泰隆布行實在差遠了，燕飛最高明的地方，是趁安排在後院的六個暗哨注意力均被尼惠暉三人吸引過去的一刻，覷隙而入，加上動作快如閃電，貼著牆翻進去，又有黑暗作掩護，到敵人如常運作之時，他已躲到其中一座貨倉旁的雜物堆裏去。尼惠暉三人在他上方掠過，從貨倉頂躍落地面，進入興泰隆後進的房舍去。燕飛盤膝趺坐，全力運功，將所有雜念完全排出腦海之外。首先傳入耳中的是後方倉房內的呼吸聲，驟聽之下已可肯定倉內足有百人之眾，以四個倉房計算，藏身後院的敵人該在四百至五百人間。他的注意力迅快移往尼惠暉三人處，以靈銳的聽覺追蹤他們的足音。尼惠暉忽然止步，另兩人隨之停下來。接著是尼惠暉一聲冷哼，聽得燕飛大惑不解，不過她肯在後進停留，已令燕飛喜出望外，因為如竺法慶是在前進的鋪子，尼惠暉要到那裏和他說話，那離他將超過二十丈的距離，又有堅固的石牆阻隔，他得被迫潛到那裏去，方能聽個清楚分明。

女子惶恐的聲音響起道：「佛娘福安！佛爺在裏面恭候法駕。」

尼惠暉淡淡的道：「看你衣衫不整、釵橫鬢亂的樣子，成何體統？快給我滾！」接著是足音遠去的響聲。燕飛聽得直搖頭，妖人畢竟是妖人，臨此大戰即至的時刻，竺法慶仍忍不住找女徒來行淫取樂，且給尼惠暉撞個正著。

竺法慶的聲音響起道：「是不是我的小惠暉來了！有你來便最好了！小媚那騷蹄子怎及得上我的寶貝呢？」說罷又一陣淫笑。

尼惠暉低聲吩咐身旁的兩人道：「你們四處巡視一下，看看有沒有甚麼樓子。」兩人應命去了。

風聲倏起，其中一人返回後院內，在燕飛身旁兩丈不到處掠過，到其中一座倉房去了。燕飛的心神又回到尼惠暉身上。

門關。尼惠暉餘怒未消的聲音在房內響起道：「你是怎麼搞的？遇上燕飛卻沒有殺他，還讓他識破姚興與我們的關係。」

竺法慶不悅道：「你和慕容垂又是怎麼搞的？布下天羅地網，竟讓燕飛在滎陽城來去自如，完全拿他沒法。是否和慕容垂乾柴遇著烈火，打得火熱，把其他事全忘掉了。」

燕飛聽得暗吃一驚，尼惠暉顯然在來此途中聽過下屬的彙報，並清楚知道陰謀敗露。如此問題便非常嚴重，會不會是呼雷方在逼於無奈下與他們虛與委蛇，卻暗中點醒喬琳呢？竺法慶「哎喲」的叫了一聲，接著是衣衫摩擦的響音和尼惠暉的嬌喘，看來應是尼惠暉縱體入竺法慶懷中，並狠狠捏了竺法慶一把，而竺法慶一雙手卻在尼惠暉豐滿的身體遊移。這對夫婦關係奇怪，又是淫穢不堪。

尼惠暉嬌嗔道：「住手！否則我和你沒完沒了。唔……」

竺法慶「嘖嘖」連聲親了幾個嘴兒，才道：「慕容垂有沒有讚你的床上功夫了得？」燕飛幾乎想掩耳不聽，這對邪人的對話總離不開男女兩性的事情。

尼惠暉嗔道：「慕容垂現在除紀千千外，對其他女人再沒有興趣，你再胡言亂語吃乾醋，我絕不會放過你。」

竺法慶淫笑道：「那慕容垂便是大蠢蛋，竟不知自己錯過了甚麼好東西。哈！紀千千，待慕容垂玩厭她後，我便拿娘子去和他交換一晚。哎喲！娘子愈來愈有勁了！」

尼惠暉又嗔道：「住手！現在是甚麼時候，虧你還這麼有興頭。現在我最怕的是被這小子看破我們和慕容垂、姚萇三方連成一氣，若此事經邊荒集傳入慕容沖耳裏，那我們整個精心策畫的妙計便不靈光了。」

暗裏偷聽的燕飛頓時打了個寒噤，心呼好險，更大感不虛此行。呼雷方肯定有問題，因爲他並沒有透露這方面的情況。

竺法慶冷笑道：「不論是姚萇得關中，又或慕容垂統一慕容鮮卑族，暫時來說對我們都無關痛癢，最好是慕容沖被殲後，姚萇再和慕容垂鬥個兩敗俱傷。而我們則盡得邊荒集之利，再在南方隔岸觀火，宏揚我教。」

尼惠暉不滿道：「佛爺怎會是如此短視的人呢？我們當然不會爲慕容垂和姚萇著想，可是卻不得不爲勃勃著想，他現在投靠姚萇，以對抗拓跋珪，此事關乎到我們在北方的基業和發展，絕不可以掉以輕心。」

竺法慶悶哼一聲，道：「拓跋珪算甚麼東西，他敢進犯平城和雁門，只是自尋死路。他根本遠不是慕容垂的對手，何懼之有？」又問道：「你見過姚興嗎？」

尼惠暉答道：「黃昏時大家碰過頭，對於提前於今晚突襲邊荒集，他那方面沒有問題，他的一萬羌兵均屬精銳，姚興更是驍勇善戰，該可一舉攻下碼頭區。國寶方面順利嗎？」

竺法慶答道：「國寶的二千建康軍，已從陸路潛至邊荒集南面的密林山區，一切妥當。這回是因禍得福，邊荒集的一班蠢材太不知死活了，死到臨頭仍忙著說甚麼仁義道德，到今晚丑寅之交，他們將知道錯得有多厲害。」接著問道：「慕容垂方面有甚麼話說？我眞不明白在攻陷邊荒集後，他的好處在哪裏？」燕飛本已想離開，聽到這段話，立即決定多留一會兒。

尼惠暉道：「他唯一的要求，是活捉燕飛送往滎陽去。你說他不智，我卻說他是老奸巨猾。即使我們得到邊荒集，可是當泗水以北的城池盡入他手中，我們敢不與他平分邊荒集的利益嗎？如此不費一兵一卒，便可得到邊荒集，他才是眞正的聰明人。」

燕飛作出判斷，竺法慶武功雖比尼惠暉高明，才智卻及不上她。

竺法慶笑道：「誰是最聰明的人，要等到將來方曉得。無獨有偶，司馬道子開出的條件也是要活捉一個人。」

尼惠暉道：「劉裕？」

竺法慶道：「娘子猜個正著。趁還有點時間，我又強忍了百多天，我們不如……」

尼惠暉嗔道：「你忍了百多天嗎？我還沒和你算賬，剛才是怎麼回事？」

燕飛正要離開。竺法慶淫笑道：「娘子大人有大量，我有重禮送給你。」

尼惠暉欣然道：「快給我把寶物拿來。」

燕飛大吃一驚，猜到竺法慶要送甚麼給尼惠暉。

高彥來到四人身前，道：「形勢和我們預料的有出入。」

劉裕道：「是否在集南發現敵蹤？」

高彥一呆道：「你怎能一猜即中？」

卓狂生緊張地問道：「時間無多，不要再說廢話。」

高彥道：「入黑後，赫連勃勃的人馬開始從鵠子峽走出來，在山區結陣，並開始謹慎而緩慢地向我們推進。照他們現在的情況，在子時後可到達集西的平原區。」

宋悲風問道：「是甚麼兵種？」

高彥道：「全是騎兵，人數在一萬五千到一萬八千人間，隊形整齊，不像是由匈奴兵和彌勒教徒臨時湊合的烏合之眾。」

屠奉三沉聲問道：「南面的敵人情況如何？」

高彥道：「南面的敵人隱伏在鎮荒崗西北的山區，人數不詳，應在數千人間，若我沒有看錯，該是來自司馬道子的建康軍，也是輕騎兵。如他們離開藏身處，可在一至兩個時辰內攻打南門。」

宋悲風與劉裕交換個眼色，均看到對方內心的想法。既然彌勒教出手對付邊荒集，與彌勒教勾結的司馬道子和王國寶當然不會置身事外。

屠奉三目光投向劉裕，道：「劉兄是否想到我心裏想的事呢？」

劉裕點頭道：「如我們盲目地相信喬琳向呼雷方透露從西、北兩門攻打邊荒集的計畫，這一仗我們會輸得很慘。」

卓狂生倒抽一口涼氣道：「呼雷方會不會有問題呢？」

屠奉三道：「這個仍很難說，不過原諒叛徒一向不是我的作風，我們必須先小人後君子，假設呼雷方不肯乖乖的合作，我們便先殺他一個片甲不留。否則如讓建康軍從南門進入邊荒集，與呼雷方的羌幫會合，我們將死無葬身之地。」

宋悲風道：「可是在現今的情況下，我們向呼雷方的人動手，會打草驚蛇，令我們沒法先一步殲滅集內的彌勒教伏兵。」

屠奉三向劉裕問道：「劉兄對此有甚麼意見？」

劉裕心中升起奇異的感覺，屠奉三似在不斷考量自己的判斷和應變力，究竟他心中有何意圖呢？是否要借此機會來試探自己有沒有資格作謝玄的繼承人，還是要摸清自己的底子，好於將來對付自己時更有把握？旋又推翻這個想法，因爲屠奉三對邊荒集的忠誠就像卓狂生熱戀邊荒集般，是無庸置疑的。從這角度去看，屠奉三確有背叛桓玄之心，所以自己一旦成爲北府兵的最高領袖，或許可得到屠奉三的全力支持。任何想在邊荒集混的勢力，如沒有集外的勢力支援，會是非常吃虧的事。想到這裏，再不猶豫，沉聲道：「現在最重要的事，是要弄清楚呼雷方眞正的立場。」轉向高彥道：「敵人不但低估了邊荒集，更低估了我們首席風媒高彥小子的偵察能力，高彥你現在須全力搜索潁水東岸的區域，如呼雷方眞是口不對心的人，那姚興的大軍，肯定藏身於東岸某隱蔽之處。」

卓狂生皺眉道：「姚興的人也可能藏身西岸，因可以省卻渡河的麻煩。」

高彥動容道：「劉大哥確實是出色的探子，我的想法就像老卓般以爲若有敵人，肯定是在西岸某處，所以集中人手搜索西岸，東岸則是應個景兒。」

屠奉三欣然瞥劉裕一眼，露出讚賞的神色，道：「高彥你可以碼頭區爲起點，遍搜兩個時辰馬程內所有東岸山林荒野，出動的探子須是最有本領的，萬勿讓敵人發覺。」高彥領命去了。

卓狂生攤手道：「探子確非我的本行，好了！現在我們該怎麼辦？」

劉裕與屠奉三交換一個會心微笑，然後從容道：「我們現在可作出判斷，敵人該於兩個時辰後方可發動全面的進攻，既然我們仍有時間，就耐心靜候我們小燕飛的好消息，他從來不會令我們失望的。」

燕飛伸手從懷裏掏出心珮，緊握手中。心珮熱得幾乎燙手，那種熱力是發射性的，一陣一陣的，令人生出它在躍動著的古怪感覺。

尼惠暉的嬌呼傳入耳中道：「你在幹甚麼？堂堂大活彌勒爺，怎可以跪在地上呢？」

燕飛已無暇取笑竺法慶的私房醜態，心忖天地珮果如劉裕所料，是密藏在盒子一類的東西裏，所以直至此刻，對方仍未發現天地珮因心珮而起的異常情況。不過若一旦給這對妖人發現天地珮溫熱起來，後果頗難預料。天曉得他們是不是早從奉善處逼問出所有關於天地珮的秘密。就在此時，腦際靈光乍現。

竺法慶一本正經的道：「閨房之樂，在乎無所不用其極，收起所有羞恥之心，重現人的眞情本性，如此方能盡興。本佛爺現在向佛娘獻上道家異寶，希望娘子收禮後，忘掉本佛爺所有過錯，只記得本佛爺的好處，在大開殺戒前與本佛爺修練歡喜禪功，我憋得很辛苦呢！」

來自丹劫的火熱眞氣，輸進手中，將心珮緊裹其內。正如燕飛能封閉自己的心靈，他的眞氣亦該有同樣的異能，可把心珮與天地珮神妙的感應隔絕。燕飛心中求神拜佛的當兒，心珮果然開始冷卻起來。

盒子掀起，發出「滴」一聲的清響。尼惠暉「呵」的嬌呼，讚道：「果然是……噢！你在幹甚麼？」

竺法慶淫笑道：「你以爲我在幹甚麼呢？當然是爲娘子寬衣解帶。」

尼惠暉顫聲喘道：「現在是甚麼時候了？」

竺法慶冷哼道：「你當我竺法慶是甚麼人，竟不知是殺人的時候嗎？現在我神功大成，與你修歡喜禪，是要助你在武功上作出突破，待會殺得更痛快，你要依我的吩咐去辦，作我最乖最聽話的心肝寶貝。」

尼惠暉顫抖著呢聲道：「我的彌勒佛爺，你要奴家怎麼辦便怎麼辦吧！一切全聽佛爺指示。」

燕飛心想如要偷襲竺法慶，這不失爲千載難逢的機會。可是此刻身負傳達敵情重任，只好連忙悄悄離開。

劉裕凝望東大街的方向，道：「我敢肯定姚興的人馬在東岸處。」

屠奉三點頭道：「如不是姚興的人馬參與今夜的行動，呼雷方便不用隱瞞來自建康的敵人，更不用對我們說謊。」

卓狂生嘆道：「眞可惜！可是我到現在仍很難接受呼雷方是這樣一個出賣兄弟朋友的人。」

屠奉三淡淡道：「知人知面不知心。當日他和我們共抗大敵，義無反顧，爲的是利益。現在他也是爲利益，只不過爲的是他族人的利益，而非邊荒集的利益。」

卓狂生搖頭苦笑，道：「我們能頂得住敵人的三路大軍嗎？在敵人大舉進犯前，我們還要先對付竺法慶夫婦和呼雷方，只是羌幫總壇便有過千兵馬。」

屠奉三道：「今夜的形勢，凶險處實不下於應付慕容垂和孫恩之戰，不過只要我們把同一套搬來應用，該可度過難關。」

卓狂生訝道：「那一套呢？」

屠奉三道：「就是先確立清晰的指揮權，我願意全力支持劉兄作此戰的總指揮，而說服各方老大的當然人選，自然是我們的卓名士。」

卓狂生看看屠奉三，又看看劉裕，啞然笑道：「這麼簡明易行的辦法，偏是我想不到的。領命！」說畢欣然去了。

宋悲風一震道：「小飛的訊號來了！」兩人大喜望去，在夜窩子邊緣區，微弱的風燈光一下長一下短的閃耀著，顯示須立即出擊的最緊急傳訊。

屠奉三、宋悲風、劉裕與燕飛在夜窩子西南角的邊緣區會合，連忙進入屬於費二撇位於東大街的一座錢莊，斜對面便是興泰隆布行。四人登上閣樓，透過兩扇臨街小窗觀看興泰隆布行的情況。

屠奉三狠狠道：「好傢伙！竟然躲到我的刺客館去，眞是夠巧的。當日我強買下興泰隆，肯定破壞了彌勒教一些見不得光的事。」

劉裕笑道：「攻打興泰隆布行的指揮人選，肯定是屠兄，沒有人比屠兄更熟悉裏面的情況。」

屠奉三欣然道：「這樣的好差事我是不會推的。」又笑道：「我的眼光不錯吧！當日挑中興泰隆布行作刺客館，正是看中興泰隆布行院落後可藏兵的四座貨倉，原來竟是彌勒教在這裏精心設置的秘巢。」

燕飛已扼要地說出從竺法慶夫婦處聽回來的敵人形勢，使眾人更肯定呼雷方仍背叛著他們，也帶來新的問題。此時江文清、慕容戰、拓跋儀、姚猛和卓狂生聞訊聯袂而至，商量抗敵的最新策略。

卓狂生道：「大家對屠老大提議由劉兄作今晚總指揮一事全無異議，現在時間緊迫，請劉爺頒令。」

劉裕在燕飛鼓勵的目光下，點頭道：「攻進興泰隆布行的行動，由屠兄負責，因爲他比任何人更清楚興泰隆布行的形勢。不過在行動前，我們先要決定該如何處置呼雷方和他的人。」接著向姚猛道：「姚兄有甚麼意見？」

眾人目光全落在姚猛身上，更讚劉裕心思縝密，因爲姚猛本身是羌人，與呼雷方同族，雖說夜窩族一向有崇尚超越種族的精神，可是姚猛始終是羌人，不可能完全罔顧同族之情。

姚猛雙目精芒閃閃，沉聲道：「呼雷方只是尙未醒悟過來。對我們夜窩族來說，只有邊荒內和邊荒外之分，邊荒內是自由和公義，邊荒外則只是勞役和剝削人民的暴君和只顧自身利益的獨裁者，一天有民族私利的存在，鬥爭永不會終止。凡到邊荒集者都要從噩夢裏醒過來，看清楚邊荒外所有政權的本質和眞面目。我姚猛今天在這裏說出夜窩族族人的心聲，在邊荒集只有夜窩一族，當所有人均加入了夜窩族，邊荒集將變成歷史上從沒出現過的大同社會。對夜窩族來說，誰背叛邊荒集，便是叛徒，是我們夜窩族的公敵，沒有人可以例外。」

卓狂生低聲道：「我可以保證小猛剛才說的字字出自肺腑，更是每一個眞正夜窩族人的心底話。夜窩族的信念並不是一朝一夕湊興而成的，而是早在夜窩子出現前，在邊荒集年輕一輩沒有加入幫會的荒人裏，已出現爲保護邊荒集的自由而戰的風氣，到現在這股風氣已成爲一種對邊荒集的信念，沒有任何因素能動搖。」

人人靜心聆聽，沒有絲毫不耐煩的感覺。由於這次鬥爭牽涉到羌幫，而夜窩族不乏羌族的人，所以必須弄清楚他們的心意。負責集內安全的部隊分屬大江幫、飛馬會、北騎聯和振荊會的四支精銳人馬一萬五千人，正悄悄進駐興泰隆布行四周的房舍，準備對彌勒教發動雷轟電掣的一擊，雖調動需時，但他們仍有時間。姚猛是夜窩族的頭號好漢，極得卓狂生寵信和族人愛戴，玩樂時比任何人都要瘋狂，可是面對危機亦毫不畏怯。本身更是深明大義，所以不單不會計較劉裕對他的懷疑，還趁機表明夜窩族人和他自己的心意，澄清疑慮。

卓狂生又道：「小猛在來邊荒集前，本身是羌族的王族，後來父兄被姚萇害死，弄得家破人亡，又逼他出征去送死，他於是逃出軍隊到邊荒集來，從此只視自己爲荒人。事實上夜窩族是荒人裏的荒人，除非是別有居心者，否則夜窩族只會忠於邊荒集。」

姚猛肯定地點頭道：「我們只忠於夜窩子和千千小姐。」

屠奉三伸手抓著姚猛肩頭，有感而發的道：「你的表白令我非常感動。」

姚猛望向劉裕，沉聲道：「請劉帥下令！」

劉裕也心中一陣激動，道：「這次我們對付外敵，仍採取千千小姐所教高台指揮的戰術，沿用她的燈號旗幟傳訊的方法。眼前當務之急，是要分別對付竺法慶和呼雷方。對付竺法慶一役由屠兄負責指揮，至於呼雷方，我們是否仍可在不流血的情況下解決呢？我深信他仍對邊荒集有深厚的感情。」

燕飛道：「事實上呼雷方和他的羌幫戰士正被嚴密監視著，如他有任何異動，定會被殺個片甲不留。而他也必須在外敵的配合下，才能發揮破壞力。」

慕容戰道：「只聽劉帥這番話，便清楚劉帥眞的是爲我們邊荒集的大局著想。雖然姚興這次的行動極有可能是針對我們而來，可是我認爲呼雷方仍有著荒人的理想精神，情況與我相似，只是還沒醒悟罷了。只要我們擊垮彌勒教在集內的伏兵，他將會迷途知返。」

卓狂生欣慰的道：「我很高興各位開始以荒人的身分說話，以荒人的角度去看大家的利益。當呼雷方明白我們始終當他是荒人而非外敵，他會明白只有邊荒集才是他如魚得水的地方。」

劉裕道：「我明白了。現在我們先全力打擊竺法慶，然後再說服呼雷方，接著便是我們主動出擊的時候了。」轉向屠奉三道：「在擊潰彌勒教前，一切交由屠兄指揮。」

子時。整條東大街靜似鬼域，不見半個行人。興泰隆布行陷入重重包圍裏，箭手埋伏於所有高點位置，蓄勢以待。攻入興泰隆的重任由大江幫負責，分別攻打正門和後門，各派出百名戰士，均是擅長打硬仗攻堅的好手。他們的任務不是要盡殲敵人，而是要粉碎敵人的頑抗力量，把對方逼得逃出興泰隆布行去。屠奉三、燕飛、慕容戰、拓跋儀、宋悲風、劉裕六人組成的高手團，潛到與興泰隆布行比鄰的房舍，他們的目標是竺法慶夫婦。卓狂生回到觀遠台去，從那裏憑高協調各部人馬的動員，總攬全局。姚猛則集結夜窩族的戰士，隔開這裏的包圍戰與南門的呼雷方，令呼雷方縱使有心亦無法向竺法慶施援。江文清爲現場包圍戰的指揮，務求以雷霆萬鈞之勢，一舉擊垮彌勒教的伏兵。

屠奉三凝望興泰隆布行後進竺法慶所在的房舍，嘆道：「若我在進佔興泰隆布行時，曉得這是彌勒教的老巢，肯定會把整個興泰隆布行翻過來看個清楚。」

劉裕道：「你是怕裏面有密室和地道？」

屠奉三點頭道：「這個可能性很大，若我處心積慮要在像邊荒集般一個地方設立據點，肯定會建密室以儲存弓矢兵器一類見不得光的東西，更會築地道，以作秘密出入口，且可在必要時作逃生之用。」轉向燕飛道：「敵人情況如何？」

燕飛感覺掛在胸口的心珮冰涼，他以眞氣裹住它，不過只要眞氣稍減，心珮會立即變暖，顯示竺法慶夫婦該仍在興泰隆布行內。道：「一切如常，敵人仍未生出警覺。」

慕容戰笑道：「竺法慶可能仍在和尼惠暉合體交歡，練甚麼合歡大法。」

拓跋儀道：「秘道有可能不止一條，我們如何攔截？」

宋悲風淡淡道：「只要秘道不是在他們交歡的房子內便行。」

屠奉三道：「行動的時間到了！」接著發出一下清悅的鳥鳴聲。戰爭開始。

百多個火油彈，投進興泰隆布行去，尤其集中對付後院的四座貨倉。這種威力龐大的火油彈，曾在守衛邊荒集之戰裏立下奇功，當火油彈爆開，烈燄會隨火油往四面八方激濺，黏附人體牆壁燒至油盡，是荒人製造的絕活。敵方立即亂成一團，整個興泰隆布行轉眼陷入火海裏，數以百計的敵人從興泰隆布行竄出來，意圖踰牆逃走。埋伏各處瓦面的箭手連忙箭如雨下，彌勒教徒紛紛中箭，無人能倖免。前後門同時洞開，各湧出數十名想突圍逃生的敵人，被蓄勢以待的大江幫戰士先以一輪勁箭射倒十多人，再截著加以痛剿。同時趁火勢稍斂，分別從前後門殺進興泰隆布行去，對敵人展開逐屋逐戶的殲滅戰。局勢全在控制下進行，在猝不及防下，兼荒人佔盡人和地利，敵人根本全無反抗之力。

濃煙直衝天際。除後院多處起火，主鋪和後兩進的火勢已大幅減弱，可知易起火的布帛一類東西，全搬往後院去。燕飛、屠奉三、宋悲風、劉裕、慕容戰和拓跋儀六大高手，此時從側院牆落往後進和後院間的天井，只見後進面向院子一邊的大門洞開，而彌勒教徒則紛從後院處逃進來，似乎後進的房舍是他們唯一生路的樣子，都心叫不妙。燕飛手上蝶戀花化作護身遊走的寒芒，不理往他招呼過來的敵人兵器，疾如箭迅如風的投進門內去。不待屠奉三等人動手，跟隨在後專門對付彌勒教眾主腦人物的精銳好手，紛從兩邊院牆落下，截斷敵人通往此處之路。

屋內傳來兵刃交擊之聲，屠奉三等已撲至門旁，正要搶進去，燕飛已退出來，叫道：「竺法慶已從秘道逃走，我們追！」眾人探頭往內瞧去，只見空曠的後堂一角處出現地道的入口，忙隨燕飛躍上院牆，又再騰升，投往鄰舍屋頂。後面火光熊熊、濃煙衝天而起，前方卻是黑沉沉一片的西南角廢墟區域。

倏地十多道人影從地面竄上一座破房的瓦面，離他們立足處有五十多丈，迅速往集西遠去。竺法慶冷酷的聲音遙傳回來道：「這次算你們好運，不過你們的好日子絕不會長久。」

宋悲風冷哼一聲，正要追去。燕飛凝視敵人遠去的背影，感覺到掛在胸口的心珮逐漸變冷，道：「不要追！」

屠奉三點頭道：「他們是逃往與我們敵對的大軍所屬方向，我們窮追不捨，只會吃虧。」

慕容戰嘆道：「眞可惜！我們本有機會令他們全軍盡沒，卻是功虧一簣。」

拓跋儀道：「他們下一步會怎麼走呢？」

劉裕曉得他是關心赫連勃勃的動向，因爲赫連勃勃的鐵弗部匈奴正和拓跋鮮卑在開戰，如赫連勃勃不戰而退，全然無損地返回統萬，加上數以千計的彌勒教徒，會對拓跋珪有很大的威脅。道：「只要是會用兵的人，便知在現今的形勢下進攻邊荒集，是自取其辱，如我是竺法慶或赫連勃勃，會立即撤兵，還要防範我們追擊他們。」

屠奉三道：「竺法慶可能是個瘋子，不可以常理測度，我們要打起精神，一邊全力戒備，另一方面派出偵騎，監察他們的行動。」

風聲響起，江文清落在劉裕和宋悲風間，道：「幸不辱命，已解決了全部敵人。」

劉裕訝道：「沒有俘虜嗎？」

江文清苦笑道：「那些彌勒教徒像中了竺法慶的魔咒般，即使身體著了火，仍力戰至最後一口氣，我們沒有選擇下，只好狠下殺手。」眾人聽得倒抽一口涼氣，如讓這樣一支死士組成的部隊，於敵人圍攻的情況下在集內發難，後果實是不堪設想。幸好問題已在先發制人下徹底解決。

慕容戰道：「竺法慶若退兵，建康軍將不得不退，那姚興的部隊又會如何反應呢？」

屠奉三道：「姚興根本不曉得情況的發展，說不定會依計畫渡河來攻。」

劉裕點頭道：「這個可能性很大，如此竺法慶這一支會枕戈待命城西外，牽制我們的主力，希望我們懵然不知姚興會從我們背後攻來，藉機混水摸魚，扭轉形勢。」

拓跋儀微笑道：「那我們就在潁水西岸張開天羅地網，等姚興自己送上門來。」

宋悲風道：「若要對付姚興，必須先解決呼雷方和他的人馬。」

江文清柔聲道：「這場仗我們有八、九成的勝算，不過如惹得竺法慶冒險一搏，趁我們應付姚興的當兒，率眾來犯，我們縱然能勝，也勝得非常辛苦，對剛稍恢復元氣的邊荒集相當不利。」又道：「攻進興泰隆布行之戰已引起很大的恐慌，現在夜窩子在卓館主的指示下，實施戒嚴令。」

屠奉三皺眉道：「大小姐是不是反對圍剿呼雷方呢？事實上我們也不願對呼雷方下手，因爲大家始終是曾並肩作戰的兄弟，集內羌人對此亦難以接受，然而大小姐又有甚麼好辦法？」

慕容戰道：「當敵人分兩邊攻打邊荒集，我們將無力制止呼雷方的任何行動。除非呼雷方和他的兒郎肯乖乖就範。」

江文清從容道：「呼雷方縱然不爲自己著想，也必須爲手下和家眷們著想。照我猜以竺法慶爲人行事的作風，絕不會知會姚興集內的變化，我們便說服呼雷方去向姚興通風報信，讓姚興知難而退，如此呼雷方既可向族人交代，又可爲邊荒集立功，化解這場戰爭。」

燕飛微笑道：「大小姐確實思慮周詳，此計的可行性甚高，幾可說是萬無一失。只要高彥摸清楚姚興人馬的位置，再告訴呼雷方，呼雷方當知我們可以完全掌握姚興的情況，如姚興貿然來犯，只是自取滅亡。」

江文清欣然道：「此計還有好戲在後頭，當竺法慶和建康來的部隊苦候一晚，仍見不到姚興方面有任何動靜，只好黯然撤走。赫連勃勃的二萬人馬將退回統萬，竺法慶夫婦和隨員則會偕建康軍南下建康，我們便可以兵分多路，從水陸追擊竺法慶夫婦，務要他們永遠離不開邊荒。」

眾人同時動容，爲江文清的智計和高明的戰略喝采。劉裕心中欣慰，江文清終從乃父的慘死恢復過來，信心盡復，表現出巾幗不讓鬚眉的才情見識，想出對邊荒集最有利的計策，一舉解決內憂和外患兩方面似乎不可能解決的問題。

慕容戰奮然道：「那誰去見呼雷方呢？」

屠奉三笑道：「當然由劉帥決定。」

劉裕道：「由我們的小燕飛去見呼雷方如何呢？」

眾人轟然叫好。燕飛是必然的人選，因爲在邊荒集內人人信任燕飛，知道他絕對沒有私心。

呼雷方臉色陰沉的獨坐在羌幫的大堂內，冷冷瞧著燕飛來到身旁坐下，仍不發一語。

燕飛淡淡道：「我現在是來見兄弟，並不是見敵人。」

呼雷方冷然道：「他們不是派你來殺我嗎？」

燕飛誠懇的道：「我親耳聽到姚興說你不可靠，還是他費盡唇舌，你才勉強屈從。又說邊荒集是個大染缸，所以我清楚老哥你縱然在這等情況下，仍處處爲邊荒集著想。」

呼雷方呆了半晌，忽然把臉埋入舉起的雙手裏，痛苦的道：「我該怎麼辦？」

燕飛坦然道：「在這種難以抉擇的情況下，只有從實際的利益去思量，即使你們成功控制邊荒集，你和手下兒郎也肯定不是得益者，你們羌族只會白拚一場，最後便宜了慕容垂和竺法慶。」

呼雷方放下雙手，緩緩抬起頭來，搖頭道：「讓我告訴你，這次入侵邊荒集之舉與慕容垂並沒有半點關係，是姚興親口向我保證的，否則我絕不會同意作他們的內應。」

燕飛道：「姚興是否也向你保證並不是要把邊荒集各大勢力連根拔起，只是要對付大江幫和北騎聯呢？」

呼雷方一呆道：「你怎會曉得的呢？」

燕飛輕鬆的道：「因爲姚興一直在騙你，事實上姚萇、慕容垂和竺法慶已結成聯盟，這個聯盟要對付的不單是邊荒集，更是針對佔據了長安的慕容沖而來。這是我偷聽竺法慶夫婦談話得到的眞確情報。」

呼雷方愕然片刻，問道：「興泰隆布行的大火是怎麼一回事？」

燕飛道：「那是彌勒教在邊荒集的巢穴，有一支數百人的伏兵，由竺法慶夫婦親自率領，幸好被我們先一步發覺，只可惜竺法慶夫婦借秘道逃離邊荒集，到集外西面與赫連勃勃會合，現於集外五里許處虎視眈眈，隨時來犯。」

呼雷方終於意識到事情的嚴重性，色變道：「竟有此事，如此我豈非跳進黃河也洗不清嫌疑？」

燕飛道：「還有兩個事實可證明敵人對邊荒集的野心，一支約三千人的建康軍已潛至集南外十多里的密林區內，你老哥的南門關防將首當其衝，看來他們並不信任你。而貴族的姚興並非如你所說的尚未與彌勒教會師，而是領著一支一萬戰士組成的部隊，埋伏在潁水東岸處，準備今夜渡河來犯，一舉佔領碼頭區。」呼雷方臉色再變，欲語無言。

燕飛道：「照我們的猜測，竺法慶正準備出賣貴族，並沒有通知他們陰謀已敗露，由得他們依原定計畫攻打邊荒集，而竺法慶和來自建康的部隊則會行險一搏，分別從西、北和南面進犯。」呼雷方頹然無語，顯是亂了方寸。

燕飛道：「呼雷兄唯一自救和免去姚興全軍覆沒的下場，只有一條路可行。」

呼雷方精神大振道：「請燕兄指點！」

燕飛沉聲道：「姚興肯定看到興泰隆布行冒起的濃煙，現在正疑神疑鬼，只要呼雷兄渡河見他，陳說利害，令他能不戰而退，如此邊荒集之圍自解，呼雷兄等於將功贖罪，大家以後仍是兄弟。」

呼雷方感激的道：「你仍信任我嗎？」

燕飛坦白道：「我是絕對地信任呼雷兄，不過其他人未必與我想法相同，所以呼雷兄爲表示誠意，必須令手下兒郎放下武器，集中到小建康指定的地方，如此我們才可沒有內在之憂。呼雷兄該明白我的意思。」

呼雷方長長吁出一口氣，道：「這個做法合情合理，我信任燕飛你的保證，就這麼辦好了。」

劉裕、燕飛、宋悲風三人登上觀遠台，夜窩子已是完全另一番光景。廣場和縱橫交錯的街道再沒有狂歡達旦不理天明的人群，所有青樓、賭館均提早關門，來廣場做買賣或獻藝求財的浪人都躲進旅館去。在轟動天下的邊荒集之戰前，邊荒集本身從沒有「戒嚴」這回事。苻堅大軍進駐邊荒集，集內十室九空，苻堅只是把邊荒集變成個大規模的軍營，軍營有軍營的規矩，與一般城集的戒嚴有很大的分別。邊荒集的第一道戒嚴令是由紀千千頒布的，那時集內各大勢力萬眾一心，遂使戒嚴令能全面落實執行。

亦自邊荒集之戰開始，荒人明白要維持邊荒集的自由和公義，必須團結一致，每一個人盡自己的本分，並嚴格遵守鐘樓議會的任何決定。所以當戒嚴令頒發下來，人人齊心的情況下，邊荒集迅速進入備戰的戒嚴狀態裏。只要敲響古鐘樓的大銅鐘，荒人會蜂擁而出，協助邊荒集的攻防戰。

一隊騎士馳過古鐘樓，往碼頭區的方向馳去。觀遠台上掛起三盞綠色的燈，顯示敵人尚未進入可威脅邊荒集的危險範圍內，不過這燈號正代表全面戒備的狀態。三人來到指揮大局的卓狂生左右。

卓狂生笑向劉裕道：「該輪到劉帥來當苦差了！」

劉裕嘆道：「讓我歇一口氣行嗎？」

卓狂生訝道：「你老哥很忙嗎？」

劉裕道：「不是我很忙，而是每一個人都忙得幾乎喘不過氣來，一方面要防止敵人進攻，另一方面更要組織一支追殺竺法慶的精銳部隊，擬定追擊的策略和路線，不容有失。」

卓狂生傲然道：「我們邊荒集人才濟濟，各方面均有龐大的支援，竺法慶怎鬥得過我們？只是我們小燕飛的神知妙覺，已狠狠教訓了他一頓，令竺法慶險些葬身集內。哼！除非他肯乖乖的返回北方去，若妄想穿越邊荒到建康去，肯定是自取滅亡。」

燕飛暗叫慚愧，同時望向劉裕和宋悲風二人，只有他們方明白這次能大破竺法慶集內伏兵，憑的不是燕飛的異能，而是心珮。此時慕容戰、屠奉三和拓跋儀三人聯袂登上觀遠台，來到他們兩旁。

拓跋儀道：「一切準備就緒，就看呼雷方這次能否帶罪立功。」

屠奉三悶哼道：「哪輪得到姚興逞強？他只有一個選擇，便是立即退兵。」

慕容戰道：「姚興會不會在惱羞成怒下，殺呼雷方洩憤，硬指是呼雷方出賣他們？」

卓狂生訝道：「照說你該是我們之中最希望羌幫土崩瓦解的人，因爲姚興這次到邊荒集來最主要的目的肯定是除去你慕容戰，你爲甚麼仍關心呼雷方的生死？我很想知道。」

慕容戰苦笑道：「因爲我一向視他爲朋友，更感到我和他的族人早晚會被慕容垂逐個擊破。那時邊荒集將成爲我們唯一安身立命之所，想到將來或會如此，和他還有甚麼好鬥的。」

劉裕問道：「慕容老大爲何忽然對慕容沖和姚萇這般沒有信心？」

慕容戰沉聲道：「我對他們失去信心，是因爲慕容垂高明得教人害怕。看現在邊荒集的情況，如不是誤打誤撞搗破敵人的陰謀，情況實在不堪設想。我們靠的只是運道，但我們總不能永遠只靠老天爺來照顧。」

屠奉三點頭道：「慕容垂確實才智過人，不用費一兵一卒，便幾乎收拾了我們，大大出了口氣。」

卓狂生道：「所以我們必須將因爲千千小姐而團結一致的精神延續下去，正如姚猛所說的，當邊荒集只有夜窩族而再沒有甚麼幫會門派，邊荒集將會變得無懈可擊，再不會出現像呼雷方般的樓子。」

慕容戰道：「現在仍未是時候，但我相信那一天終會出現。唉！誰能告訴我慕容垂下一步會怎麼走？誰能告訴我未來是怎樣子的呢？」

眾人都明白他的感受。慕容垂與姚萇當然是爲各自的利益而結合，因他們有共同的目標，就是現正佔據長安的慕容沖。慕容戰是因擔心慕容沖和族人的安危，所以心事重重。而他更以實例說明了，爲甚麼一個超越一切種族幫會的夜窩族仍未到出現的時候。

屠奉三點頭道：「假設我率領手下全體加入夜窩族，桓玄會立即派人來殺我，所以卓館主的願望，怕仍有一段很長的時間難以實現。」

拓跋儀道：「又或永不會實現。」在邊荒集諸雄中，以拓跋儀與本族的關係最密切，由此亦可看出拓跋鮮卑族的團結，又或拓跋珪治事用人的本領。

爲分散慕容戰的憂慮心神，眾人岔開話題。因爲擔心也只是白擔心，徒然影響眼前之戰的成敗。

燕飛發言道：「尼惠暉曾向竺法慶說過一段耐人尋味的話。」各人並不明白爲何燕飛忽然扯到這方面去，不過曉得燕飛必有他的道理，且從來不說廢話，均被引起好奇心，靜下來聆聽。

燕飛目光投往穎水對岸，淡然道：「她說現在最怕的是有人看破他們與慕容垂、姚萇已連成一氣，如此事傳入慕容沖耳中，那他們整個精心策畫的妙計將行不通。」

慕容戰倒抽一口涼氣道：「難道攻打邊荒集一事，竟可以影響我族在長安的軍隊？」

燕飛顯然是經過深思熟慮，方說出口來，分析道：「姚萇和慕容垂合作，當然是基於共同利益，而我們大家都猜到慕容垂的目的是剷除慕容兄的族人，而姚萇則是想從慕容兄的族人手上奪取長安。問題在如何各自達到目的，對嗎？」

宋悲風皺眉道：「可是此事與眼前的局面有何關聯之處？」

屠奉三道：「或許根本沒有任何直接的關聯。慕容垂之所以勾結姚萇，是爲對付慕容沖。而在苻秦時代，慕容垂和姚萇的關係一向不錯，使他們能在苻堅敗亡後繼續合作，而攻打邊荒集既可爲慕容垂挽回顏面，又可以斷去慕容沖的唯一退路，實是一舉兩得。」

劉裕一震道：「我明白了！」

人人目光改投向劉裕，想知道他明白了甚麼。劉裕的目光卻落在燕飛身上，道：「慕容垂和姚萇是在施展引蛇出洞之計。」

慕容戰色變道：「我的族人肯定會中計。」拓跋儀亦虎軀一震，顯然也想到慕容垂和姚萇的陰謀。宋悲風卻搖頭表示不明白。

燕飛點頭示意，鼓勵劉裕把心中想法說出來。劉裕道：「假如慕容垂親率大軍返北疆遠征拓跋珪，以去後顧之憂，同時姚萇又與慕容沖結盟，協議瓜分關中，會出現怎樣的一番情況呢？」

屠奉三嘆道：「此著確實非常高明，因為慕容老大的族人一向對關中沒有戀棧之心，只一意要收復舊燕故地，見慕容垂大軍北上，必趁此機會揮軍出關，豈知慕容垂的撤走只是個幌子，當長安被姚萇乘虛而入，慕容老大的族人將進退無路，任由慕容垂宰割。」

慕容戰道：「一定是如此，我立即派人去知會長安方面的人馬，希望還來得及。」說罷一陣風般走了。

眾人你看我我看你，均感心情沉重。與慕容垂交手至今，他們一直處在下風，到今天情況仍沒有改變，且愈發覺察慕容垂的厲害。沒有慕容戰在場，眾人說話更沒有顧忌。

卓狂生嘆道：「縱使姚興無功而退，也肯定會截斷和封鎖邊荒集北面的水陸交通，慕容戰的人根本沒有機會到長安通風報信。」

拓跋儀道：「我族攻陷平城和雁門兩城，直接威脅中山，慕容垂難道為對付慕容沖，竟袖手不理嗎？」

劉裕道：「當然不會不理，慕容垂先詐作退兵，然後一分為二，自己率領主力大軍回師攻擊出關的慕容沖，再遣兒子慕容寶率另一軍反攻貴族，只要兩條戰線均成功，北方天下將是慕容垂囊中之物。至於姚萇能否與慕容垂一爭長短，就要看他是不是有本領肅清苻秦在關內柢固根深的殘餘勢力。」

宋悲風不解道：「整件事對慕容垂和姚萇均有利，可是竺法慶在此事上有甚麼好處呢？」

屠奉三道：「關鍵在於赫連勃勃，照我猜慕容垂肯與姚萇合作，是因有彌勒教從中穿針引線。而竺法慶最直接的得益，是在邊荒集取得據點，代替了大江幫和我們振荊會；長遠的利益，則是可以以邊荒集支援赫連勃勃，使他能在群雄爭勝的北方脫穎而出。」

劉裕斷言道：「姚興這次無功而退，將因忙於收拾關中的殘局而沒法分身進犯我們。所以眼前的大患始終是彌勒教，一旦讓竺法慶抵達建康，會對邊荒集非常不利。對我來說，爲公爲私，都絕不容竺法慶到建康去。」

卓狂生道：「完全同意。竺法慶是睚眥必報的人，這次肯定嚥不下這口氣，如果我們不借此良機鏟除他，日後將後患無窮。」眾人目光不由落到燕飛身上。

燕飛向拓跋儀道：「設法通知小珪我們的想法，只要小珪能狠挫慕容寶，那慕容垂將不得不回師攻打小珪，那我們救千千和小詩的機會就將來臨。」接著又道：「現在丑時已過，敵人方面仍全無動靜，可見呼雷方好言相勸姚興的行動已收到成效。敵人應已錯失今夜進攻邊荒集的良機，且必須立即退兵。爲免錯失追殺竺法慶的機會，我們的兵馬必須立即動身，在往建康之路先一步作好準備，以逸代勞，如此可收事半功倍的效益。」眾人轟然答應。

燕飛轉向劉裕道：「劉兄有甚麼意見？」

劉裕欣然道：「一切依燕兄的指示。邊荒集暫交由卓館主負責。半個時辰後我們在碼頭集合，文清的船隊會在那裏等候我們。」

卓狂生笑道：「你們放心去吧！這裏有我打點一切。紅老闆和我們的姬公子會伴裝追擊建康軍，教他們的人和馬都沒有休息的機會。」

屠奉三欣然道：「誰敢來犯我們，都要吃不完兜著走。當竺法慶夫婦飲恨邊荒，任何人想來邊荒集混水摸魚，都要三思而後行。」

拓跋儀道：「請恕我先走一步。」

拓跋儀去後，屠奉三道：「我也要去和慕容戰說幾句話，在現在的情況下，他留在邊荒集該比較適當。」

卓狂生目送屠奉三離開，嘆道：「誰曾想過邊荒集會變成眼前的樣子呢？我們不但逐漸從千千小姐被擄的打擊裏回復過來，且愈趨團結，愈能應付考驗，終有一天我們要從慕容垂手上，將千千小姐迎返邊荒集來。」

〈卷六〉

第五章◆絕峰之戰

第五章　絕峯之戰

十五艘雙頭船從邊荒集開出，順流南下。在離天明只有大半個時辰的暗黑裏，沒有燈火的戰船像黑夜出沒的猛獸群。呼雷方終於無恙歸來，帶回姚興立即撤兵的喜訊。荒人並不擔心姚興使詐，因為姚興的一萬部隊正受到以高彥為首的探子嚴密監視著。另一邊的彌勒教和鐵弗部匈奴組成的聯軍亦覺察到情況有變，緩緩後撤三里，士氣受挫下，再難對邊荒集有直接的威脅力，反要擔心在撤離邊荒前被荒人反擊和追殺。團結一致的荒人，曾令強如慕容垂或孫恩亦苦攻不下，誰敢掉以輕心。

燕飛、劉裕、宋悲風、屠奉三、拓跋儀、江文清站在領頭戰船的指揮台上，觀察兩岸的情況。拓跋儀讚道：「大小姐屬下黑夜操舟之技，確教人大開眼界。」

江文清謙虛道：「拓跋老大誇獎哩！為避過敵人耳目，不得不冒險，幸好幫內兄弟對此段水道瞭如指掌，否則必會出岔子。」

站在她旁邊的劉裕聽著她在耳邊呵氣如蘭的輕言細語，心中湧起異樣的感覺。自然而然的江文清便站到他身旁，顯然眾人在她心中，自己與她有最密切的關係。

屠奉三道：「竺法慶這次肯定要吃個大虧。大有可能直至此刻，竺法慶仍不曉得建康軍已暴露行蹤，更教他猜不到的是我們竟能掌握他的所在，加上有大小姐大江幫的船技配合，讓我們可神不知鬼不覺的埋伏前路，殺他們一個措手不及。」

宋悲風道：「我們是以逸待勞，他們是師疲力竭，勝敗之數，不言可知。」

劉裕道：「此仗我們有十成的勝算，不過仍不可疏忽大意。這次我們能調動的只有三千騎兵，制勝之法全在以奇兵襲敵。不過竺法慶夫婦武功高強，見形勢不對，必會突圍逃走，要斬殺他們夫婦仍非易事。」

屠奉三道：「這方面我們以燕飛馬首是瞻，絕不容竺法慶和尼惠暉逃出邊荒去。」

燕飛道：「追殺竺法慶一事上，人多並沒有用，到時我們見機行事，如眞的被他們突圍逃走，便由我和屠兄、劉兄、宋叔四人負起追殺之責，大小姐和小儀則留下來指揮作戰。」

拓跋儀點頭道：「你們專心對付竺法慶，其他交由大小姐和我負起全責。」

宋悲風道：「感應到尼惠暉嗎？」這句話當然是對燕飛說的，人人把目光投往燕飛。

燕飛雙目神光閃閃，心神卻落在掛在胸口的心珮上，這神奇的玉佩只微見陣陣溫熱，似在呼喚本屬同體的天地珮。沉聲道：「尼惠暉正往南移，若我沒有猜錯，他們已和建康軍返回建康途上，不過由於距離太遠，我沒法掌握他們正確的位置。」

江文清問道：「燕兄可感應到他們在那一個方向嗎？」

燕飛答道：「這個勉強還可以辦到，他們此刻仍在我們西北方。」

屠奉三長笑道：「如此我們該已趕在他們的前方。一切依劉帥定下的計畫進行，當他們心急如喪家之犬，疾逃一天後，我們便於明晚施襲，殺他們一個片甲不留。」

卓狂生悠然自得的站在觀遠台上，迎著夜風衣衫拂揚，頗有乘風而去的痛快感覺。小小一個邊荒集，位於平野之地，雖勉強有潁水之險，卻沒有高牆環護，偏又能令各方群雄拿它沒法，想想足可令人自豪。

慕容戰、紅子春、姬別此時登樓而至，來到他左右。卓狂生愕然道：「你們不是準備追擊建康軍嗎？爲何還有閒空到這裏來？」

三人均是神色凝重。慕容戰沉聲道：「情況有點不對勁。首先是彌勒教和匈奴聯軍又開始向我們推進，擺出要在天亮時進攻我們的姿態。」

接著紅子春道：「更不對勁的是建康軍從隱身的密林走出來，人數卻不止數千，而是在萬人以上，正在南門外三里處列陣，教我們如何追擊他們？」

姬別道：「我們定是中了建康軍惑敵之計，以數千部隊先吸引了我們的注意力，事實上把主力部隊暗藏在密林內。」

卓狂生皺眉道：「可是姚興的確已經撤兵。」

慕容戰嘆道：「我有很不祥的感覺，姚興表面答應呼雷方退走，事實上卻在使詐，他沿潁水北退，可於上游任何一點渡河，且他們一併把渡河的設施帶走，方便得很。」

卓狂生道：「要裝設渡河的橋，沒有個把時辰難以成事。」

紅子春嘆道：「所以我說他們準備天明後才來攻打我們。」

卓狂生終於色變，道：「我們究竟在甚麼地方犯錯。還是呼雷方終究出賣了我們？」

慕容戰搖頭道：「照我看呼雷方並沒有問題，問題在他被姚興出賣了。」

姬別指著北方劇震道：「慘啦！你們看！」

眾人心知不妙，目光投往集北外去。在暗黑裏一盞紅燈升起，接著是兩盞黃燈和兩盞綠燈。四人駭然大驚。依燈號紅燈代表有敵人接近，每盞黃燈代表一萬敵人，兩盞綠燈則指示敵人在兩里之外。

卓狂生臉上血色盡褪，兩唇顫抖的道：「肯定不是姚興的軍隊，他們該尚未渡河，人數也沒有那麼多。」

紅子春呻吟道：「中計了！姚興的人馬正掉頭回來。」

在潁水對岸上游處，升起紅燈，紅燈旁尚有一盞黃燈和三盞綠燈，顯示姚興的部隊正掉頭回來，在三里之外。以所知之數計算，敵人總兵力在六萬之間，將從四面八方攻打邊荒集。而最要命的是他們最精銳的一支部隊，已隨燕飛等南下進行追截竺法慶的行動。

慕容戰痛苦的道：「我們中計了，還不知樓子出在甚麼地方。這支突然沿潁水西岸而來的敵人，肯定是慕容垂的人。我們現在要選擇的究竟是力戰而亡，還是立即逃亡。」

卓狂生道：「還來得及嗎？」

姬別頹然道：「逃得一個算一個，總好過被人屠殺。」

慕容戰道：「時間無多，唯一方法是趁姚興未至，立即連舟成橋，逃往對岸去。」

紅子春道：「又或沿潁水西岸南逃，那是尚未被敵人封鎖的缺口。」

卓狂生臉色蒼白如死人，倏地喝道：「撞鐘四十九響。」

「噹！噹！噹！」鐘聲響徹邊荒集，代表著荒人的屈辱和徹底的失敗。

前方兩崖高起，正是在此河段上，大江幫前幫主江海流慘中埋伏，受創至死。燕飛忽然劇震一下，容色轉白。眾人發覺有異，目光往他投去。劉裕心知不妙，忙道：「發生甚麼事？」

燕飛懸在胸口的心珮變得冰寒如水，再沒有絲毫溫暖。這是不可能的。變化是突然而來，一下子從溫熱轉為冰冷，就像有人把天地珮和心珮的聯繫切斷。燕飛一直利用心珮能感應天地珮的異能，默然感受著心珮熱力上的變化，從而掌握竺法慶的位置。心珮的全無反應，等於竺法慶忽然消失了，他再不曉得竺法慶的去向。唯一最可怕的可能性，是竺法慶以他的魔功把天地珮封鎖起來，斬斷玉佩間的聯繫。

更令他方寸大亂的，是他已中了竺法慶的詭計。竺法慶早從奉善處知曉天地珮和心珮的一切，所以他亦從天地珮的變化曉得持心珮者正在集內，且正憑心珮搜索他的行藏。當燕飛偷入興泰隆布行，竊聽他和尼惠暉的對話，他便故意透露真假混雜的情報，令燕飛得到錯誤的敵情。竺法慶還故意扮出色迷迷的樣子，開口閉口都與男女色慾有關，令燕飛低估他，誤以為他的智計及不上尼惠暉。竺法慶最狠毒和高明的一著，是故意引他們來圍攻，拚著犧牲手下，也要弄清楚誰是持珮者，又可令其對偷聽到的情報深信不疑，更因此而錯估敵勢。現在竺法慶當然由天地珮感應到心珮是在他燕飛身上，偏於此時截斷玉佩的感應，等於向他發出警告。

為何於此時刻發出警告呢？當這個想法出現在他腦海，燕飛已曉得這場與竺法慶的正面對撼裏，他已輸個一敗塗地，甚至永不能翻身。

燕飛振臂大喝道：「立即掉頭，前面有埋伏！」

劉裕、屠奉三、拓跋儀、宋悲風、江文清等人人色變，完全不明白發生了甚麼事。船隊正進入河灣，水流特別湍急，縱然以雙頭船的靈活，仍難以掉頭。

劉裕駭然道：「怎麼一回事？」

燕飛「鏘」的一聲拔出蝶戀花，慘然道：「我中了竺法慶的計，他在興泰隆布行和尼惠暉說的話全是故意說出來騙我們的，我們須立即趕回邊荒集去。」

江文清嬌呼道：「掉頭！」

「噹！噹！噹！」傳信兵敲響銅鑼，向其他各船發出掉頭數的命令。河道倏然轉直，首先入目是前方河道的幢幢船影，還未看清楚屬何方的戰船，兩岸喊殺聲震天，數以百計的投石機和過千的敵人箭手，彈起數以百計的石頭和射出數以千計的火箭，驟雨般朝他們灑來。船身破碎起火，完全沒有還擊之力。屠奉三見勢不妙，狂喝道：「棄船逃生！」

在午後的陽光裏，劉裕在一道小溪邊洗擦身上的血污和傷口。到現在他仍未弄清楚發生了甚麼事。可以肯定的是邊荒集已一敗塗地，竺法慶成爲最大的贏家，不但奪得邊荒集，更可以大搖大擺的到建康去宣揚他的妖教。昨晚他和燕飛等棄船登上潁水西岸，卻被一組近五百人如狼似虎的建康軍衝散，他拚死護著江文清殺出重圍，走不到二、三里路遇上另一隊追兵，激戰下兩人分頭逃走，就此失散。他還想回邊荒集去看看情況，幸好先一步發覺數以千計的匈奴騎兵正漫山遍野的從邊荒集的方向搜索過來，嚇得他忙掉頭逃生，到這裏才停下來休息。

一切都完了。邊荒集肯定已失陷敵人手上，否則赫連勃勃的人不可能分身到這邊來，擺明是要搜捕追殺從邊荒集逃出來的荒人。劉裕從未想過自己會如此慘敗，他被選爲主帥，當然須付上責任，他深深自責。以往的一切努力在無情的現實下已化成泡影，以後的命運更是不敢想像，司馬道子的勢力立即大幅膨脹，失去邊荒集的北府兵更不能不看他的臉色做人。自己的將來只是一條死路。天下雖大，卻再沒有容身之所。邊荒集失而復得的歷史不可能重演，因爲敵人有前車之鑑，必會盡一切力量把逃往邊荒的荒人趕盡殺絕。如荒人逃往南方或北方去，那更是敵人的勢力範圍，荒人只會成爲被搜捕的獵物。他劉裕更是司馬道子和王國寶欲得而誅之的頭號獵物，劉牢之也不會爲他這個再沒有用處的人提供保護。除了一死，還可以幹甚麼呢？

他忽然強烈地想起王淡眞。唉！連自己心愛的女人都保護不了，自己還算是男子漢大丈夫嗎？他更愧對謝玄，害怕見到謝家被彌勒教報復凌辱的慘況。從沒有一刻如眼前般，他害怕面對將來。失落和恐懼把他推至情緒的谷底，苦海無邊，解脫的方法只有一個。然後他發覺自己取下背上的厚背刀，橫架頸上。只要橫刀一抹，便可以了結一切。自盡總好過落入敵人手上，受盡折磨凌辱。前途再沒有半點光明。蹄聲忽起，自遠而近。劉裕生出走投無路的絕望，慘笑一聲，正要了結殘生，一聲嬌叱，將他喚醒過來。這不是江文清的叫聲嗎？劉裕忘我的從溪水邊彈起來，全速循聲趕去。

燕飛蹲在一個小丘上的草叢裏，看著一隊建康軍趾高氣揚地馳過，心中卻在滴血。眼前可怕的現實，令他憶起當年慕容文率領惡兵屠村的情況，壯丁一律斬首，婦女則先姦後殺，如此惡行正在邊荒集重演著。天亮後，他仍和宋悲風、屠奉三、拓跋儀和近二百名戰士逃亡，忽然建康軍從四面八方殺至，領頭者正是竺法慶之徒王國寶，一下子衝得他們潰不成軍，只能各自逃命。他們就此失散，再不知其他人的生死吉凶。事情怎會如此急轉直下呢？自己錯在低估竺法慶的能耐。以竺法慶的手段，奉善既落入他手上，奉善本身又是貪生怕死之徒，自然受不住酷刑，盡吐心中秘密。竺法慶該早曉得心珮在集內某人身上，自然地誤以爲持珮者爲安玉晴。所以竺法慶千方百計誘擒安玉晴，而自己那時仍未醒悟，否則將不致弄到今天這般田地。拓跋珪攻陷平城，令他首次生出能救回紀千千主婢的希望，現在一切希望均告幻滅。沒有邊荒集的支持，他要從慕容垂手上救回紀千千主婢只是痴人說夢。他終是鬥不過慕容垂，更鬥不過竺法慶。後者的才智和奸狡，更遠出乎他想像之外。他下一步該怎麼走呢？

燕飛心中一片茫然，不但看不到任何希望，更不知該到哪裏去。他可以就此失去鬥志，甚至放棄拯救千千主婢嗎？不！即使死路一條他也要去嘗試，以卵擊石便以卵擊石吧！他要以殉死來向紀千千證明他對她至死不渝的深情。他決定到滎陽去。就在此時，冰寒的心珮開始生出變化，逐漸溫熱起來，一陣一陣的傳來，正是天地珮對心珮的靈奇召喚。他第一個念頭就是封鎖心珮，下一個念頭卻放棄這麼做，因爲他曉得這或許是殺死竺法慶的唯一機會。

劉裕從樹頂躍下，厚背刀一閃，馬上騎士立即斃命，讓出坐騎，他安然落在馬背上。即使最膽小心軟的人，經過昨夜的廝殺，此時也會變得心狠手辣，不當人命是一回事。因爲若非如此，絕沒有可能活到這一刻。追殺江文清的是三十多名建康軍，而江文清之所以能捱到現在，不是因她仍有頑抗之力，而是因爲掉了帽子，露出女兒家的身分。而這批禽獸賊兵，則希望能把她生擒活捉，以滿足獸慾。此時他們在四周叱喝，驅趕江文清逃走，等待她力盡的時候。

劉裕的戰略正是針對敵人而定，以他目前的體能狀態，根本沒法應付三十多名戰士，所以必須用計。他斬殺位於最後的騎士，趁人人注意力集中在密林裏狂奔的江文清，劉裕催騎而前。厚背刀連閃，又有兩騎給他從後偷襲，連臨死前的慘呼亦來不及發出，便墜馬身亡。劉裕伸手抓著失去了主人的空騎韁繩，加速前進，另一名騎士別過頭來想和後面的同夥說話，駭然看到個陌生人，正要驚呼，劉裕長刀前砍，那人咽喉被割，一聲不吭的掉下馬背去，發出沉重的落地聲。前面兩騎終於警覺，轉頭後望。劉裕再無顧忌，拉韁從兩人間穿過，刀光一閃，兩騎還來不及拔出兵器，已先後被他劈飛。敵人終於發覺有異，紛紛拔出兵器，掉頭往劉裕殺來。劉裕正是要對方如此，此時他和江文清間只剩下四名騎士，其他人均在左右外檔，來不及攔截他。當然，假設前方四騎能擋他一陣子，敵人便可重重圍住他，而他是絕不會讓敵人有這機會。

劉裕長笑道：「燕飛來了！」前方愈走愈慢，看來已幾近虛脫的江文清聞言嬌軀劇震，一個倒栽蔥摔倒在地。前方四騎果然聞燕飛之名而色變，氣勢登時減弱幾分，也沒暇分辨為何「燕飛」用刀而不用劍，可知燕飛威名之盛。劉裕借燕飛之名行事亦是有說不出來的苦衷，因為如用眞名讓這批騎士回去上報司馬道子，這奸賊便可以公然治他以叛國之罪。「噹！噹！噹！」三記兵刃交擊的清響加上一聲慘叫，劉裕已衝破敵人的攔截，朝躺在地上回頭瞧他的江文清衝去。四騎則因收不住勢衝到劉裕後方。其中一騎緩緩離開馬背，從馬股滾落地面，因剛被劉裕迎頭斬了一刀。

「文清起來！」劉裕吆喝一聲，同時還刀入鞘。江文清知此是生死關頭，勉強坐起，已給劉裕抓著後背，提得凌空而起，坐入吆劉裕懷裏。劉裕單手策馬，另一手仍牽著那匹空騎。直馳出三十多丈後，後方蹄聲轟鳴，餘下的二十七騎瘋了似的追來。劉裕生出與江文清生死相依的感覺，湊在她耳邊道：「文清可以騎馬嗎？」江文清微一點頭，接過韁繩。敵騎漸近。劉裕待肯定江文清沒有問題後，一聲「文清坐穩」，就那麼雙手一按馬背，彈離戰馬，落到跟在旁邊跑的空騎上。劉裕曉得救援大計已成功了一半，剩下的就是憑自己對邊荒的認識，甩掉敵人，大喝道：「文清隨我來。」往左繞過一株大樹，往密林深處馳去。江文清咬牙策騎緊追在他馬後。

燕飛在邊荒西南面的山區專揀人跡罕至的高崖峭壁走，務要令敵人難仗人多馬快將他重重包圍，然後他才可有向竺法慶下戰帖的條件。幾下縱躍，燕飛來到一座山峰之上，盤膝坐下，默默調息。寒風陣陣刮至，吹得他衣衫狂拂，人卻穩如盤石，沒有半分搖擺。胸前的心珮由暖變熱，顯示竺法慶正不住接近。燕飛極目東北方一望無際的山林平野，雖是身處高峰，仍看不到離此過百里的邊荒集。唉！邊荒集。一個曾予他安逸、生機和重拾新生的奇異城集，也是令他神傷魂斷，失去至愛的處所。他對邊荒集究竟是愛還是恨？

數百騎出現在密林邊緣的疏林區，離他尚有十多里的距離。燕飛眞氣送入心珮，切斷心珮與對方天地珮的聯繫。敵騎再馳出二十多丈，終於停下。心珮由熱轉冷，竺法慶終收到他要傳達的訊息。他曉得不由竺法慶不屈服，因爲若沒有心珮的指引，要活捉他燕飛好向慕容垂交差只是痴人說夢，強橫如竺法慶也力有不逮。要得到與燕飛決戰的機會，竺法慶必須撇下包括尼惠暉在內的所有人，登峰頂和他單打獨鬥，一決勝負。

冬陽早沉進左方的山巒之下，餘暉溫柔地染紅了天邊的一角，大地寒風吹拂，充滿邊荒劫後蕭條的沉鬱氣氛。假若燕飛是個只顧自己的人，絕不容竺法慶有此殺他的機會。可是他卻感到必須爲邊荒集的敗亡負上全責。更爲了劍手和邊荒集的榮辱，遂拋開一切，與這顚覆邊荒集的罪魁禍首決一死戰。果然敵騎中馳出一人，繼續朝山區奔來。從這高度和距離遙望下去，對方的人馬只是個小點，可是燕飛卻從他的黃色袈裟認出來者就是竺法慶。燕飛收回封鎖心珮的玄功，同時行氣養息，務要在最佳狀態下迎擊這可怕的勁敵。心珮迅速溫熱起來。在他的心域裏，再沒有苦惱、不安和悲痛，只餘下一切希望破滅後的安靜。在澄明的心境裏，他曉得面對的是失敗的深淵，拯救千千主婢的鴻圖大計已成泡影，眼前剩下的只有即將來臨的決戰和自己的死亡。

就在這心如死灰，失去一切生趣的當兒，忽然腹下丹田氣海的最深處灼熱起來，全身竅穴天然躍動，卻沒有絲毫經脈錯亂、走火入魔之象。一股冰寒同時由心珮所在的位置擴散而出。只覺全身渾渾融融，彷似天地初生水火相交混沌的境界，令他說不出的受用。燕飛福至心靈，雖不明其中原因，卻曉得玄功正進入最緊張的階段，只要能度過此造化，始自丹劫、成自丹毒的玄功，將會臻達大成的境界。更清楚因自己以德報怨，爲安世清療治水毒，巧妙平衡中和了火劫的餘害，否則只是這次「火發」，足可令他焚經而亡。水毒原本遠及不上火劫的威力，偏是心珮發揮出奇異的功能，凝集了經脈內的水毒，兩害相交，反使燕飛得成正道。心珮的熱度本該因竺法慶的接近而提升，此時反逐漸冷卻，只餘微溫。

「蓬！」燕飛感到整個人化成點點元精，朝上提升，就在頭頂上結聚，再感覺不到身體，偏又無有遺漏的清楚一切。竺法慶已進入山區，正朝他所在處趕來，他的天地珮是不是也會有變化呢？一切順乎天然地發生和進行，就在燕飛最沮喪失意的時刻。

劉裕把冷水敷在江文清的粉臉上，這位美麗的女幫主呻吟一聲，醒轉過來。四周黑沉沉一片。劉裕扶她坐起來。

江文清道：「現在是甚麼時候？啊！好痛啊！」

劉裕道：「太陽剛下山。我已爲你洗擦包紮好傷口，該沒有大礙。文清只是用力過度，失血和眞元損耗，因而昏倒。」

江文清感覺到傷口被包紮好，更嗅到陣陣刀創藥的濃烈氣味，俏臉微紅，卻若無其事的道：「謝謝你！」

劉裕心中湧起異樣的感覺，她其中兩處創傷，一在胸脅的位置，一在大腿側，均是女兒家不可被窺看的私隱秘處，而她卻似是理所當然般。

江文清目光在他身上搜索，皺眉道：「你的傷口還未處理啊？」

劉裕道：「這點傷並不算甚麼，自然會好的。目前我們尚未離開險境，文清必須儘快恢復過來。」

江文清嘆道：「恢復過來又如何呢？想不到爹遺下的家當，終給我這不孝女兒敗盡。」

劉裕心裏完全同意她的說法，大家都完蛋了，邊荒集所有人都完蛋了，失去了邊荒集的荒人，將變成無家可歸的無根浮萍，只能四處流浪，而他則成了被追緝的叛徒。不過嘴裏當然不可以這麼說，還要裝出充滿鬥志的模樣，昂然道：「只要我們保得住性命，當有捲土重來的機會。」

江文清柔聲道：「你還敢回廣陵去嗎？」

劉裕幾乎啞口無言，幸好想到任青媞和曼妙，道：「現在回去當然是送死，不過若司馬曜遇害，整個形勢會改變過來，我們或仍有機會。」

江文清精神一振，問道：「馬兒呢？」

劉裕苦笑道：「馬兒們已力盡而亡，正因將你摔倒地上，令你昏迷至此刻，我們要靠兩條腿走路，所以文清必須儘快回復過來，好趁黑逃亡。」

江文清又嘆了一口氣，道：「你或許只是安慰我，又或是心中真的這麼想，不過現實卻不容我們有任何奢望。我們這次是一敗塗地，再難翻身。只看建康軍行遍邊荒搜索我們，一副趕盡殺絕的姿態，便知邊荒已落入他們手上。我們究竟錯在甚麼地方？」

劉裕道：「我猜是算漏了慕容垂的部隊，更中了竺法慶的奸計，當燕飛偷聽他和尼惠暉說話時，他曉得隔牆有耳，遂故意提供錯誤的情報。而更有可能是邊荒集內的領袖人物，仍有彌勒教的內奸，使他對我們的情況瞭如指掌，我們才會敗得這麼快這麼慘。」

江文清道：「我們是低估了竺法慶，他最厲害的一著是任得我們圍攻興泰隆布行，使我們對燕飛聽回來的情報深信不疑。」再瞄他一眼道：「你眞的相信仍有捲土重來的一天嗎？」

劉裕暗忖自己本要自盡，了此殘生，卻爲了要援救她而放棄這念頭，這條命可說是撿回來的。忽然豪氣狂起，心想大不了便是死，如陷入絕境，隨時可再橫刀刎頸。沉聲道：「我劉裕偏不信邪！我不但要重返北府兵，還要助文清振興大江幫，更要爲文清幹掉聶天還，任何人擋住我的前路，我便要將他除去。我劉裕在此立誓，天王老子也擋不住我。」見江文清呆看著自己，訝道：「我已說出心裏的話，文清爲何以這種眼光看我？」

江文清美眸仍一眨不眨的盯著他，吐出一口氣道：「你可知你剛才說話時，像變了另一個人似的，有種威武和睥睨天下的氣度，我從未見過你這樣子呢。」

劉裕不好意思的道：「我是狂了一點。不過自然而然衝口說出這番話來。我絕不能辜負玄帥對我的期望，更不能令文清失望。不論如何艱苦困難，我們要朝遠大的目標邁進。收復邊荒集只是其中一件事，最後我必須成爲北府兵的大統領，邊荒集才有安樂的好日子過，大江幫始可重振聲威，回復以前縱橫大江的風光。」

江文清幽幽道：「你說的像一個遙遠而不眞實的美夢。如我不是大江幫之主，又沒有血仇在身，會勸你找個山明水秀的地方歸隱，再不理人世間的鬥爭仇殺。可惜我卻不能這般做，所以只好隨你去碰運氣。」

劉裕心裏很想問她，你是否會陪我一起歸隱呢？只恨想起王淡眞，忙把話吞回肚裏去。道：「文清好好休息一會，我們一個時辰後起程到建康去。」正要起身，卻被江文清拉著衣袖。劉裕重新坐下，道：「還有甚麼事？」

江文清放開玉手，神色冷靜的道：「司馬道子必派人封鎖建康和邊荒間的邊界，我們這般直闖邊荒，與送死無異。何況我身上的刀傷藥味這麼濃，肯定瞞不過敵人，你可不可以想出較佳的方法？」

劉裕的鬥志和豪氣可說是被江文清激發出來的，事實上沒有任何客觀的事實支持他，他更沒有爲未來動過腦筋。給江文清點出目前的情況和困境，不得不仔細思量。江文清說得對，自己和她均爲司馬道子的頭號通緝犯，這麼往建康去，等於羊入虎口，萬不可行。

他劉裕在建康無親無故，又不能托庇謝家，到建康後投店也只是自尋死路，究竟有甚麼妙法可以神不知鬼不覺的潛入建康呢？是否該改爲到廣陵去？孫無終可能會照顧自己。旋又推翻這個想法，除非自己能堂堂正正的歸隊，否則躲在孫無終府內實在沒有意義。要完成自己的夢想，必須豁了出去，鬧個天翻地覆，他方有機會。想到這裏，心中一動道：「我們先到壽陽去，到那裏後再想辦法。」

江文清一呆道：「壽陽是北府兵的重鎮，你不怕被人出賣去領功嗎？」

劉裕道：「壽陽是司馬道子管不到的地方，司馬道子的人更不敢在那區域過分囂張，而其守將胡彬與我頗有交情，因我曾救過他一命。」

江文清猶豫道：「人心難測，在現今的情況下，你仍信任他嗎？」

劉裕笑道：「微妙的地方正在這裏。司馬道子父子不論如何痛恨我，礙在與劉牢之的關係，兼且我又屬謝玄的派系，所以司馬道子怎樣也不敢公然頒布我爲欽犯。只要沒有正式的通緝令，我仍然是北府兵的副將大人，胡彬關照我是理所當然，傳出去亦沒有人能奈何胡彬。」

江文清凝神瞧他，欣然道：「你的自信好像眞的回復過來了！」

劉谷尷尬道：「我好像甚麼事都瞞不過你似的。窮則變，變則通。我只是設想玄帥在我現在的情況下會怎麼辦呢？」

江文清淡淡道：「他恐怕比你更禁不起如此重挫，早自盡了事。」

劉裕呆了起來。這是否是謝玄挑選自己的其中一個原因，因爲自己本是一無所有的人，失去一切可以重新開始，不像謝玄有世家大族的重擔子。

江文清柔軟的纖手撫上他的臉頰，輕輕道：「有機會我替你刮刮鬍子。」

劉裕忽然感到即使處於人生最低潮的時刻，仍是生機處處，只看你如何去奮鬥和爭取。經歷過這次慘敗的劉裕，再不是以前的劉裕，當然再不會萌生死念。

邊荒集一片劫後的情景。集內仍有十多處冒起黑煙，潁水有數十艘大小船翻沉或擱淺，浮屍處處，令人不忍目睹。敵人聯軍對荒人不再採取安撫的政策，而是展開一場無情和恐怖的大屠殺。鐘樓上高懸著的是分別代表慕容垂、姚萇、竺法慶和司馬道子的旗幟。

屠奉三閃回樹幹後，急速的喘了幾口氣，沉聲道：「此仇不報，誓不爲人。」宋悲風和拓跋儀都頹然無語。三人殺出重圍後，返回邊荒集，躲在潁水東岸一片密林內暗窺邊荒集的情況。

拓跋儀低聲問道：「兩位有甚麼打算？」

屠奉三苦笑道：「坦白說，我屠奉三從沒有想過會有今日，一時間已亂了方寸，似乎天地雖大，卻沒有可去之處。」

宋悲風訝道：「屠兄沒想過回荊州嗎？」

屠奉三道：「如我回荊州，等於給桓玄一個殺我的機會，他對我沒有事事服從，早懷恨在心。只是看在邊荒集的利益上，勉強容忍我。現在邊荒集完了，我對他還有甚麼利用的價值呢？」

宋悲風道：「既然如此，何不隨我回建康去？」

拓跋儀皺眉道：「宋叔不是說笑吧？建康是司馬道子和王國寶的地盤，他肯放過你們嗎？」

宋悲風斷然道：「在建康，反對司馬道子的人很多，我會有辦法的。只有在建康，我們才可以掌握邊荒的情況，看清楚形勢後，再決定下一步該如何走。至不濟也可以設法刺殺竺法慶。」

屠奉三點頭道：「如燕飛、劉裕和大小姐沒有喪命，肯定會到建康去。」

拓跋儀沉吟片晌，道：「我真的很想陪你們到建康去，不過我有更重要的事去辦。現在邊荒集重入慕容垂之手，他會親自或遣人回師攻打平城，所以我必須立即趕回平城去，向我的族人報信。」接著伸出兩手，分別握著兩人肩頭，字字有力的道：「荒人是永遠不會認輸的，終有一天我們會把失去的再取回來。珍重！」說罷往後疾退，然後展開身法，往巫女丘原的方向去了。

屠奉三發呆片晌，下定決心向宋悲風道：「我們走！」

燕飛比任何一刻更清楚，自己已在不可能裏創造出可能，掌握到殺死竺法慶的唯一機會。關鍵在於心珮。而更精采的是慕容垂一意生擒自己，好向千千顯示誰是強者，所以竺法慶爲討好慕容垂，必須在此事上有所交代。這次慘敗是他和劉裕低估了竺法慶，現在的情況卻恰好掉轉過來，竺法慶欺他燕飛力戰身疲，多處受傷，且自恃神功大成，又怕他一意逃走，難以搜捕，所以在勝利的果實到手的當兒，仍冒險孤身而來，予他單打獨鬥的天賜良機。燕飛現在雖是玄功大成，可是見識過竺法慶盡屠太乙教上下，包括江凌虛在內的本領，曉得即使以自己目前的能力，仍遜竺法慶半籌，自己肯定有一拚之力，要殺竺法慶卻是難比登天。要知高手相搏，一招之差便盡輸，絕無僥倖可言。但形勢對他卻是出奇地有利，問題在他如何運用。燕飛暗自慶幸從未正面與竺法慶交過手，所以可安心施展惑敵甚至誤敵的戰略。

「退陰符」。意守胯下生死竅，導氣順上任脈，經心脈上泥丸宮，過玉枕關再下降至尾閭，體內眞氣立即由暖變熱。如此三十六周天後，棄「退陰符」而「進陽火」，眞氣掉轉頭來走，立即由熱轉寒。他的先天眞氣終達至隨心所欲的境界。從獨叟處學來的簡單練內丹的方法，變成了他的終極行氣法訣。「進陽火」可以令眞氣化爲由水毒引發的水寒，「退陰符」則可盡展來自火劫的火熱威力。當他重施自創的「日月麗天大法」，水毒火劫將渾融無間，日暖月寒，渾然天成，再沒有半點斧鑿的痕跡。連燕飛自己都不曉得，他遇上的是道家所說「活子時」的機緣。子是十二個時辰的開始，「活子時」等於修道者重生的時刻，過往所有刻苦努力，在這一刻顯現出來，只要能好好掌握，可收事半功倍之效。燕飛當日被尼惠暉埋入土中，接續心脈，死裏復生，是神功初成；到剛才萬念俱灰，立打死志，「活子時」便於此一切皆空，過去努力盡付流水的剎那出現。由於大敵當前，燕飛心無旁騖地專志修行，終盡得「活子時」無可估量的大益處。

竺法慶現身前方，燕飛同時感應到天地珮並不在他身上，暗呼可惜，也心生疑惑。在獨聳的孤峰上，兩大高手終到決一生死的時刻，在這樣的情況下，退縮是沒有可能的。任何人有此心意，必死無疑。所以最後的結果是只有一個人能活著離開。竺法慶泰然自若來到燕飛盤坐處前三丈許的距離，豎起拇指讚嘆道：「燕飛你確實是英雄好漢，在如此一敗塗地的情況下，仍敢引我來決一死戰，省去本佛爺很多工夫。但我也忍不住要說你眞是愚蠢，有逃生的機會卻不好好珍惜，偏要賠上小命。好吧！只要你獻上心珮，我可留你全屍，好好安葬。」說到最後幾句話，他的神情轉為嚴峻，深不可測的眼神露出帶點輕蔑和嘲弄的神色，確如燕飛所料般，他輕視燕飛。燕飛更曉得他雖裝出殺自己的姿態，事實上仍以生擒他爲目的，亦明白竺法慶爲達此目的，故意說廢話來拖延時間。

竺法慶的確生就一副佛相，就像廟堂內的彌勒佛像活過來般，不過卻是個惡佛和邪魔，黃色的袈裟緊貼著他的胖軀拂揚飛舞，肚子鼓鼓的，配上他比常人大上一半的禿頭，高大粗壯的體形，悠然自得的神態，確有不可一世的風範。燕飛可從他的厚肩、脖頸、粗大的手掌看出他掌握著的驚人力量。事實上自竺法慶現身峰頂，他便被竺法慶龐大的氣場鎖緊籠罩，此時想逃也逃不了。燕飛微笑道：「佛爺如不設法阻止嬌妻潛上峰頂來，我會立刻把心珮毀掉。」竺法慶露出錯愕的神色，忽然把手一揚，一支煙花火箭脫手射上峰巒上的高空，爆開成一朵耀眼悅目的黃色煙花。

燕飛曉得已勝了一著，他憑天地珮不在他身上的情況，更藉心靈的感應察覺到，尼惠暉正從另一方向朝他們決戰的場地趕來，所以用心珮威脅竺法慶，阻止尼惠暉與竺法慶會合。不論竺法慶如何自負、如何輕視他燕飛，也該知道殺他容易，生擒他卻是沒有可能。可是若有與竺法慶武功相差不遠的尼惠暉從旁協助，當然勝算大增。這一著上風，將對竺法慶的信心造成打擊。

竺法慶回復從容，呵呵笑道：「好小子！眞有你的！如此人才確實難得。好死不如歹活，何況你死了紀千千將淪爲慕容垂的玩物，何不入我教，說不定我會令你得償所願。」燕飛更肯定竺法慶眞正的目標是活捉自己，所以故意提起紀千千，激發他求生之念。直至此刻，竺法慶仍是被自己牽著鼻子走。關鍵在自己心無掛礙，而竺法慶則因有所求故有所失。如竺法慶一上來便全力殺他，鹿死誰手，實難以預卜。燕飛搖頭笑道：「佛爺錯得太厲害了！」尼惠暉留在山腰處，如沒有竺法慶召喚，該不會輕舉妄動。而他必須在尼惠暉趁他們動手偷上來前，斬殺竺法慶於劍下。蝶戀花來到手上，化爲繞身疾走的青芒，燕飛緩緩升離地面，仍保持盤膝而坐的安詳姿態，情景詭異非常。竺法慶大叫一聲，也不見提氣作勢，已變成凌空朝燕飛直撲而來之勢，兩手化作百千掌影，袈裟拂舞，形相威猛至極點。可是神色卻靜如止水，顯示他的心靈修養，已臻堅剛如磐石的不動心境界。燕飛是靜中含動，他卻是動中帶靜，成一鮮明強烈的對比。

燕飛感到周圍十丈的地方全被他的氣場籠罩，眞氣從四面八方向他擠壓緊逼，令他不但皮膚刺痛，呼吸困難，連視聽的能力都受到影響。終於明白爲何江凌虛臨死前說天下難有能與竺法慶匹敵之人，皆因他的「十住大乘功」天性可以克制任何內功心法，使人的對抗能力大打折扣，根本沒有還手之力。只有丹劫能反克制他的「十住大乘功」。竺法慶長笑道：「第一住『止觀』。」掌影化作一拳，如從幻境裏出現，變成充塞天地正面轟來的一拳，驚人的氣勁同時生出吸啜的引力，似要扯得燕飛往他能驚天泣地的拳頭送上去。拳頭在燕飛眼前不住擴大，天地和孤峰像完全消失了，不愧「止觀」的絕技。燕飛清楚純憑「水毒」的功法，絕無法擋此一擊，暗運心法，明「月」暗「日」，丹田立即溫熱起來。奇異的事發生了，眼睛不但回復清明，本來惑人眼目的一拳，變回沉實沒有花巧朝他擊來的一拳，「止觀」之技立即威力減半。當然，竺法慶的拳勁絕不易捱。

只要燕飛不被逼落下風，他有把握憑戰略取勝。他無暇理會尼惠暉是否繼續潛來，因爲騰不出餘裕去施展心靈感應之法。竺法慶那一聲吼叫，肯定是通知尼惠暉趕上來的暗號。燕飛倏地下墜，同時舒展雙足，雙足盡展時，剛好點在峰地上，然後朝竺法慶疾彈而去，蝶戀花直搠而上。巧妙神奇至極點，動作又是揮灑自如，渾如天成。拳劍交擊，發出勁氣相激的爆破聲。燕飛持劍的半邊身子痠麻起來，被拳勁衝得在空中連續翻幾個觔斗，拋往竺法慶後側上方。竺法慶大笑道：「痛快！竟能擋我全力一擊，比江凌虛還行。」邊說邊旋風般轉過身來，全身袈裟飄拂，本身似是在一個強烈旋風的核心處。仍在空中翻滾的燕飛默默改「進陽火」爲「退陰符」，火熱立即驅散了竺法慶侵體非冷非熱卻使人經脈似要碎裂、難受得要命的邪氣。心中暗叫僥倖，曉得自己的判斷正確，江凌虛的遺言更非虛語，他是以自己的死亡掌握到制勝竺法慶的唯一竅門，丹劫確實是竺法慶的剋星。在觸地前，「退陰符」又變回「進陽火」，冰寒的水毒眞氣貫注長劍。

竺法慶雙手張開，像一頭蝙蝠般滑翔而至，喝道：「『止觀』之後是『止聽』。」燕飛耳際灌滿旋擊的風聲，再聽不到其他任何聲音。「十住大乘功」的確非同凡響，針對的全是人的感觀。一下錯失，將陷萬劫不復之地。丹田火發。燕飛蝶戀花回斬而去，重劈在竺法慶點來的一指上。「蓬！」燕飛硬被震得跌退五步，竺法慶已如影隨形般殺至，雙手化作十數掌影，以水銀瀉地的方式，無隙不尋的狂攻而來。燕飛再疾退十多步，直至峰崖邊緣。純憑水寒的眞氣的確不是竺法慶的敵手，眼前是唯一制勝的機會。欺的是竺法慶並不是要殺死他，只是在損耗他的眞元，好待尼惠暉趕至聯手生擒他。而他唯一本錢是對方並不曉得他身具丹劫的玄功。他正處身崖邊險地，竺法慶如乘他之危全力出手，肯定可一擊而成，但竺法慶如要活捉他，就得給他反擊的機會。也只有如此，對方才有機會得到完整的心珮。果然竺法慶的氣場由旋動變成將他吸扯回來。竺法慶大笑道：「燕飛你已是強弩之末，看我的『止住』。」兩袖膨脹，朝他推至。

燕飛感到全身氣血翻騰，眼冒金星，肉身則似要化成碎粉般往敵人投去，給對方收入能包含宇宙乾坤的袖口中去。不由心中駭然，曉得讓他盡展魔功，不用到第十住，自己肯定要嗚呼哀哉。一劍擊出，刺往他雙袖之間。最巧妙是先盡吐水寒眞氣，使對方覺察不到接踵而來的殺著。如此招不能破他的「十住大乘功」，他只好往懸崖跳下去，中途毀掉心珮，在落地前刎頸自盡。水寒勁氣吐出的一刻，「進陽火」迅速改換爲「退陰符」，丹劫的火熱熔漿爆發般從積蓄的丹田流遍奇經八脈，以高度的集中方式，緊接水寒之氣從劍鋒破空疾去。竺法慶原式不變的攻至，一點察覺不到燕飛的暗藏殺機。還不屑的道：「雕蟲小……」「技」字尚未說出口來，已倏然色變，他爲了活捉燕飛，只施出五成許的魔功，在他的計算裏，對付此時落在絕對下風的燕飛已是綽有餘裕。當他發覺不妥當之時，已是悔之晚矣。火熱的驚人氣勁隨蝶戀花筆直射來，竺法慶兩袖立即化作隨氣勁激濺的漫空碎粉，顯示他的「止住」擋不著丹劫的玄妙眞氣。竺法慶狂嘶一聲，勉力後退，雙手化作重重掌影，希冀盡最後的努力封擋燕飛的劍氣。燕飛人劍合一，硬撞入他的掌影中。竺法慶斷線風箏般往後拋飛，眼耳口鼻全溢出鮮血，雙目射出難以置信的恐懼神色。燕飛亦噴出一口鮮血，開放封鎖心珮的眞氣，心珮就在他凌空朝竺法慶撲去的時間迅速升溫，顯示尼惠暉正全速不住接近。

竺法慶魔功深厚，「十住大乘功」更是奇招絕技層出不窮，燕飛此時更摸清楚丹劫眞氣的厲害，但純憑丹劫，實不足在尼惠暉趕來前把他殺死。只有一個方法，就是再次令這蓋世妖人摸錯門路。「日月麗天大法」全力展開。蝶戀花化作萬千劍影，狂風驟雨般朝竺法慶打下去。水毒火劫同流並運，配合精妙如神的劍法，給裹在劍影裏的竺法慶威勢全消，被殺得左支右絀，再無絲毫還手之力。「鏘！」蝶戀花回鞘。竺法慶斗大的禿頭顱離體飛上半空。燕飛一向對敵手絕不會這般不留餘地，至少留對方全屍，可是竺法慶魔功深厚，可以挺得住任何傷勢，只有斬下他首級，才可以保證他必死無疑。燕飛順手脫下他的外袍，把竺法慶落下來的首級接著，迅速去了。

隨胡彬一道來的只有兩名親隨，令劉裕放下心來，假如他與大批人馬殺至，唯一方法是落荒而逃。劉裕從樹頂躍下，迎上胡彬。這是在壽陽南面兩里許處的一座密林，劉裕爲免牽連胡彬，不敢進城，由江文清出面找得城內一位江海流的故交，再由他穿針引線，約見胡彬。胡彬肯到這裏來會他，算是非常夠朋友。劉裕發出鳥鳴聲，胡彬機伶的吩咐兩名手下留在林外，逕自入林。

劉裕趨前道：「胡大人你好！」

胡彬露出歡喜的神色，搶上來抓著他一雙手，欣然道：「你眞是福大命大，我還以爲你逃不過司馬道子那奸賊的毒手。」

劉裕苦笑道：「這次我們眞的是一敗塗地，以後的日子更難捱。我到這裏來找你，是要探聽北府兵和建康的情況。」

胡彬訝道：「聽你的語氣，似乎不知這次司馬道子派兒子司馬元顯和王國寶攻打邊荒集的行動，明贏實輸，且還不知如何去收拾邊荒集這個爛攤子。」

劉裕愕然道：「我不明白你在說甚麼？邊荒集失陷後，我日夜逃亡，到這裏來找你。」

胡彬興奮的道：「五天前有人把竺法慶的首級高懸在東門處，你說是否精采絕倫呢？」

劉裕劇震道：「好小子！」

胡彬點頭道：「你猜得對！肯定是燕飛幹的。接著集內的彌勒教徒，像瘋了似的四處找尋燕飛，整個邊荒集亂成一團，現在沒有人敢到邊荒集去。長期在那裏駐軍根本是行不通的，荒人逃亡前萬眾一心的放火燒掉所有糧倉，目前光是供養大批駐軍已是任何一方都負擔不來。據聞慕容垂和姚萇已開始撤走，只餘下少許人馬。一天邊荒集回復不了原狀，任何人休想從邊荒集得到任何利益。」

劉裕聽得精神大振，心忖燕飛此舉不但扭轉了整個形勢，還立即令他從邊荒第一高手升級為天下第一劍手。這是不可能的，但燕飛的確辦到了。燕飛不單挽回荒人的面子，更使謝家避過大禍，也令南方佛門逃過一劫。失去精神領袖的彌勒教將再沒有顏面到建康去，沒有創教教主的彌勒教再不成彌勒教。燕飛的一劍，戳破了竺法慶是彌勒佛降生的欺世謊言。要收復邊荒集再不是妄想，雖然前路仍然艱困。忙問道：「荒人的情況如何？」

胡彬道：「荒人在敵人來前四散逃亡，大部分均逃到南方來，部分人則往大海的方向走，由於荒人熟悉邊荒，又有馬匹代步，攻打邊荒集的聯軍雖想趕盡殺絕，但仍是力有未逮。」

劉裕整個人輕鬆起來，他最怕是荒人據集拚死抗敵，如此看來卓狂生是個能靈活變通的人，使捲土重來不再是空口白話。問題在如何重新召集荒人，反攻邊荒集。問道：「建康方面有甚麼反應？」

胡彬道：「我也是今早才收到竺法慶被燕飛斬首的消息，所以仍未曉得建康方面的情況。無論如何，這對司馬道子父子和王國寶是個嚴重的挫折，攻下十個邊荒集也彌補不回來，更使你的聲威大幅提升。」

劉裕一頭霧水道：「與我有甚麼關係？」

胡彬道：「北府兵間盛傳邊荒集這場戰爭是由你作主帥，故意讓敵人撲了個空，重施當年讓苻堅得壽陽之計。如今竺法慶的確被你的好朋友斬首示眾，當然對你的聲譽大有幫助，認爲你不負玄帥之託，免去謝家和佛門的大災劫。」

劉裕聽得目瞪口呆，不知該如何答他。胡彬忽然伸手抓著他臂膀，朝林木深處再走幾步，壓低聲音道：「現在北府兵需要的是另一個玄帥，你正好起而代之，你現在已具備條件，且是玄帥親自挑選的繼承人，欠缺的只是一個機會。」

劉裕苦笑道：「多謝你這麼看得起我。」

胡彬道：「我不是因你曾救我一命故對你另眼相看，而是沒有人比我更清楚玄帥對你的看重和期待，不論你這一仗在邊荒集輸得如何一塌糊塗，事實上你仍是安然脫身，司馬道子卻是得不償失，連彌勒教都賠進去。更何況荒人早有收復邊荒集的前例，人們心中肯定此事會重演。邊荒集是與荒人榮辱與共的，沒有荒人的邊荒集，只是一座廢墟。」

劉裕深吸一口氣，點頭道：「荒人是永不肯屈服在惡勢力底下，劉爺的情況如何？」

胡彬冷哼道：「劉牢之幾天前派人來向我傳遞消息，一邊說要支援王恭，對付司馬道子；另一邊又要我按兵不動，守穩壽陽，分明是舉棋不定。唉！如玄帥尚在，怎會有這種情況？邊荒集的失陷，肯定會影響劉牢之對王恭的態度。」

劉裕道：「桓玄方面有甚麼動靜？」

胡彬道：「桓玄此人非常難測，在現今的情況下，還向王恭開出條件，要王恭把寶貝女兒嫁與他爲妾，令王恭既憤怒又為難。」

劉裕劇震道：「甚麼？」

胡彬訝道：「有甚麼問題？你的臉色為何變得這般難看？」

劉裕急促地喘了幾口氣，道：「沒有甚麼，王恭不是把女兒許給了殷仲堪的兒子嗎？」

胡彬不疑有他，道：「你竟曉得此事。唉！正因如此，我才說桓玄令人難解，竟在此刻提出如此強人所難的條件，一舉開罪了王恭和殷仲堪兩個人。不過現在的確沒有人能奈何桓玄，劉牢之根本不是桓玄的對手。所以我說，北府兵需要的是另一個玄帥，而那個人就是你。上個月朱序曾來壽陽和我談話，我和他都同意你是代替玄帥的最佳人選。」

劉裕心中正翻起滔天巨浪。不！我絕對不能讓王淡眞落入桓玄的魔掌中。胡彬的聲音傳入耳內：「你現在有甚麼打算？」

劉裕心中想著王淡眞，衝口而出道：「我可以有甚麼打算呢？」

胡彬諒解的道：「你現在的確難有甚麼作為，千萬不要回廣陵去，否則你將會成為劉牢之和何謙間鬥爭的犧牲品。我和朱序研究過這方面的情況，一致認為只有當孫恩造反的時候，你才可以公然歸隊。」又分析道：「你現在的情況非常微妙，在北府兵的程序上，你是被外派到邊荒探察形勢，所以你一天不回廣陵報到，一天是自由身。有很多事是只能做不能說的，我認為如你能以主帥的身分，領導荒人重奪邊荒集，將令北府兵所有年輕將領，認定你有資格作玄帥的繼承人，那時誰要挑戰你，都須三思而行。」

劉裕勉強從對王淡眞的憂慮中回復過來，道：「孫恩仍未起事嗎？」

胡彬道：「孫恩已攻佔了大島翁州，設立據點，又號召沿海郡縣的豪強反晉，在策略上非常高明，建康軍根本無力反擊，只能坐看天師軍日漸壯大。哼！在這樣的情況下，司馬道子仍對邊荒集用兵，已盡失人心，尤其是此著針對謝家和你而來，更使北府兵人人切齒痛恨，偏是劉牢之反反覆覆，何謙則甘作司馬道子的走狗，所以北府兵將希望寄託在你這玄帥指定的繼承人身上，是必然的結果，你千萬別讓他們失望。」

劉裕已大致弄清楚現在整個南方的形勢，問最後一個問題道：「聶天還有甚麼行動？」

胡彬答道：「這是另一件使人擔心的事。兩湖幫自邊荒之戰後迅速擴展，在桓玄的默許下蠶食併吞大江幫的地盤，把建康以西的大江上游逐漸控制在手上，也使桓玄對建康的威脅與日俱增。一旦建康軍失去大江上游的控制權，桓玄可以隨時封鎖大江，我大晉將失去半壁江山，再無力與桓玄周旋。」

劉裕嘆道：「我終明白司馬道子為何置孫恩不顧而攻打邊荒集，正是要突破桓玄的封鎖，可惜人算不如天算，失去竺法慶的彌勒教，再難成為司馬道子與慕容垂和姚萇間的緩衝，邊荒集也無去發揮應有的作用。」

胡彬道：「所以你必須儘快收復邊荒集，因為邊荒集也是北府兵的命脈，沒有了邊荒集，北府兵只好俯仰建康軍的鼻息做人。」

劉裕點頭道：「我明白了。非常多謝胡大人這番說話，令我弄清楚整個南方的形勢。我絕不會令胡大人和朱大將軍失望的。」

胡彬拍拍他肩頭道：「好好的去幹，我們對你有信心。直到此刻，你仍然做得非常出色。」

劉裕和他握手道別，往密林深處掠去。風聲響起，江文清從樹頂躍下，道：「問出甚麼情況來呢？」

劉裕收拾心情，暫時拋開對王淡眞的思慮，道：「事情大有轉機，也教人意想不到，燕飛竟成功幹掉竺法慶，還將他的首級懸在邊荒集的東門示眾。」

江文清像劉裕之前聽到的反應一樣，睁大美目，露出難以相信的神色。劉裕解釋一番，又道：「另一個天大的好消息，是荒人在敵人圍攻前棄集逃走，還燒掉糧倉和船艇，教敵人只能得到一個廢墟。」

江文清精神大振，秀眸閃閃生輝。

劉裕轉述了從胡彬口中得知的整個局勢後，道：「現在我們唯一該做的事，是召集從邊荒集逃出來的兄弟，趁敵人因竺法慶之死陣腳大亂的當兒，反攻邊荒集。」

江文清皺眉道：「形勢確實對我們有利，不過我們的兄弟流散各地，要召集他們並不是十天半月可辦到的事。更何況司馬道子會全力搜捕我們躲到南方的兄弟，他們能保住命已非常不錯。」

劉裕道：「只要我找到燕飛便有辦法，邊荒集由於情況特殊，我們只要截斷南北的水陸糧道，可以逼退敵人駐軍，只要荒人兄弟風聞我們對敵人展開反擊，必火速來歸，可令我們聲勢轉盛。」

江文清道：「邊荒的形勢對敵人不利，同樣對我們不利，我們會在糧食和兵器箭矢的供應上出問題。」

劉裕道：「這的確是道難題，不過仍非全無解決的方法，或許有一個人能在此事幫上忙。」

江文清道：「孔靖？」

劉裕心中暗讚江文清思考的敏捷，點頭道：「正是他，只有他有能力在這方面幫忙，且這與他的利益也有關係。如燕飛沒有斬殺竺法慶，又或荒人給敵人殺個片甲不留，我根本沒有顏面請他幫忙，現在當然是另一回事。」

江文清道：「孔靖始終是個生意人，若如此暗助你，一旦被司馬道子發覺，劉牢之也護不住他。所以我們必須使點手段，令他曉得我們不但仍有足夠反攻邊荒集的實力，也有方法保密行事。」

劉裕苦笑道：「在這方面我們可以使出甚麼手段呢？」

江文清道：「孔靖的事由我負責，別忘記我在潁水支流新娘河，由我二叔江海文打理的秘密基地，從邊荒集逃出來的兄弟會回到那裏去。我一邊設法聯絡孔靖，一邊等待你的好消息。」

劉裕大喜道：「那我就到建康去，如我所料不差，燕飛該會去那裏。」

江文清道：「記著不可以拖延太久，我們新娘河的基地全賴邊荒集的支持，失去邊荒集，會令我們陷入困境。我們絕不能讓孔靖曉得我們眞正的情況，否則他會不支持我們。」

劉裕道：「照文清估計，新娘河的基地尚可以挺多久呢？」

江文清道：「如情況沒有改變，一年半載該不成問題。不過如有大批兄弟回來，恐怕只能再撐上三個月的時間。」

劉裕道：「就以三個月爲限，我們會到新娘河來與文清會合。」

江文清忽然伸手按在他手背上，俏臉泛起紅霞，輕輕道：「小心點！」說罷轉身去了。

燕飛經過朱鵲橋，心中感慨萬千。建康再不是以前的建康。天下第一名士謝安已逝，埋骨於城外的小東山，風流已遠。因淝水之戰而名傳千古的謝玄，亦壯年早逝，令南晉陷於四分五裂的局面，內戰內亂一觸即發。失去紀千千的秦淮河更非往昔的秦淮河，紀千千便如映照秦淮的明月，只有她能賦予秦淮河在頹廢的世家大族風氣外的動人風采。建康繁華依舊，可是燕飛卻清楚，眼前所見只是虛假和難以持久的假象，一旦司馬曜被曼妙害死，大變即臨，再沒有任何人力能逆改南晉走上變亂和分裂之路。

建康所有關防明顯加強，對所有進出的人均嚴格盤查檢視，幸好當日他在建康時，謝家為他辦妥正式的通行證，加上他把蝶戀花收藏在朱雀門外，再打扮成文質彬彬的儒生，所以順利過關。他並不是漫無目的的入城，在朱雀門外，他發現了荒人留下的暗記，指示出荒人藏身之所，並清楚顯示留下暗記者是屠奉三。荒人並沒有一敗塗地，他從荒人秘密的通訊手法，找到藏身在巫女丘原沼澤區的卓狂生、慕容戰、紅子春、陰奇、姬別、姚猛和近三千荒人兄弟。聽到他斬殺了竺法慶，人人士氣大振，矢志反攻。只恨缺糧缺弓矢，有心無力。他這次到建康來，是要召集逃來南方的兄弟，同時想辦法籌措糧食和物資。龐義和高彥也大有可能躲到建康來，因為後者也有過關防的通行證件。在這方面，高彥比任何人更有辦法。

過橋後是烏衣巷，入口位於御道右方，有侍衛把守，不過縱使能自由出入，燕飛也沒有重遊舊地的閒情。斬殺竺法慶，令他感到沒有辜負謝安和謝玄對他的期望，放下一件心事。能殺死竺法慶實帶著很大的僥倖成分，全賴策略上的成功，否則喪命的將是他而非竺法慶。他的目的地是北市後的歸善寺。這令他想到屠奉三當是與宋悲風一道逃來建康，因為只有宋悲風與佛門有聯繫。佛寺更是最佳的藏身之所。

忽然一陣叱喝聲從後方傳來，路人紛紛站避道旁。燕飛別頭一看，只見一群近百個建康軍，正押著十多人犯經朱雀橋進入御道，往皇城方向而來。燕飛一瞥間已知被押送的是荒人兄弟，其中兩個還赫然是龐義和方鴻生。燕飛幾乎想立即出手營救，又知如此非常不智。忙避往道旁，故意站在最前方處。等開路的十多騎過去後，龐義等拖著腳鐐垂頭喪氣的經過他身前，燕飛施展傳音入密的功法，把聲音直傳入龐義耳中道：「放心！今晚我會來救你。」龐義猛顫一下，朝他瞧來。兩人交換個眼神，龐義忙垂下頭去，避免押送他的人看出他神色有異。燕飛暗嘆一口氣，暗跟著他們去了。

〈卷六〉

第六章◆建康風雲

第六章　建康風雲

當燕飛踏足朱鵲樓時，劉裕坐的客貨船離開建康尚有三里水路。身為北府兵最出色的斥候，他為自己設計了多個身分，不但可以瞞騙敵人，也可以應付其他軍系勢力不必要的盤查。作為第一流的探子，他也是易容改裝的專家，此時的他黏上鬍鬚，弄得鬢髮花白，扮成個來往荊揚兩地的行腳商，正由水路到建康去。他熟悉長江水運的關道，故意在建康的大城歷陽，憑著出手闊綽，登上一條從武昌開來的客貨船，使建康守軍不會懷疑船上竟有從邊荒來的人。他的思緒有點混亂，想到王淡眞，想到江文清，想到邊荒集。

這次邊荒集之失，是荒人因邊荒集失而復得的輝煌戰果而自滿，生出盲目的信心以為短期內不敢有人來犯，所以在各方面鬆懈下來。豈知敵方不但有熟悉邊荒集的胡沛作內奸，且因姚萇的關係得到呼雷方的協助，摸清楚邊荒集的虛實，故能神不知鬼不覺的潛入邊荒，發動攻擊。更兼邊荒集最出色的風媒高彥隨燕飛到了北方去，使整個情報網陷於半癱瘓的狀態，此消彼長下，加上敵人計畫周詳，遂落在毫無還手之力的下風。無論如何，燕飛憑心珮偵察到竺法慶在集內的伏兵，雖誤中竺法慶奸計，但也令邊荒集陰錯陽差逃過屠集的大災劫，禍中藏福。而敗也心珮，成也心珮，燕飛正是憑心珮得到斬殺竺法慶的天賜良機，扭轉了原本絕對不利荒人的形勢。

經過這一次死裏逃生，他和江文清的關係更密切了。想當初江文清以宋孟齊的身分談笑用兵、縱橫邊荒集之時，她是那麼瀟灑自如，但自江海流死後，她變了很多，變得有點沉默寡言，欠缺信心，由此可知，她尚未完全從江海流之死的打擊中回復過來。想想便教他心痛，令他感到復興大江幫一事，他劉裕是責無旁貸。他承認自己對江文清很有好感，她不單是他的戰友，且是一位非常動人的女子，蕙質蘭心，善解人意。而她對他更是頗有情意，只恨他的心早被王淡眞佔據，再難容納其他女子，更感到他和江文清間不宜有男女的私情。唉！想到王淡眞，他便心焦如焚。可是在現今自身難保、危機處處的情況下，他可以有甚麼作爲呢？不過雖明知從任何角度看，均不宜插手王淡眞的事，他卻清楚自己絕不容王淡眞落入桓玄手上，即使會搞砸他正危危欲墜的男兒大業。見到燕飛再說吧。

客貨船緩緩靠岸。他在建康內城西石頭城的碼頭登岸，順利通過檢查，第一件事是在進入內城的西門宣明門尋找荒人的暗記，豈知竟在門外驛道的一株樹腳根處，找到只有他看得懂與任青媞約定的暗記，大出他意料之外。他弄不清楚自己是否想見任青媞，不過她既如此急著找他，該有急事，只好暫時把尋找燕飛的事擱在一旁，逕自依暗記指示，往城南找任青媞去了。

燕飛扮作香客於歸善寺報上暗號，立即由寺僧引入內堂的會客室，等了一會兒，支遁大師來了，欣然道：「果然是燕飛小友來了！支遁謹代表天下佛門，感謝你出手衛道除魔，令佛門得避浩劫。」燕飛忙起立還禮，連說「不敢當」。

坐下後，支遁微笑道：「竺法慶授首於燕施主劍下，安公在天之靈必然非常欣慰。」又道：「消息昨天傳至建康，轟動全城，亦使司馬道子顏面蕩然無存，極爲震怒，隨即公布明天午時，將在城北玄武門外的刑場，將所擒獲的荒人斬首，悲風和屠施主正爲此大傷腦筋，想辦法營救各兄弟，現在有燕施主大駕光臨，當更有把握。」

燕飛心中一震，直覺司馬道子不是殺人洩憤那麼簡單，而是借此逼藏身建康的荒人現身，最好當然是引得他燕飛出來，一網打盡，好挽回失去的面子。如此看來，今晚救人之舉將不可行，因爲司馬道子必然張開天羅地網，等待他們去劫獄。司馬道子這一招非常狠辣。問道：「除宋叔和屠奉三外，尚有多少荒人兄弟，藏身在大師的庇蔭下呢？」

支遁答道：「在這裏只有悲風和屠施主兩人，其他人藏身在東郊的棲雲寺，該寺位於高山之上，不容易被人圍困。司馬道子對我們看得很緊，在城內一旦敗露行蹤，勢將無路可逃。」

燕飛道：「棲雲寺內有多少我們的兄弟？」

支遁道：「有一千人之眾，幸好寺內藏糧甚豐，否則只是搜購糧食，足已令司馬道子生疑。」

燕飛道：「司馬道子有沒有派人來警告大師？」

支遁道：「他只是派人監視城內大小寺廟，卻沒有直接派人來對我們提出警告。」

燕飛更堅定司馬道子在耍陰謀的想法，道：「我想見他們兩人。」

支遁道：「悲風和屠施主均到外面打聽消息，我們是否可爲你們盡點力呢？請燕施主吩咐下來。」

燕飛沉吟片刻，道：「怎敢吩咐大師，不過定有些地方需要大師幫忙，這方面須待他們回來後仔細研究。現在我只想找個靜處，好好想想。」

支遁站起來道：「請燕施主隨老衲到後院的靜室去。」

燕飛隨支遁離開客堂，心中暗下決心，不論如何困難，定要營救所有落難建康的荒人兄弟姊妹，令司馬道子的奸謀沒法得逞。

「你終於來啦！」

劉裕穿窗而入，微笑道：「任后沒有外出嗎？」

坐在梳妝檯前，透過銅鏡看他的任青媞淡淡道：「我已三天足不出戶，就是在等你這冤家啊。」

這是位於城南御道東一座普通民居，在進屋前劉裕勘察過附近街巷房舍，又肯定屋內除任青媞外再沒有其他人，才入屋與任青媞見面。任青媞一襲淺黃色的羅衣襦裙，外加禦寒披風，體態優雅，神色嫻靜，如不是曉得其底蘊，眞以爲她是某一名門望族的大家閨秀。此時的她秀髮散垂，正拿著玉梳在整理如雲秀髮，頗有惹人憐愛的柔弱味道。

劉裕來到她身後，看著銅鏡內的容顏，道：「爲何這麼急於找我？」

任青媞反手把梳子塞進他手裏，笑道：「人家關心你嘛！怎知你會不會在邊荒丟命。來吧！好好伺候人家，人家開心起來，自然會把珍貴的情報一一獻上。」

劉裕拿她沒法，爲她梳理起來。任青媞仰臉閉上美眸，露出陶醉的誘人神情，檀口微張的道：「你們眞有本領，不單避過全軍覆沒的厄運，還斬掉竺法慶的臭頭，奴家眞的佩服得五體投地。直至現在我還感到整件事令人難以置信，你們怎能辦得到呢？」

劉裕知心珮交予燕飛一事終瞞不過她，不如自己先來個坦白招認，若無其事的道：「憑的當然是大姊的心珮。」

任青媞嬌軀輕顫，睜開美眸，倒入劉裕懷裏，仰後來瞧他，失聲道：「你說甚麼？」

劉裕不得不停下爲她梳髮的香艷差事，輕鬆答道：「因爲天地珮落入竺法慶手上，而非安世清，而我們正是憑心珮和天地珮的感應，曉得竺法慶的來臨，爲大局著想，我遂把心珮交給燕飛，他亦憑此斬殺竺法慶。」

任青媞秀眸發亮的道：「如此豈非天地珮已落入燕飛之手？」

劉裕聳肩道：「我見到燕飛時代你問他吧！」

任青媞坐直嬌軀，目光閃閃地盯著銅鏡裏的劉裕，道：「你怎可如此沒有道義，我不理你，你定要把三珮全給我取來。」

劉裕苦笑道：「我或許可以保證把心珮還給你，但天地珮可輪不到我作主。別動氣，我尚未見著燕飛。」

任青媞道：「只要你肯為我盡力，人家便心滿意足，記著我們是戰友，一天孫恩未死，我們仍是榮辱與共。」

劉裕岔開道：「曼妙與楚無暇的爭寵有何進展？」

任青媞漫不經意的答道：「司馬曜死了！」

劉裕劇震道：「甚麼？」他本是為分散任青媞心神，避免她在三珮的事上糾纏不清，故隨口問問，並不希冀會問出甚麼驚天動地的事來，竟然得到這個令人震駭的答案。他雖猜到任青媞有透過曼妙置司馬曜於死地的念頭，可是司馬曜終是大晉皇帝，想弄死他並非易事，且沒有半點消息傳出來。

任青媞別轉嬌軀，含笑看著正緊張得急促喘氣的劉裕，柔聲道：「當竺法慶被殺的消息傳至建康，我便通知大姊下手，殺那昏君於他昨晚的夢中，且沒有絲毫可被人拿著把柄的痕跡。現在司馬道子方面陣腳大亂，竭力壓住事情，希望盡量爭取部署的時間，以應付各方的責難。如我所料不差，司馬道子將被迫由邊荒集撤兵，回防建康，大大有利你們反攻邊荒集。人家又為你立下大功，你是否該獻上完整的寶珮，以獎勵青媞呢？」

劉裕心中亂成一團。司馬曜終於死了。南晉會出現怎樣的變化呢？他想到種種可能性。最令他擔心的是王恭和殷仲堪可能會向桓玄屈服，獻上王淡真，以換取桓玄對他們討伐司馬道子的支持。

任青媞嬌美的聲音在耳旁響起道：「當司馬曜的橫死紙包不著火時，晉室將出現大亂，孫恩必會趁勢作亂，你要好好準備啊！」

劉裕發覺任青媞站了起來，貼在他身後抱緊他的腰，他卻有麻木的感覺，整個人虛虛蕩蕩似的，像是沒有著落。忽感有異，一時間又不知異常處在哪裏。

任青媞放開摟著他的手，走到一角的椅子坐下，沉聲道：「燕飛是否在建康？」

劉裕正重組剛才令他生出警覺的情況，他乃北府兵最出色的探子，長於觀察，更有一項一般人沒有的特長，就是過目不忘的記憶力，所以一些在觀察時沒有特別引起他注意力的事物，也會一古腦兒存放在記憶內，只要事後在記憶中搜尋，可以重塑當初忽略了的部分。否則，他也不能在眾多受嚴格訓練的北府兵斥候裏脫穎而出，得謝玄另眼相看。

鋒光一閃，接著是任青媞在袖內的手顫動了一下。劉裕登時整條脊骨冷冰冰的，曉得自己在鬼門關前打了個轉回來。任青媞想暗算他。她袖內該是暗藏毒針一類的東西，本想置自己於死地，然後取回心珮。卻因心珮不在自己身上，又想透過他從燕飛手上取得天地珮，所以對應不應殺自己猶豫不決。剛才自己被司馬曜死亡的消息震撼得六神無主，她又殺機大起，差點下毒手，最終仍可能因玉佩未得而暫緩下手。她現在坐得遠遠的，說不定是怕又忍不住要動手。這些念頭電光石火般閃過心頭，旋又大惑不解，殺我劉裕對她有甚麼好處？

任青媞道：「你變成啞巴了嗎？」

劉裕暗呼僥倖，如非心珮不在身上，否則肯定已屍橫地上。亦不由心中有氣，冷笑道：「請恕我沒法回答你的問題，因爲我剛抵建康，便到這裏來找你。你剛才說的是否屬實？」

任青媞淡淡道：「若我有半句謊言，教我天誅地滅。哼！爲何這麼不信任人家？」

劉裕正在暗動腦筋，猜想任青媞爲何要置他於死地，除非她已另有對付孫恩的辦法，而他劉裕再沒有可供利用的價值。不過縱使如此，她也沒必要殺他劉裕。想到這裏，心中劇震，因爲已大致把握到認爲正確的答案。劉裕轉過身來，面向任青媞，表面卻是若無其事，試探道：「現在我的心有點亂，你是旁觀者清，可以告訴我一下步該怎麼走嗎？我該號召荒人反攻邊荒集，還是回廣陵去靜待機會？」

任青媞明顯地不把他的難題放在心上，更沒有興趣爲他動腦筋，皺眉道：「不要想得那麼遠好嗎？現在你最應該做的事，是找到燕飛，爲人家把玉佩討回來。現在司馬道子絕不敢自己坐上皇座，只會策立另一個傀儡皇帝，如此曼妙將變得更有影響力，屆時我會告訴你該怎麼辦。」

劉裕反暗鬆一口氣，曉得自己與這心狠手辣的妖女關係已終結，回復「自由身」，再不用受她的掣肘。甚麼曼妙影響力大增，只是胡說八道以安他的心，好讓他從燕飛手上取回寶珮，而那時她再沒有下手殺他的顧忌。她對他的將來毫不關心，因爲她已另有靠山，再不用倚賴他劉裕來對付孫恩。同時更代表她不看好他劉裕，斷定劉裕根本沒法登上北府兵大統領之位。又或是她再不看好整個北府兵團。因爲她的新靠山是桓玄。

一石激起千層浪。忽然間，他完全掌握了任青媞心中的想法。開始時，她的確有與他聯手對付孫恩的意思，直至劉裕告訴她彌勒教的楚無暇應王國寶之邀到了建康去，令任青媞醒覺到再不能控制司馬曜，而他劉裕在這樣的情況下將起不了任何作用。於是她想到桓玄。司馬曜如忽然暴斃，最大的得益者將是桓玄。這令她和桓玄有談判的條件，而她的美色在桓玄前也有用武之地。所以她捨劉裕而取桓玄。亦因為她要到荊州見桓玄，所以直至昨晚曼妙才下手。而她和桓玄的交易裏，大有可能其中一個條件是殺死他劉裕，所以任青媞會對自己動殺機。

劉裕再暗叫一聲「好險」，裝作深信不疑的點頭道：「好吧！我現在立即去找燕飛，你最好乖乖的在這裏等我的好消息。」

任青媞嗔道：「約個時間好嗎？人家總不能一天十二個時辰在這裏等你。」

劉裕心中暗罵，口上答道：「你愛去幹甚麼便去幹甚麼，我來時如見不到你，會留下再回來的時間暗記。」說畢再不願多逗留一刻，穿窗離開。

燕飛睜開眼睛。換上平民裝束的屠奉三步入靜室，啞然笑道：「你是如何辦到的呢？」

燕飛心中湧起親切的感覺，在這一刻，他是絕對地信任屠奉三。微笑道：「這是因邊荒集氣數未盡。你有甚麼好計謀呢？」

屠奉三在他對面的蒲團上盤膝坐下，雙目閃閃生輝，臉上露出回憶的神情，嘆道：「我從未對一個地方有如此的感情，當我見到邊荒集被妖人佔領，大批荒人沉屍潁水，我有種剛過門的妻子被人姦殺了的憤怒感覺。我還以為自己已被毀掉，再沒有路可走，或許唯一可以做的事是落草為寇，直至聽到你斬殺竺法慶的一刻，忽然間一切又充滿希望。」

燕飛點頭道：「放心吧！這次我們事實上是贏了，慕容戰、卓狂生、姬別、紅子春、姚猛和貴屬下陰奇，均成功逃入巫女丘原，隨行者尚有三千多兄弟，正等待我們的好消息。現在我頭痛的是那些逃來建康，卻被司馬道子關進皇城內大牢中的兄弟姊妹，司馬道子明言明午要將他們處斬，擺明是引我們去救人時一網打盡的陷阱。」

屠奉三微笑道：「本來我也煩惱得要死，不過現在見到你，煩惱盡去，還感到前途一片光明。正如你所說的，邊荒集該是氣數未盡。」

燕飛欣然道：「原來屠兄已胸有成竹。」

屠奉三笑道：「要去劫刑場當然是絕沒有可能成功，但如我們能逮到一個人，就比劫刑場更有效，且是我們力所能及的。」

燕飛動容道：「確是絕計！但司馬元顯不是與王國寶到邊荒集去了嗎？」

屠奉三道：「幸好宋大哥在建康人脈極廣，人人看在安公分上，多少給他一點面子，故能查到司馬元顯已於三天前率領水師返回建康。這小子自以爲立下大功，回來後花天酒地，每晚到秦淮河的一艘花船去與初賣身的紅妓天香鬼混。我剛才便是去實地勘察下手的地點。坦白說，單憑我和宋大哥，要殺人或可勉強辦到，但要生擒他卻是非常困難，不過有你燕飛在，當然是另一回事。」

燕飛皺眉道：「若他今晚不去找天香，我們豈非好夢成空？」

屠奉三冷哼道：「所以宋大哥仍在偵察敵情，不論司馬元顯躲到哪裏去，包括琅琊王府在內，我們定要將他生擒活捉，擄人才可以勒索，對嗎？」

燕飛道：「這種事你比我在行，我聽你的指揮好了！」

屠奉三以帶點自嘲的語氣道：「我的確是這方面的專家。咦！宋大哥回來了！誰和他一道呢？」

燕飛也聽到兩個人的足音，一震道：「是劉裕！」

宋悲風和劉裕並肩進入靜室，劫後重逢，自有一番欣喜。兩人席地在左右坐好，商議大計。

到劉裕弄清楚眼前的情況，忽然向屠奉三道：「這次邊荒集之變，對屠兄與桓玄的關係有沒有影響？」

燕飛心中一動，曉得劉裕是想先弄清楚屠奉三的心意，方決定應不應讓他知道某些事。宋悲風卻曉得劉裕才智過人，問必有因，故劉裕雖岔遠了，仍沒有絲毫不耐煩之心。

屠奉三顯然亦正思考著同一問題，聞言苦笑道：「實不相瞞，桓玄現在心中肯定只有一個念頭，就是殺掉我屠奉三。」答案大出三人意料之外，聽得訝然相視，乏言以對。

屠奉三雙目殺機大盛，沉聲續道：「從桓玄與聶天還結盟那一天起，桓玄已有除我之心，幸好當時我已到了邊荒集，否則肯定性命難保。關鍵在我太熟悉桓玄，他亦知道終有一天，會被我看破他弒兄的罪行。江海流也是因此而被他害死，下一個將是我屠奉三，幹掉我們兩個，他才可以安心。」

宋悲風道：「你不是他自小相識的好朋友嗎？」

屠奉三道：「我們確曾是好朋友，不過桓玄這幾年變得很厲害。何況對我屠家有恩的不是桓玄而是桓沖。桓沖也是我最尊敬的人。」

燕飛道：「假設我們能收復邊荒集，桓玄會怎樣待你呢？」

屠奉三淡淡道：「我們再也不能回復到邊荒集二度失陷前的情況，因為我沒有逃回荊州去，反是溜到建康來，這之間有很大的分別，令桓玄清楚知道我看破他有殺我之心。當然，如我們重新奪回邊荒集，到那時，我又有利用的價值，他或許會在表面上容忍我。」又笑道：「告訴我，目前在南方，最聰明的是那一個人呢？」

劉裕微笑道：「屠兄想說的是否聶天還？」

屠奉三拍腿道：「好小子！這叫英雄所見略同。既然劉兄看到此點，爲何仍戀棧北府兵的卑微職位，不隨我們回邊荒集霸地稱王，共享過一天得一天的痛快日子？」

宋悲風糊塗起來，道：「我不明白你們在說甚麼？」

屠奉三道：「這要從整個時局說起，荊州一地，自三國時的孫權開始，已極受重視。所以在孫權主吳之時，西土之任，無一不是名臣宿將；每值荊州有事，必親自處理，故孫吳一代，荊州形勢穩固，對外能屢摧大敵，而內亂亦能迅速敉平。有謂『三吳之命，懸於荊江』。到晉室南渡，據舊吳之地，荊州仍是舉足輕重，任荊州刺史者，等於統轄了半壁江山。可惜晉室對荊州事事猜防而不知自強，直至今天，始終無法挽回此外重之局。」

燕飛吁出一口氣道：「屠兄識見高明，對荊州的分析非常透徹。」

劉裕點頭道：「晉室既時刻感到荊州的威脅，所以對主荊州者，不問是非，必千方百計阻撓以敗其事，所以桓溫欲以荊州之資，北伐中原，結果無功而回。弄得既不能攘外，內亦不安。」

宋悲風道：「安公正是有見及此，所以建立北府兵以自強。」

屠奉三道：「問題在謝玄一去，北府兵卻因內部權爭致陷於半癱瘓的狀態。依目前的形勢發展，最後能席捲南方者肯定是桓玄的荊州軍，所以我說聶天還聰明，因爲他懂得挑選最有機會奪天下的人。桓玄放棄我而取我的死敵聶天還以代之，皆因聶天還的利用價值比我大。得聶天還之助，他可以輕易鎖江，斬斷建康與上游諸城的聯繫。殺我屠奉三，不但可以除去心腹之患，更可以討好聶天還，向聶天還展示誠意。」

宋悲風終於明白，爲何屠奉三說劉裕該到邊荒集去，因爲不看好北府兵的形勢。他身爲謝家舊臣，當然聽得不是滋味，卻又知屠奉三所說屬實。

劉裕深吸一口氣，道：「明白了！現在我們可以暢所欲言了。司馬曜昨晚剛被人害死了。」包括燕飛在內，人人色變。

劉裕把先前見過任青媞的情況詳細道出，又解釋了和她的關係，且沒有隱瞞心珮的事。其中的曲折離奇，以屠奉三的見多識廣、江湖經驗的豐富，也聽得瞠目以對。劉裕最後道：「所以我要先弄清楚屠兄的心意，方敢坦誠奉告。在心珮一事上，請屠兄代守秘密，因爲牽涉到整個道門的鬥爭。」

屠奉三望望燕飛，又瞧瞧劉裕，道：「天下竟有如此異寶，燕兄因此被竺法慶算倒，但亦因此寶使邊荒集避過大禍，還斬殺竺法慶，並使劉兄逃過任妖女的毒手。」

宋悲風道：「現在我們最重要的事，是先弄清楚司馬曜是不是眞的歸天。」

劉裕道：「任青媞理該不會在此事上騙我，除非她並不指望我幫她取回心珮。」

屠奉三道：「她說的應是眞話，否則如劉兄查出司馬曜未死，定會對她起疑，那她不只沒有機會再暗算劉兄，連心珮也要失掉。」

燕飛道：「劉兄來找我們時，有沒有留意任青媞或許會跟蹤在後呢？」

劉裕露出個充滿信心的笑容，雙手環抱胸前欣然道：「跟蹤的人是我而非她，我早猜到她不敢冒險追蹤我，離開她的居處後，我躲在暗處，半刻鐘後她便出門，還以種種手段想擺脫跟著她的人，那點小把戲當然難不倒我。最後她到了外城區西市的一間雜貨店，如我沒有猜錯，那該是兩湖幫在建康的巢穴。」

燕飛和宋悲風交換個眼色，均感欣慰。斬斷與任青媞的曖昧關係，對劉裕是好事而非壞事，再不用和此妖女糾纏不清，且激起劉裕的鬥志。

燕飛道：「你懷疑任青媞已投向桓玄的猜測非常合理，穿針引線者肯定是兩湖幫，逍遙教和兩湖幫一向關係密切。聶天還當日臨陣退縮，正因孫恩殺死了任遙。」

屠奉三淡淡道：「我明白桓玄，他遇上任青媞便像螞蟻遇上蜜糖，必是如膠似漆。」又道：「劉兄從任青媞身上探測出來的情報，非常有用。桓玄是個非常懂得把握機會的人，現在南方已在他的掌握裏，當不會放過乘虛而入奪取邊荒集的機會。最吸引他的是根本不用費一兵一卒，趁彌勒教潰不成軍，建康軍又須回防建康的當兒，進佔邊荒集，如此南北水陸的龐大利益，將落入他的口袋裏去，南方還能與他頡頏的人嗎？」燕飛等均聽得倒抽涼氣，桓玄將比司馬道子難應付多了。

宋悲風不解道：「南方大亂即至，桓玄還有空去經略邊荒集嗎？」

屠奉三道：「他何須費神去理，只要教聶天還這頭號走狗出馬，派出像郝長亨般有身分地位又能言善辯的人，憑著控制南方水道的優越條件，即可說服慕容垂和姚萇兩方改與他們合作。」

燕飛等聽得心直沉下去。在邊荒集目前的形勢下，最能發揮作用的將是兩湖幫。司馬道子在司馬曜駕崩後，能守著建康已相當不錯，再沒有餘力兼顧陣腳未穩的邊荒集。要知邊荒集能否興旺，靠的是南北的水陸貿易，所以慕容垂和姚萇爲自身的利益，不得不尋找新夥伴，而兩湖幫便是最理想的合作者。兩湖幫尚有一項建康軍沒法及得上的優勢，是靈活自如，不用按成規辦事，不像建康軍要依照朝廷的準則收稅，而邊荒集的漢族荒人則變成有國籍的人，再非無法無天的荒人，這一切都會破壞荒人的「傳統」。

宋悲風倒抽一口涼氣道：「如讓桓玄透過聶天還在邊荒集站穩陣腳，我們將永遠失去邊荒集。」

屠奉三笑道：「宋大哥開始視自己爲荒人了！」

燕飛從容道：「現在仍未是郝長亨到邊荒集的好時機，桓玄會要聶天還忍耐至司馬曜的死訊傳出，各地組成討伐司馬道子的雄師，王國寶匆匆從邊荒集撤返建康之際，方會行動，所以我們仍有時間部署。」

劉裕沉吟道：「形勢變化的急遽，的確出乎人意料之外，說不定我又可以公然返回廣陵，說動劉牢之支援我們。他該明白如被桓玄控制邊荒集，北府兵生存的命脈會被切斷，只能依賴司馬道子供給糧食和物資。」

屠奉三讚道：「劉兄的腦筋動得很快，我們和兩湖幫的機會是相等的。」

宋悲風道：「這方面的事暫且擱在一旁，眼前十萬火急之事，是如何擄人勒索，我剛才查得司馬元顯已取消了今晚與天香的約會，間接證實宮廷有變，但也使我們失去一個生擒司馬元顯的機會，眞教人頭痛。」

燕飛道：「我們是否仍該查證司馬曜駕崩之事呢？」

宋悲風道：「這方面由我負責，怎都會有蛛絲馬跡可尋。」眾人曉得他長期伺候謝安，認識建康權貴，其中不乏司馬曜的心腹近臣，該可透過他們旁敲側擊司馬曜的眞正情況。

屠奉三道：「我們在這裏等待宋大哥的好消息。」

宋悲風去後，三人繼續商量。屠奉三顯露他在這種詭譎情況，玩陰謀手段的才能，問道：「現在司馬道子最害怕的甚麼呢？」說這句話時，他的眼睛望的是劉裕，顯然是在考量劉裕。

燕飛早在邊荒集時，已留意屠奉三與劉裕間的微妙情況，隱隱感到屠奉三是不甘寂寞的人，對桓玄的忘情背義是切齒的痛恨，只要劉裕能證明他確有繼承謝玄的本領，屠奉三會站到劉裕的一方，對桓玄和死敵聶天還作出報復，也爲自己和手下兒郎的將來鋪出光明的前路。

劉裕想也不想的答道：「曼妙是由他獻給司馬曜，而曼妙的眞正身分更不能見光，如被人揭破害死司馬曜的正是逍遙教妖女曼妙，司馬道子就算跳進長江也洗脫不了嫌疑。所以他不但會掩飾司馬曜橫死的眞相，還要殺曼妙滅口，好死無對證。」

燕飛點頭道：「看得非常透徹。」

屠奉三道：「所以任妖女是滿口胡言，連我們這些外人都看出司馬道子非殺曼妙不可，曼妙怎會留在宮內任人宰割？我猜曼妙大有可能正藏身被劉兄跟蹤識破的兩湖幫秘巢內，靜候到荊州見桓玄的機會。」

劉裕拍腿道：「有道理！」

屠奉三續道：「曼妙是桓玄手上有用的棋子，可用她來誣衊司馬道子害死司馬曜，這種事根本不用證據，只憑曼妙貴人的身分便有足夠的說服力，難道司馬道子敢指證曼妙是逍遙教的妖女嗎？所以自昨夜開始，司馬道子的注意力已由我們荒人轉移到曼妙身上，如被他曉得任青媞與桓玄勾結，更會不惜一切殺死曼妙。」

燕飛道：「我們如何利用曼妙，來達到活捉司馬元顯的目的呢？」

屠奉三道：「在為桓玄辦事期間，我們一直留意南方各大臣名將的動靜，研究他們的行事作風，好未雨綢繆，萬一有事發生，可以迅速掌握到對付他們的方法，這方面由我負責，所以我對司馬道子這個重點研究的人的行事作風，知之甚詳。」

劉裕心中湧起異樣的感覺，自己成為謝玄的繼承人後，肯定也成為屠奉三研究的對象，那時他對自己的觀感如何？更想到屠奉三之所以能夠看穿自己對他用計，故能用借刀殺人的方法反過來對付他劉裕，引致後來任遙被孫恩刺殺，這種種原由，正因他熟悉自己。又想到桓玄強要納王淡真為妾，非因好色，而是曉得王淡真是王恭的命根子，有王淡真在手，可以絕對地控制王恭，不愁他不在各方面順他的意思。桓玄是要透過王恭來控制北府兵。

屠奉三道：「只要證實司馬曜昨晚歸天，我們可以假設曼妙已逃離皇宮，那時不管她是否藏身在兩湖幫的秘巢內，只要任妖女確實曾到過那裏，我們便可以利用曼妙引司馬元顯上鉤。」

燕飛皺眉道：「如司馬道子曉得曼妙在那裏，必會親自率高手盡殺該處的人，在這樣的情況下，縱有司馬元顯隨行，我們也很難向司馬元顯下手。」

屠奉三道：「這是由於燕兄對朝廷的情況不熟悉，才會有這種想法。司馬曜之死，已令司馬道子陣營手腳大亂。在擁立新君前，他要做很多工夫，首先是安定皇族裏有影響力的人，大家達成一致的意見，同意由誰繼承皇位，然後輪到朝中的元老大臣，向他們公布司馬曜的死訊，再決定葬禮的日期，才會公告天下。這些事繁瑣複雜，司馬道子必須坐鎮皇宮，親力親為，不能假任何人之手，所以他是不可能分身的。」稍頓續道：「至於搜捕曼妙的事，則交由他最信任的人處理，由於曼妙是貴人的身分，且事關重大，絕不可以洩漏絲毫風聲，否則會引起他人懷疑，所以搜捕只能在暗裏進行，表面當然可以裝作是搜捕我們荒人。」

劉裕道：「明白了！司馬道子最信任的人當然是司馬元顯，所以追殺曼妙的任務，理該由他主持。」

燕飛道：「如果我們猜錯又如何呢？」

屠奉三道：「那就只好怨自己運氣差，而我們的荒人兄弟明天將難逃死劫。這是一場在建康城內打的戰爭，我們因應敵人的情況作出種種布置，擬定最有可能致勝的策略，其他便要在戰場上見眞章。」

劉裕道：「這是我們唯一的機會，怎都要賭他一把。最頭痛的是如何把消息傳入司馬元顯的耳中，讓他率眾去攻打兩湖幫的秘巢，而我們則在旁撿便宜。如能生擒司馬元顯，事後如何避過敵人的追搜？」

燕飛問道：「建康官府對舉報我們荒人是否有懸賞呢？」

屠奉三欣然道：「這的確是最簡單又直接的辦法，我在建康還有些幫會朋友，可設法找人幫忙，又不會牽累朋友，至於細節由我去想辦法，我要先弄清楚懸賞方面的情況，如其中有一張是任妖女的畫像，一切難題可迎刃而解。」

劉裕道：「這個可能性非常高，且可能畫像是今天才掛出來的。」

屠奉三跳起來道：「你們在這裏等我的好消息。」說罷匆匆去了。

劉裕低聲道：「我很痛苦。」

燕飛大訝道：「現在是任妖女負你，而不是你背信棄義，我認爲你該快樂才對。冥冥中似乎眞的有隻命運之手在擺布著我們，如你不是與她合作，心珮便不會落入你手裏，而我則沒法殺死竺法慶，你剛才也因心珮而逃過妖女的毒手。」接著取出心珮，改掛到劉裕的頸上去。

劉裕苦笑道：「我痛苦不是因爲任妖女，而是王淡眞。唉！桓玄向王恭開出條件，若想他支持王恭，王恭必須獻上女兒作他的小妾。」

燕飛呆看他半晌，嘆道：「你的問題似乎和我有相同之處，你何時和王淡眞纏上的？」

劉裕解釋一遍，頹然道：「你說我是不是根本不是做大事的人？看來玄帥是選錯人了，可是我現在眞的覺得若任淡眞供桓玄淫辱，我即使當上北府兵的大統領也沒有甚麼意思。」

燕飛目光投往窗外，淡淡道：「事實上我看過竺法慶擊殺江凌虛的情況，自問仍不是他的對手，可是我卻不顧一切，逼他決一死戰。你知道原因嗎？因爲我清楚這是唯一能扳平局面的機會。只有殺死竺法慶，我們方有希望收復邊荒集，只有收復邊荒集，我們才可以配合拓跋珪，營救千千和小詩。」

劉裕點頭道：「我明白！」

燕飛道：「所以我絕不會嘲笑你，肯對自己心愛的女人盡責，方可稱得上是男兒漢。你因對王淡眞心存愧疚，所以甘願捨棄男兒功業，也要扭轉她即將面對的悽慘命運。若依眼前形勢的發展，王恭終要向桓玄屈服，獻上女兒。」

劉裕慘然道：「縱然我肯犧牲一切，可是在眼前的形勢下，我可以幹甚麼呢？」

燕飛目光回到他臉上，沉聲問道：「若你眞能不顧一切，事情反而易辦。可是你眞的能不顧一切嗎？」

劉裕發呆片刻，苦澀的道：「當日我決定和她私奔，是因爲我一無所有，又以爲玄帥已放棄了我。

現在卻是另一回事，首先我定要收復邊荒集，正如你所說的，只有邊荒集在手，我們才可以營救千千主婢，且機會就在眼前，稍有錯失，我們將要痛失良機。其次是我曾答應文清助她重振大江幫的聲威，此事我絕不能食言。」

燕飛道：「好！我會全力助你，令王淡眞不會成爲你的終生憾事。」

劉裕雙目射出感激的神色，旋又搖搖頭，道：「我連她在哪裏也不清楚，如何救她呢？」

燕飛道：「當我成功除去竺法慶，心中想到的只有『天無絕人之路』這句話，要弄清楚王淡眞在哪裏並不困難，只要宋大哥肯出馬，向謝鍾秀問幾句話便成。」

劉裕茫然道：「知道又如何呢？」

燕飛露出一個帶點頑皮意味的笑容，道：「王淡眞已變成一樁政治交易裏的貨物，如有人想破壞王恭和桓玄的結盟，是否可以從王淡眞下手呢？」

劉裕遽震道：「這麼簡單的方法，爲何我偏想不到？我們該扮作哪方面的人呢？」

燕飛微笑道：「你這叫事關己則亂，我們不用扮作任何一方面的人，只須掩藏身分，留下讓王恭和桓玄猜測的空間。他們若認爲是司馬道子的人幹的，便最理想，因爲司馬元顯一直對王淡眞有野心。」

劉裕精神大振道：「事不宜遲，此事必須儘快進行，如待米已成炊，便後悔莫及。」

燕飛道：「我們還有時間，一天司馬曜的死訊未傳開去，王恭仍不用作決定，且即使王恭向桓玄屈服，也不會蠢得立即獻上女兒，會先要求桓玄有實質的行動。」

劉裕道：「你說得對，我是事關己則亂。得知她所在處後，我先設法見她一面，問清楚她的意向，了解她的情況。」

對王淡真的事有了方案後，劉裕變得生龍活虎，回復了鬥志。問道：「剛才你說過自知及不上竺法慶，後來又是憑甚麼殺他呢？」

燕飛道：「我在與他決戰前功力又有突破，加上我的丹劫天性克制他的『十住大乘功』，配合戰略，終於反敗為勝。不過的確勝得非常僥倖。」

劉裕喜道：「無論如何僥倖，你總是憑實力贏他。此戰令你名震天下，也成為眾矢之的，假如你能保持不敗，天下第一高手的寶座肯定是你囊中之物。」

燕飛嘆道：「我不要甚麼第一第二，只要把千千主婢接返邊荒集，過些安樂的日子就好了。」

此時宋悲風回來，坐下道：「司馬曜肯定出了事，今早司馬道子臨時為司馬曜取消了一個在內廷舉行的會議，剛才司馬道子又派人去通知琰少爺，酉時中到皇宮舉行緊急廷會。琰少爺也感事有可疑，立即去找王坦之商量。」

劉裕問道：「宋大哥是從誰那裏打聽到這些事的？」

宋悲風答道：「是大小姐告訴我的，她是明白人，又有膽識，和她說話沒有顧忌。」

大小姐即是謝玄的親姊謝道韞，嫁與王羲之的兒子王凝之為妻。燕飛心中浮現謝道韞酷肖生母的神態氣質，心中豈無感慨。謝安、謝玄先後辭世，謝石又接著病逝，只剩下謝琰一個人在獨撐大局，家勢立即由顛峰直往下落，再難復當日主宰南方的威望。

宋悲風轉向燕飛道：「大小姐問我你是否在建康，我不敢瞞她。她還要我代她多謝你除去竺法慶的大恩大德，不論對她謝家或南方佛門，都是大喜事。」

劉裕道：「宋大哥回烏衣巷去，有沒有引起注意？」

宋悲風道：「我是偷潛進去，只知會定都，當時孫小姐正和大小姐說話。唉！」

劉裕心中一動，道：「孫小姐有甚麼話說？」

宋悲風道：「孫小姐要見你。」劉裕和燕飛交換個眼色，均曉得是與王淡眞有關。

燕飛道：「宋大哥設法安排劉兄和鍾秀小姐見上一面。既曉得酉時中司馬道子會在皇宮主持會議，無法分身，我們可以選擇在酉時下手。現在是未時頭，離行動的時間尚有兩個多時辰，我們還有時間。」

宋悲風露出猶豫的神色。燕飛代劉裕道：「宋大哥不用擔心，總有兩全其美的辦法，劉兄絕不會讓兒女私情壞了正事的。」

宋悲風終下決定，起立道：「要見孫小姐，現在立即去。」

宋悲風偕劉裕去後，屠奉三回來了，笑道：「幸不辱命！」

燕飛看著他在身旁坐下，欣然道：「是不是確有追緝任青媞的懸賞圖像？」

屠奉三道：「完全不是那回事，沒有任妖女的懸賞，也沒有任何荒人的懸賞，不過建康城自午後開始便非常緊張，所有關防都加強人手，更封鎖水道，不准任何船隻進入石頭城旁的碼頭區。照我看搜捕曼妙的行動正進行得如火如荼。」

燕飛道：「既然如此，我們如何讓司馬元顯曉得曼妙可能的藏身之所？司馬曜之死該沒有疑問，司馬道子已召令一眾元老大臣，於酉時中到皇宮去開重要的會議。」

屠奉三笑道：「這叫山人自有妙計，明日寺的惡和尚竺雷音和淫尼妙音一向與司馬道子關係密切，司馬道子在必須掩人耳目的情況下，只好倚賴他們去搜捕曼妙，且因他們熟悉逍遙教，只要聽到對任青媞外貌的形容，當會曉得是誰，不用我們刻意提點。」

燕飛讚嘆道：「屠兄此著非常高明。」

屠奉三道：「我遂由這方面入手，找到一位我曾對他有大恩，在建康混的黑道朋友，我這位朋友和竺雷音有生意上的往來，果然不出我所料，竺雷音在午前時分知會他，要他幫忙找尋曼妙，只說她是逍遙教的人，卻隱瞞她貴人的身分。」

燕飛皺眉道：「如你的朋友把消息透露給竺雷音，而後來我們又擒走司馬元顯，你的朋友會惹禍上身。」

屠奉三淡淡道：「他是老江湖，不會蠢得直接派手下通知竺雷音，而會透過迂迴曲折的方法，巧妙地讓竺雷音得到這個消息。」

燕飛道：「你的朋友會出賣你嗎？」

屠奉三從容道：「理該不會，因他仍弄不清楚我和桓玄現在的關係，在桓玄與司馬道子的鬥爭尚未分明之際，誰敢拿自己的身家性命下注，何況他曉得我是有仇必報的人，且報復的手段會令他很難消受。」又笑道：「不過防人之心不可無，我早防他一手，到現在仍沒有向他透露事實，只告訴他我正追尋任妖女，也正因我提起任妖女，他才告訴我竺雷音也在找曼妙。」燕飛暗忖幸好屠奉三是友非敵，否則會是非常難纏的對手。

屠奉三道：「我會待至申酉之交，才去請他向竺雷音放出消息，現在我們必須研究事後的安排，否則仍難逃司馬道子的追殺。」

燕飛道：「屠兄在這方面比我在行，你有甚麼好主意呢？」

屠奉三道：「我們在城外的兄弟必須撤往安全地點，作好部署，當被俘的兄弟釋放後，他們可作接應，防止敵人追擊，只要退返邊荒，我們便安全了。」

燕飛道：「現時建康軍的注意力全集中在城內，以應付任何因司馬曜之死而來的突變，所以只要小心點，到哪裏都不成問題。不過！問題在……」

屠奉三苦笑道：「你猜得對，他們既缺乏兵器弓矢，戰馬則只數百，其中更有近半是老弱婦孺，不論行軍或作戰，均會出現問題。最頭痛的是缺糧，恐怕未到巫女丘原，就有人餓死途中。」

燕飛道：「糧食方面可請支遁大師想辦法，佛門在建康的影響力很大，這方面應難不倒他們。」

屠奉三道：「這次全賴宋大哥，令我們得到建康百多間寺廟的支持，否則失陷在獄中的人數會更多。」

燕飛道：「另一件我擔心的事，是我們並不清楚失陷建康的荒人數目，所以如司馬道子使詐，只拿部分兄弟來交換他兒子，我們被騙了仍懵然不知。」

屠奉三微笑道：「這個我反不擔心，我們可以指定由中間人負責釋俘的行動，此人必須是德高望重、一言九鼎之輩，兼且不用看司馬道子的臉色做人。」

燕飛叫絕道：「如此符合條件的人只有一個，就是王坦之，安公去後，就只他一個人有此聲望。」

屠奉三皺眉道：「王坦之不是王國寶的親爹嗎？」

燕飛道：「據安公所言，王坦之是與王國寶截然不同的兩個人，且家世顯赫，不在謝家之下，司馬道子若不得不請他出來和我們談交易，當然須依他的意思行事，而我們則可以動之以情，讓他明白我們不但不是好勇鬥狠的強徒，還是愛好和平的人。」

屠奉三啞然失笑道：「那便須你和宋大哥去和他談話，換了是我，要讓他相信我是愛好和平的人，肯定是痴人說夢。」

燕飛苦笑道：「虧你還有說笑的心情。」

屠奉三道：「我是認眞的，俘虜司馬元顯後，由我和劉裕押走司馬元顯，你和宋大哥則去和司馬道子談條件。最好是乘機要求司馬道子給我們五艘戰船，換俘的交易則在大江上游的巢湖進行，令司馬道子無法使詐。然後我們啓程北上，過合肥，入淝水，只要到達淮河，我們便安全了。」

燕飛動容道：「你對建康附近的地理環境很熟悉。」

屠奉三道：「我長期與兩湖幫作戰，對南方水道的情況的確非常熟悉。」

燕飛嘆道：「終有一天，桓玄會發覺失去了你是生平最大的錯誤。」

屠奉三淡淡道：「希望我能證明給他看。」

燕飛道：「你和劉裕如何把人質押離建康呢？建康水師已封鎖大江，你們只能走陸路。」

屠奉三道：「仍是走水路較有把握，只要有一艘小風帆，又有夜色掩護，誰能在廣闊的大江截著我屠奉三？何況必要時可亮出司馬元顯，教對方不敢放箭。」

兩人商量妥行事的細節，屠奉三匆匆去了。燕飛正要去找支遁，足音傳至。是兩人的足音。燕飛閉上眼睛，排除雜念，心中清晰地浮現支遁和安玉晴的影像，心中一震，曉得自己的心靈感應，又有突破。

劉裕和宋悲風在秦淮河支流一道小橋下，登上泊在那裏的一艘快艇，由宋悲風划艇，離開橋底，往秦淮河方向駛去。這艘小艇是宋悲風囑人藏在這裏，以供他從秦淮河到烏衣巷謝家之用。兩人戴上竹笠，遮掩容顏，如此裝束在秦淮河是司空見慣，加上秦淮舟船往來之眾，天下稱冠，所以走水道容易魚目混珠，非常安全。宋悲風曾長期負責謝安的保安工作，對建康城瞭如指掌。這次荒人南逃，大部分人得以避往棲雲寺，全仗他說動支遁，派出大批佛門高手接應。

宋悲風忽然道：「這次我重回建康，有種非常古怪的感覺，不再感到屬於這裏，反有點兒格格不入。」

劉裕正任由艇頭吹來的河風吹拂，冰寒的感覺，可使他混亂的腦筋冷卻下來，聞言笑道：「你是中了邊荒不可救藥的毒，故不習慣其他地方。」

宋悲風邊搖櫓，邊啞然失笑道：「中毒？哈！邊荒集的確是個去了便不想離開的地方。」接著嘆一口氣，道：「你是否決定干涉桓玄納淡眞小姐爲妾的事？」

劉裕道：「宋大哥也曉得此事？」

宋悲風點頭道：「是孫小姐告訴我的，她正因此事要見你。孫小姐的膽子很大，否則那次在廣陵便不敢爲你和淡眞小姐穿針引線。」

劉裕忍不住問道：「可是她告訴玄帥我和淡眞小姐的事？」

宋悲風雙目閃過奇異的神色，然後道：「不關孫小姐的事，是我告訴大少爺須留心你和淡眞小姐，其他的不用我說出來吧！」

劉裕苦笑道：「多謝宋大哥的關懷，否則我已鑄成大錯，既對不起玄帥，更對不起邊荒集的兄弟。」

宋悲風茫然道：「到現在我還不知是否做對了？」

劉裕道：「直至此刻仍是對的，至少竺法慶永無踏足建康的機會，司馬道子亦因司馬曜之死暫時無力逼害謝家，反要借重謝家的威望，支持由他一手策立的傀儡皇帝。」

小艇從支流進入秦淮河，逆流而上，往謝府而去，在冬日溫柔的陽光下，秦淮河兩岸仍是風光迷人，安寧平靜，時間像靜止下來，只有數以百計的大小舟船在廣闊的河道上往來不絕。

宋悲風默然片刻，道：「燕飛似是在淡眞小姐一事上很支持你呢！」

劉裕點頭道：「燕飛的確是我好得沒話說的好朋友，他的方法直接簡單，就是只要讓淡眞神秘失蹤，王恭和桓玄只會懷疑是司馬道子幹的。」

宋悲風道：「這的確不失爲可行之計。」

劉裕道：「所以即使鍾秀小姐不想見我，我也要設法見她一面。咦！」

宋悲風訝道：「甚麼事？」

劉裕伸手抓著懸在胸口的玉佩，色變道：「不好！玉佩變暖了！」

在此時此地，燕飛感覺到自己正置身於生命中最奇異的階段。他似是一無所有，但又像擁有一切。紀千千被擄北去，邊荒集二度失陷於強敵之手，荒人四散逃亡，再無復第一次失陷後之勢，一切有待重新整合和亟待各方面的支援，可是他的鬥志卻是前所未有的強大。因爲他明白拯救千千主婢的機會，像一朵含苞待放的花兒，正逐漸成熟。殺死竺法慶，令不可能的事變成可能。而他正處身於大時代變動的風暴核心處，走在改變天下形勢的浪峰上，他的成功或失敗，亦影響著南北未來的發展。

司馬曜昨夜的死亡，是詭譎離奇的鬥爭下的結果，其眞相只會存在於幾個當事人的心裏深處，永遠不爲人知。他在歸善寺後院的靜室坐了近兩個時辰，見不同的人說話，不停的有新的情報，形勢不住變化。每一個人都試圖掌握自己的命運，於劇變裏爭取最大的好處，又或希望能保持不失。由淝水之戰到司馬曜之死，天下不論南北均被捲進翻天覆地的巨變裏，牽連到每一個人。究竟誰是最後的勝利者呢？安玉晴芳駕光臨，又會帶來怎樣的變數？她曾是令燕飛心動的美女，尤其是她一對美麗而充滿神秘感的眸子。

支遁領安玉晴進入靜室，道：「請恕支遁打擾之罪，玉晴有急事須立即找燕公子。」燕飛起立相迎，支遁告退，兩人在靜室坐下。

安玉晴那對令燕飛沒法忘記的大眼睛一眨不眨地瞧著他，輕輕道：「天地珮竟然沒有落入你手中嗎？」她改穿男裝，還把俏臉弄得黝黑，但仍因她的美目難掩其出色的氣質和艷色。她的美麗與紀千千的活潑生動是截然不同的，彷如深谷中的幽蘭，不沾人間的恩怨。

燕飛訝道：「你是怎麼猜到的？」

安玉晴苦笑道：「若在你燕飛手上，以你的爲人，會立即把天地珮交給我。對嗎？」

燕飛道：「天地珮該在尼惠暉身上，我在竺法慶的屍身並沒有發現天地珮。」又道：「眞不好意思，安姑娘是爲這件事找我嗎？」

安玉晴搖頭道：「只是順口問一句，我找你是希望你出手助我，從任青媞身上把心珮搶回來。」

燕飛道：「姑娘曉得任青媞在哪裏嗎？」

安玉晴道：「我有一套追蹤她的特別手段，因爲她偷吃了我爹珍貴的『小還丹』，所以身體會散發一種特別的香氣，我就是憑此多次追上她，現在也是憑此尋到她的所在。」

燕飛問道：「她在哪裏呢？」

安玉晴道：「她正藏身在石頭城外碼頭區的一艘船上，船該是屬於兩湖幫的。」

燕飛失聲道：「甚麼？」

安玉晴大訝道：「你的臉色爲何變得這麼難看？」

燕飛心叫完蛋。任青媞藏身處的情報，肯定已經由屠奉三的黑道朋友轉送往明日寺，現在時間上已來不及阻截，且無從阻截，因爲他根本不曉得屠奉三在哪裏。當他與屠奉三會合時，一切都完了。唯一辦法，是死馬當活馬醫，守在那裏等司馬元顯上當，不過在沒有激戰的情況下，沒有可供混水摸魚的混亂形勢，他們能生擒司馬元顯的機會微乎其微。動輒自投羅網，反陷力戰而亡之局。

燕飛苦笑道：「我們還以爲任青媞是藏身在岸上一個兩湖幫的巢穴內，且設計引司馬元顯來擒人，再活捉司馬元顯，拿他來交換被關入牢中的邊荒兄弟。唉！」

安玉晴道：「那是江湖人慣用的手法，看似進入某座房舍，事實上卻是經房舍的秘道往另一處去。郝長亨是很小心的人，絕不會留在可被人重重圍困的絕地。」

燕飛一震道：「竟有郝長亨牽涉在內？」

安玉晴道：「如非有郝長亨和大批兩湖幫高手在船上，我便不用來勞煩你這位邊荒第一劍手。到現在，我仍不知道任青媞如何會和兩湖幫搭上的。逍遙教雖然與兩湖幫一向有交往，可是任遙已死，逍遙教煙消雲散，任青媞對兩湖幫再沒有可供利用的地方。」

燕飛心想事已至此，苦惱是無濟於事，只好另想辦法。道：「任青媞不是搭上兩湖幫，而是搭上桓玄。此事異常複雜，郝長亨潛入建康，是要護送任青媞和一個關乎到晉室興衰的關鍵人物到荊州去。」
安玉晴道：「你肯助我嗎？只要建康軍解開對大江的封鎖，他們會立即揚帆西去。而據官府公布，鎖江是爲追捕荒人，到明天正午一切會回復正常，我們只有今晚的機會。」
燕飛道：「姑娘若只爲得回心珮，根本不用拿下任青媞，因爲心珮並不在她身上。」安玉晴愕然望著他，說不出話來。

劉裕學燕飛般把眞氣送入心珮，卻是毫無反應，溫度仍在逐漸的上升中。
宋悲風大吃一驚道：「我們立即掉頭回歸善寺。」
劉裕搖頭道：「溫度正不住提升，顯示尼惠暉和彌勒教的高手，正依天地珮的指示來找我們復仇，如這麼回歸善寺，會把大批敵人引到歸善寺去，我們的擄人大計不但要泡湯，還會禍延佛門。」
宋悲風一言不發，偏離往謝家的航道，繞個大彎，掉頭往對岸駛去，由逆流改作順流，船速立即大幅增加。
劉裕喜道：「熱度下降了！」
宋悲風點頭道：「我沒有猜錯，尼惠暉是在明日寺的位置，我們往烏衣巷去，離接近皇城的明日寺只有約七里的距離，所以兩珮生出感應。」
劉裕旋又色變道：「心珮又升溫了！」
宋悲風放下船櫓，任由小艇往下游飄去，伸手道：「拿來！」
劉裕愕然道：「此事該由我來應付。」

宋悲風聲色轉厲，堅決的喝道：「拿來！我沒有時間和你爭論。」

劉裕不情願地從頸上除下心珮，放入他掌中。宋悲風微笑道：「不用擔心，兩珮的直接感應只在十里許的範圍內有效，憑我對建康的熟悉，不但可擺脫敵人，還可把他們引走，若我沒有回來，大家便在邊荒集碰頭吧！」說罷縱身而起，投往秦淮河的西岸，幾個起落，消沒不見。

劉裕發呆片刻，此時小舟已過了朱鵲橋，他已失去到謝府的心情，取起船櫓，把舟子划到原來隱藏的地方去。忽然間，他對今晚生擒司馬元顯的事，再沒有先前的信心。宋悲風是一等一的高手，對建康城又瞭如指掌，兼且人脈廣闊，很多他們沒法辦到的事，對宋悲風來說只是舉手之勞。沒有宋悲風，對他們的行動會有很大的影響。

燕飛解釋清楚後，道：「劉裕對心珮並沒有據爲己有的野心，只是逼不得已，希望姑娘大人有大量，不和他計較。待會他回來，我會要他把心珮歸還姑娘。」

安玉晴淡淡道：「看在你治好爹的水毒分上，玉晴便沒法怪你們。且心珮並不在任青媞手上，我安心多了！」又瞄他一眼道：「你對『洞極三珮』難道沒有絲毫好奇心嗎？」

燕飛道：「邊荒集一波未平，一波又起，我們荒人根本沒空去想其他事。」

安玉晴若無其事的問道：「你們營救紀小姐的事有進展嗎？」

燕飛坦然道：「我現在盡量不去想那方面的事，眼前當務之急，是救回身陷囹圄的兄弟，然後是光復邊荒集，否則其他一切都是妄想。」

安玉晴道：「我可以爲你們盡點力嗎？」

燕飛道：「姑娘有此心意，我們非常感激。不過姑娘一向與世無爭，絕不宜捲入我們荒人的事內。姑娘如能指出任青媞目前藏身在那一艘船上，對我們會很有幫助。」

安玉晴毫不猶豫地說出那艘船的大小、式樣和停泊的位置，道：「為免影響你們的行動，我暫時不去找任青媞算帳。」

燕飛道：「我們和尼惠暉的衝突是無法避免的，如將來我有機會取得天地珮，我會把天地珮轉贈姑娘。」

安玉晴垂頭不語，半晌後才抬頭往他凝視，輕輕道：「我有點怕！」

燕飛不解道：「怕甚麼呢？」

安玉晴道：「我怕三珮合一的情況，究竟會有甚麼事發生，是沒有人能預料的。」

燕飛抓頭道：「難道從未有人將三珮合而為一嗎？」

安玉晴道：「『洞極三珮』據傳是來自遠古黃帝隨身的一塊佩玉，當年他大戰蚩尤時，正是憑此玉鎮壓蚩尤的邪氣。在黃帝升天前，他命當時最出色的匠人把佩玉一分為三，成為現在的天、地、心三珮，還遺言只要三珮合一，便可以找到他親著的不世寶典《太平洞極經》，而此經最引人入勝的地方，是內中藏有『洞天福地』的秘密，那是黃帝白日飛升的寶地，藏有驚天動地的秘密，是修道的人夢寐以求的仙地。」

燕飛道：「三珮竟從未落在同一個人手上嗎？如真是來自黃帝，該有千年以上的歲月了！」

安玉晴道：「你似乎不大相信，對嗎？」

燕飛坦白道：「傳聞總有誇大處，不過三珮確非凡品，只是可以互相呼喚感應，已超出常人的理解力，根本是不可能的，偏又是事實。」

安玉晴赧然道：「我不知道為何要告訴你三珮的事，或許因你也是有緣人吧！三珮確曾落在一個人的手上，那便是我爹的師傅，我稱他作祖師爺，他也是江凌虛和孫恩的師傅，另外還有四個師兄弟。」

燕飛早曉得她爹安世清與江凌虛有師兄弟的關係，只是沒有想過孫恩亦與兩人有師兄弟的關係。看後來的發展，師兄弟可能因三珮而反目，各據一珮，弄至眼前的情況。榮智也可能是其中一個師兄弟，不知如何「丹劫」會落入他手上，他想問安玉晴，又怕節外生枝，終究沒有開口。

安玉晴道：「祖師爺力圖把三珮合一，以識破《太平洞極經》的秘密，卻不知如何沒法成功，沒有人曉得發生過甚麼事。在他坐化前，把三珮分別交給我爹、江凌虛和孫恩，事情便是這樣子。」

燕飛終於忍不住，待要順道問她有關「丹劫」的事，此時劉裕回來了。劉裕見到安玉晴吃了一驚，愣在入門處，不知如何是好。

燕飛啞然笑道：「劉兄不用慌張，安姑娘已清楚整件事，且沒有怪責我們，還不快物歸原主。」

劉裕露出苦澀的笑容，來到兩人身旁坐下，頹然道：「尼惠暉持天地珮追來，心珮生出感應，宋大哥怕她破壞我們的事，持心珮引他們追去，還說如沒法回來，會到邊荒集去。」燕飛和安玉晴聽得面面相覷。

安玉晴問清楚情況後，起立道：「我趕去助宋大哥，希望你們在這裏一切順利，邊荒集見。」說罷匆忙去了。剩下劉裕和燕飛你看我看你，都感枝節橫生，一時間不知說甚麼話才好。

建康都城，黃昏。燕飛、劉裕和屠奉三在西市一所食肆碰頭，佔得靠街的桌子，對街斜對面處便是目標的商鋪，劉裕懷疑任青媞藏身的兩湖幫巢穴。鋪子賣的是雜貨，前店後居的格局，乍看全無異樣，不過燕飛卻發覺三個店夥都是會家子。

劉裕道：「我是有點粗心大意，任青媞是由正門入鋪，然後直入中進，如此當然會引人注目，而她正是故意如此，因爲裏面有秘道供她脫身。若她眞要藏身鋪內，該由後門進入屋內。」屠奉三已曉得任青媞的眞正藏身處，卻是毫無辦法，因爲消息早依計畫送出去，一切已成定局。

燕飛道：「你憑何推斷鋪子是兩湖幫開的？」

劉裕道：「三名店夥均帶有意圖掩飾的兩湖一帶的地方口音，我一聽便分明。」他當慣探子，精於從這些細微的地方分辨對方來自何地，想瞞也瞞不過他。

屠奉三嘆道：「這次我也亂了方寸，該怎辦好呢？是否該冒險出手？」

燕飛道：「唯一之計，是待司馬元顯無功而退時，而我們又找不到下手的機會，便設法追蹤他，看情況動手拿人。」又嘆了一口氣道：「如只是殺人，反容易得多。」

劉裕道：「關鋪子了！」兩人亦看到對方正以木板封鋪，停止買賣。

屠奉三道：「少了宋大哥，令我們實力大減，不過事在人爲，我們唯一可行之計是隨機應變。看！」從懷裏掏出東西，攤開手掌，赫然是一顆色澤微紅，以陶土燒製而成半只雞蛋般大丸子狀的東西。

劉裕喜道：「屠兄眞有辦法！這是否江南火器張精製的迷煙彈？」

屠奉三訝道：「你竟然一看便知是火器張的傑作。這是我的朋友秘藏的寶貝，共有六顆，我和你每人一顆，必要時作救命之用。其餘四顆歸燕飛，因他負起殿後的重任，我和劉兄則負責把司馬元顯送走，載人的小艇已泊在碼頭處。」

分配好迷煙彈後，屠奉三道：「假如率人來的不是司馬元顯，我們也可以跟在這批人身後，因為他們肯定須向司馬元顯報告結果。」

劉裕道：「時間差不多了！敵人隨時會到。咦！那不是高彥小子嗎？」

一人經過鋪子，然後越過馬道，朝他們走過來。他們看到高彥，高彥也看到他們，露出驚喜的神情，直入鋪子裏。

夥計熱情的招呼新來的客人，高彥要了一碗餃子，打發了夥計，坐下喜道：「我正深感孤掌難鳴，忽然發現三位大哥坐在這裏，龐義和方總這次有救了！」

屠奉三道：「你是否發覺對面的鋪子有問題呢？」

高彥臉上出現另一種神色，似是非常陶醉的樣子，道：「有問題的不是那鋪子而是我，我的小情人就在裏面，正不知如何找她說心裡話兒，竟見到你們。」

燕飛愕然道：「尹清雅來了？」

高彥道：「她雖然易容改裝，扮成個小廝的模樣，但怎瞞得過我一對眼睛？我從皇城直跟她到這裏來，看著她溜進鋪內去。」又道：「你們怎樣都要助我單獨見她一面，讓我們有傾吐心聲的機會。」三人聽畢都覺得不知好氣還是好笑。

劉裕道：「你不是在設法營救龐義和方總嗎？你究竟想先做那一件事呢？」

高彥哂道：「有你三位老哥在，老龐和方總只是小事一件。」

屠奉三道：「你是我們邊荒集最有名氣的風媒，該曉得失陷在牢獄的兄弟不只他們兩個。」

高彥隨口道：「截至一個時辰前，給拿起來的兄弟姊妹合共三百七十五人，全被關在內城東南衛守所的大牢裏，我怎會不知道呢？」

燕飛訝道：「你眞神通廣大。」

高彥笑道：「不是我神通廣大，而是我囊內的銀兩神通廣大，這叫財可通神，當然你必須知道誰可以收買，誰又能提供確切的情報。」

屠奉三忽然問道：「你沒見到我留下的暗記嗎？」

高彥苦笑道：「我今早和老龐、方總兩人渡江時，被兩艘官船緝捕，幸好我夠機警，及時借水遁逃，他們兩人卻沒有這麼好運道。我千辛萬苦偷上岸來，又要偷衣服，找眼線好打聽老龐、方總兩人，忙到剛才又碰到我那頭小白雁，你說我有時間到處去找你老哥不知留在何處的暗記嗎？」

燕飛道：「明知建康是險地，根本不該來。」

高彥道：「不來怎與你們會合？如何反攻邊荒集？不用說也知來南方定是在建康集合嘛。」

劉裕皺眉道：「你的線人可靠嗎？」

高彥壓低聲音道：「當然可靠，他爲我辦事已有三、四年，在建康很吃得開，與官府的人更混得很熟，大碗酒大塊肉，稱兄道弟。」

燕飛向劉裕道：「是否覺得有問題呢？」劉裕點頭應是。

高彥不服道：「怎會有問題呢？他給我的消息從來準確，沒有出過岔子。」

屠奉三道：「我也認爲有問題，以司馬道子行事的周密，絕不會把所有人關在同一地方，好像方便我們去劫牢似的。」

高彥道：「可能他正是引我們去劫牢，好一網打盡。」

劉裕問道：「你的眼線是不是效率奇高，出去轉了個圈，便查清楚有多少人被拿下來？」

高彥色變道：「他去了不到半個時辰便完成任務。」

屠奉三嘆道：「你給人出賣了。」

天色轉暗，夥計點亮掛在壁上的油燈，高彥叫的水餃到了。高彥食難下嚥的道：「有人跟蹤我？」

劉裕道：「如我們沒有猜錯，這所食館已給人重重包圍，敵人仍在調兵中，當他們收小包圍網時，我們將插翅難飛。」

燕飛取出銀兩，放在桌上。微微一笑道：「我們只有一條生路。」

高彥頭皮發麻道：「甚麼生路？」

燕飛道：「隨我來！」四人先後彈起，往正門掠去。

燕飛帶頭衝出，忽然殺聲四起，數也數不清楚的建康軍從兩邊蜂擁殺至，每一個巷口均有敵人衝出來。有人從上方大喝道：「殺無赦！」四人往上瞧去，只見對街店鋪的屋頂冒出十多人來，不用細看也知是高手。高彥心忖哪來生路，不過除了跟著燕飛走，還可以做甚麼呢？箭矢飛蝗般從後方高處射來。

〈卷六〉

第七章◆擄人勒索

第七章 擄人勒索

唯一沒有往上瞧的是劉裕，只從聲音，他已認出發令的是司馬元顯，而對方顯然認不出他這個仇人來，否則或會改下生擒活捉的命令，如此方可有折磨他的機會。就在此生死懸於一線的時刻，他不但掌握到燕飛死裏逃生的辦法，更想到反敗爲勝的妙計，目標仍是司馬元顯。敵人在五百以上，又有大批琅琊王府的高手，在敵我懸殊的情況下，縱然他們有燕飛和屠奉三這種級數的高手，在對方有備而來，重重圍困下，能逃生的機會當然微乎其微。燕飛所指的唯一生路，是兩湖幫秘巢內的地道。不過這樣的一條秘道肯定非常隱蔽，他們根本沒有足夠的時間去搜遍每一個角落，還要研究開啓秘道之法，敵人亦不容許他們有機會去做。只有一個可能性，方可令他們不但可從容逸去，還可以繼續進行擒人大計。想到這裏，哪敢猶豫，低喝道：「燕飛殿後，奉三招呼上面，高彥隨我來。」說畢提氣加速，斜斜越過車馬道，朝目標店鋪封上木板的大門衝去。他的聲音透出強大的信心和堅決的意味，令燕飛和屠奉三感到奉行不悖的必要。

燕飛立即放緩，變成押後，兩手化作萬千掌影，或拍或撥，或掃或劈，變化多端的轉身迎向後方屋頂箭手射來的十多支箭。燕飛的心神靈犀通透，整個局勢全了然於心。幸好他們發覺得早，敵人的包圍尚未完成，令他們仍有闖入兩湖幫那間雜貨鋪的機會。出奇地雜貨鋪的店鋪並非敵人注意的重點，沒有箭手，只有五、六名敵方高手現身布防。這是怎麼一回事呢？難道屠奉三的消息仍未傳入敵人耳中？應是如此，因為竺雷音和妙音兩人已隨尼惠暉追心珮去了，明日寺乏人主持下，根本不明白消息的意義。如此對他們將大大有利，否則如對方先一步佔領雜貨鋪，他們將被堵住唯一的生路。

屠奉三在劉裕下指令的一刻，立即明白了劉裕整個想法，心中叫妙，騰身而起，手上寶刃變作一團精芒，勢不可擋的朝雜貨鋪瓦頂的敵人殺去，表面聲勢洶洶，其作用只是不讓敵人撲下來攔截。高彥則頭皮發麻的追在劉裕背後，感覺到在進入鋪子前，由於店鋪位於剛才食館的斜對面，故他們的路線似是往左方長街殺來的敵人衝過去，因此敵人該可及時攔截他們。只恨在這樣的情況下，還可以幹甚麼呢？奇蹟出現了。燕飛不單是邊荒第一高手，還是半個神仙，不但把勁箭全接著，且令每一支箭改向射往從左方殺過來的敵人。敵人登時東跌西倒，還絆得後來的敵人滾作一團，本來氣勢如虹的敵人立即陷入一片混亂，聲勢受挫。同一時間屠奉三已與雜貨鋪上的敵方高手正面交鋒，逼得對方往後散開。對方當然不曉得雜貨鋪內藏有密道，只以為他們是要避過正面店鋪頂上的主力，改闖這一邊，故誰也不願因他們的困獸之鬥而賠上性命，改採穩紮穩打的戰略。

「砰！」劉裕硬把封鋪的木板撞破，進入鋪子內。木屑激濺。劉裕捕捉到閃入鋪後其中一個店夥的背影，心中叫了聲「謝天謝地」。鋪內有三個店夥，都是兩湖幫的人，負責鋪子日常的業務，當然曉得地道的事。他們也像劉裕等人般，茫然不覺以司馬元顯為首的建康軍已重重包圍這一帶，且不斷收緊包圍圈，部署攻擊食館內的目標。到發覺情勢突變，劉裕等人又朝他們的鋪子奔來，立即曉得不妙，怕受池魚之殃，因此最好的辦法，當然是由秘道溜掉。劉裕剎那間橫過近五丈的距離，從後門穿出，一方大石板被掀了起來，最後一名店夥下半身已在入口內，朝劉裕望來時，眼前盡是劉裕厚背刀的刀光，兼之行動不便，手上又沒有武器，欲擋無功，自忖必死，忽然全身麻痹，已被厚背刀點中要穴，頹然昏倒。

劉裕跳入地道去，任由那店夥下半身留在入口，上半身俯伏入口邊緣，向跟來的高彥道：「一切保持原狀，千萬不要關上入口，我去收拾另兩人。」說罷消沒不見。

高彥奔至入口旁，往下瞧去，一道七、八級的石階直入地下。他雖是機伶過人，但因不清楚擒人行動，故聽得一頭霧水，不過劉裕既然如此說，只好依令而行。驀地前鋪傳來「砰砰砰砰」混亂至極的嘈吵聲，高彥反放下心來，明白燕飛和屠奉三兩人成功撇下追兵，還隨手推倒雜貨店內的東西，以阻礙敵人。後院方面殺聲大起，兩名敵人從後進的入口撲進來，忽然又倒跌回去。原來燕飛駕到，發出兩股掌勁，隔空遙擊敵人。屠奉三追著燕飛背後來到高彥之旁，未待高彥說出劉裕的吩咐，已低聲道：「不要動任何東西。我們走！」三人迅速鑽入地道，地道筆直指往碼頭區的方向，走不到二十步，見到另一名店夥給點倒地上。燕飛不忘笑道：「這叫因禍得福，應記高小子一功。」高彥雖不知自己何處有功，仍興奮起來，疑慮內疚一掃而空。屠奉三笑答道：「高小子是我們的福星。」眨眼間三人深入近百步，一道石階出現眼前，餘下的店夥伏在石階下，當是從上面滾跌下來的。出口洞開。劉裕的聲音在上面傳下來道：「快上來，這是間普通民房。」

兩湖幫的雙桅船泊在離岸二十丈許處，與停在石頭城外碼頭區大江上數以百計的舟船並沒有任何分別，但深悉兩湖幫的屠奉三卻指出這是兩湖幫名之爲「隱龍」，僞裝成普通貨船的超級戰船，性能極佳，作戰力強，專責深入敵境的任務，縱使被敵船圍攻，如在廣闊的河道上，配合像郝長亨般的指揮，一班操舟好手，仍有機會突圍逃走。這對燕飛等擬定策略非常重要。大江黑沉沉一片，散布沿岸碼頭區的大小船隻雖然超過五百艘，都是烏燈黑火，沒有人願意在如此緊張的形勢下燈光閃亮的張揚。燕飛、劉裕、屠奉三和高彥四人坐在一艘兩端窄長、尖而高翹的快艇上，收起四支船槳，藏在兩艘大型貨船間的暗影裏，遙觀「隱龍」的情況。高彥的心情最複雜，因爲他的小白雁理該在船上。

屠奉三道：「希望司馬元顯的人不會蠢得眞的見人便殺，連被劉兄點倒的三個兩湖幫徒也不放過，如此我們將空等一晚，明早還要睡眠不足的去劫刑場。」那三個兩湖幫徒現已變成整個行動的關鍵，只要司馬元顯從他們口中逼問出曼妙在「隱龍」上，司馬元顯將拋開一切，全力攻打「隱龍」，以殺曼妙滅口。

劉裕道：「如司馬元顯發現地道，當知別有隱情，怎會如此疏忽大意。不過他既知這艘是兩湖幫的船，又有郝長亨坐陣，絕不敢掉以輕心，所以謀定後動，故需要點時間。」

屠奉三道：「待會由我和燕兄、劉兄負責動手擒人，小彥接應。成功後依計行事，絕不可以出錯。」

高彥擔心的道：「如司馬元顯一出手便擊沉了這條船，再以亂箭射殺落水的人，清雅……唉！」

屠奉三道：「如郝長亨這麼容易被殺，早命喪我屠奉三之手。這艘船不但特別堅固，木內還暗藏銅皮，船頭和船尾均是鐵鑄的，又遍塗防燒藥，船桅裏以藥製的牛皮，不怕碰撞火燒，你要擔心的是司馬元顯，而不是你那美麗小精靈。明白嗎？高少！」

燕飛道：「司馬元顯肯定會親自指揮這場水戰，如郝長亨全力往上游逃遁，司馬元顯卻窮追在後，或許我們該改變策略，待郝長亨突破上游的封鎖，才下手擒人。」

屠奉三搖頭道：「郝長亨如拚命逆流而遁，正落入司馬元顯算計中，肯定會吃大虧。哈！假設這次是由我代替司馬元顯指揮作戰，肯定老郝要吃不完兜著走，絕無倖免。」

劉裕心忖桓玄與屠奉三交惡，是桓玄的損失，因爲沒有人比屠奉三更熟悉兩湖幫。南方兩大幫會，已成兩湖幫獨霸之局，大江幫只是苟延殘喘，除非有奇蹟出現，例如自己成爲北府兵的統帥。沒有了大江幫，沒有了桓玄的壓制，兩湖幫的勢力與日俱增，兼之聶天還雄才大略，郝長亨則善於陰謀詭計、外交手腕，任何政權和勢力的崩潰，也難以動搖他們的根基，反是南方愈亂，他們愈能借機得利。兩湖幫最想得到的是無法無天的邊荒集，打通南北的命脈。每過一天，兩湖幫便難對付一些。如有一個人能覆滅兩湖幫，那個人將是長期與他們作戰的屠奉三。即使有一天劉裕能坐上北府兵大統領之位，也難助江文清徹底擊垮兩湖幫，但如有屠奉三助江文清，原本不可能的事將變成可能。

高彥關心的道：「郝長亨有何脫身妙計？」

屠奉三冷哼道：「擒賊先擒王，順流勝逆流。郝長亨會採取游鬥的戰略，利用碼頭區船隻眾多的有利形勢，發揮『隱龍』的高性能，游走於眾船之間，令司馬元顯不敢投石或施放火箭。當司馬元顯慌張混亂之際，伺機撞沉司馬元顯的帥船，令敵人陷入狂亂，然後順流逸走，逃之夭夭。」

燕飛道：「如此我們不是有機會下水生擒司馬元顯，再從水底離開嗎？」

屠奉三道：「這是郝長亨唯一脫身妙法，我深悉他爲人行事的作風，不會猜錯。」

高彥道：「最怕是猝不及防下，被司馬元顯攻個措手不及。」

屠奉三嘆道：「所以說愈無情的人，愈難對付，像我們彥少那麼多情的人，會被多情所誤。不論白道黑道，都有一套防止敵人偷襲的監察手段，即使你從水底潛游過去，他們也有窺聽水底情況的『聽魚器』，雖只是一根頭窄尾寬的銅管，但附近水底的聲音休想瞞過聽管的人。像這種非常時期，郝長亨必打起十二分精神，不會任敵人偷襲得手。」

燕飛道：「郝長亨既有一艘性能超卓的『隱龍』戰船，何不突破敵人的封鎖，早些返回荊州去呢？」

屠奉三道：「他在等待司馬曜駕崩的消息，好第一時間把消息以信鴿送往荊州去，也證明了曼妙姊妹不是空口白話。桓玄就是這麼一個人，要把一切牢牢掌握在手上，控制主動。」

劉裕道：「郝長亨明天解封後會立即揚帆遠去，但任青媞絕不會一道走，除非她取回心珮，又成功置我於死地。」

屠奉三淡淡道：「你準備如何對付她？」

劉裕若無其事的道：「她不仁我不義，還有甚麼好說的。」屠奉三理所當然的點頭同意。

燕飛不由記起當日在邊荒集第一樓的藏酒庫內，劉裕和拓跋珪對任青媞動了殺機，被自己阻止的舊事。不論是劉裕、拓跋珪和屠奉三，對敵人均是心狠手辣，不會感情用事，所以他們在此亂世，都是有資格與敵人爭雄鬥勝成大事的人。而他和高彥卻是另一種人，坦白說，即使任青媞曾試圖殺他，他仍很難對任青媞狠下毒手。高彥更是極端，還愛上了敵人。他直覺劉裕和屠奉三正走在同一條路上，而把兩人聯繫在一起的是邊荒集，自己何嘗不也是因邊荒集而與兩人有共同努力奮鬥的目標。正如卓狂生所說的，邊荒集只是彈丸之地，可是卻影響著整個天下形勢的發展。

劉裕沉聲道：「郝長亨離開建康後，會不會直接到邊荒集去呢？」

屠奉三道：「我們應該還有點時間，王國寶如奉召從邊荒集回建康，也不是說走便走，調動兵員至少要十天半月的時間，郝長亨理該待至王國寶撤軍，方有乘虛而入的機會。」

高彥道：「我們何不在王國寶撤退之際，偷襲他的部隊，狠狠教訓他呢？」

屠奉三道：「劉兄有甚麼高見？」燕飛心忖屠奉三又在考量劉裕的才智，證明屠奉三心中早有定見，可以之比較劉裕的想法。

劉裕露出冷靜的神色，先瞥屠奉三一眼，從容道：「這是吃力不討好的事，因爲王國寶再怎麼也會防我們一手。其次是司馬道子愈弱，桓玄愈容易得逞。我們的上策，是讓桓玄和司馬道子爭個頭崩額裂，而我們則乘機光復邊荒集。屠兄以爲如何呢？」

屠奉三點頭道：「我想的和劉兄不謀而合，司馬曜的死亡會帶來空前的大亂，我們今晚將度過南方最後一個平靜的晚上，明天謝安一手營造出來的穩定和繁榮將會煙消雲散。」

劉裕道：「我們現在最大的敵人是兩湖幫，只要能阻止他們到邊荒集，我們二度收復邊荒集的大計將成功過半。」

屠奉三道：「劉帥請下指示。」劉裕一震朝他瞧去，兩人目光交擊，接著各露出會心的微笑。

燕飛道：「劉帥請發令。」

劉裕的邊荒集主帥身分，是在邊荒集由鐘樓議會各成員首肯認同的，現在戰爭尚未結束，他仍擁有主帥的合法地位。劉裕瞧瞧燕飛和高彥，深吸一口氣道：「若我請屠兄潛返荊州，會不會過於冒險，令屠兄爲難呢？」

屠奉三笑道：「怎會爲難？事實上我正有此意。爲了不用受桓玄掣肘，我必須返回荊州去，召集舊部，安排有關係的人撤往邊荒集，同時建立一個監察桓玄和兩湖幫的情報網。當建康的兄弟安全抵達邊荒，便是我動身往荊州的時刻。劉帥本身有甚麼打算？」

劉裕答道：「我會去見大小姐，弄清楚她的情況，然後到廣陵去，安排好支援反攻邊荒集的糧草物資，便會借大江幫剩餘的船隊，從潁水北上邊荒集，我們反攻的大業，從此開始。」

燕飛道：「從建康撤走的兄弟會是第一支送糧隊，支遁大師已答應把建康佛門儲存在糧倉內的一半糧食轉贈我們，那足夠支持一支五千人部隊數月的消耗，剩下的就是武器弓矢的問題。」

高彥道：「那我和小清雅的事怎辦好呢？」三人聽得你看我我看你，不知該如何答他。

燕飛目光投往「隱龍」，沉聲道：「來了！」三人遙望過去，只見數以百計的快艇，每艇十多人，組成一個大包圍網，正全速從四面八方駛出來，破浪向「隱龍」衝去。

「隱龍」戰船反應的靈活和敏捷，即使燕飛等在心裏早有準備，仍神爲之奪。在眨眼的工夫下，兩張帆已往上升，接著左右舷下方船身略高於水面三尺許處，各伸出十二枝長達丈餘的木槳，六槳一組，組與組間相距一丈，形成兩組位於船尾左右側，其他兩組在船側中部的位置。鼓聲響起，先擂四下，然後不急不緩的一下一下的敲著。左後的六枝船槳划進大江的水裏，其他仍按槳不動，「隱龍」抖顫起來，船首往右擺，剛好船帆張開，接著一陣長風，戰船急速朝江心的方向逆水滑去，如有神助。「隱龍」靜伏江面時，沉著優逸；游動起來卻是威猛靈巧，確當得上靜如處子，動如脫兔的讚語。同一時間，甲板兩側豎起擋箭板，擋著敵人從快艇射來的火箭。

「隱龍」不住增速。急驟的鼓聲代替了先前的鼓聲，四組二十四枝船槳隨鼓音的節奏整齊有力地划進河水中去，速度遽增，從對岸攻來的十多艘快艇立即給衝得潰不成軍，其中四、五艘躲避不及，立被撞翻。屠奉三盯著「隱龍」張開兜滿風的帆，嘆道：「要拐彎了！」果然如他所料，「隱龍」忽然傾斜起來，在寬闊的江面急速拐彎，帶起的急浪，令從上游駛來的三十多艘快艇強拋怒擲，不要說射出火箭，保持平衡都非常困難，更有兩艘快艇被浪掀翻。「隱龍」繞了個大彎後掉頭朝南岸泊滿船隻的區域駛來，風帆的角度不住改變，使它總能借風勢不住加速，沒有慢下來，直衝入建康軍快艇密集處，仗速度和堅固的船體，撞得圍攻的快艇全無攔截的作用，只堪作被猛虎殺進來逞威的羊群。火箭從「隱龍」射出，目標卻非快艇上沒有還手之力的敵人，而是泊在沿岸處無辜的大小貨船商船。有六、七艘船中箭起火，登時引起江面眾船的混亂和恐慌，留宿船上的人被驚醒過來，救火的救火，起錨開船避禍的紛紛揚帆起航，情況慌亂至極點。燕飛等看得嘆爲觀止，不但開始明白屠奉三先前對「隱龍」和郝長亨的判斷，更體會到兩湖幫能長期獨霸洞庭和鄱陽兩湖的威風。

上下游分別出現各十多艘建康軍的水師戰船，本來是聲勢浩大，力足以輾碎「隱龍」孤零零一艘中型船，可是在兩岸數百艘大小船隻移動的情況下，卻予人有心無力的感覺。

劉裕道：「哪艘船？」屠奉三正凝神觀察，冷哼道：「膽小鬼！是下游位於最後方的特大戰船。」

屠奉三的「膽小鬼」是指司馬元顯，嘲弄他既不敢身先士卒，且不是守著上游，因那是逃返荊州的方向，乃郝長亨最有可能的逃路。

劉裕笑道：「人家公子身嬌貴肉嘛！兄弟們，是戴上頭罩的時候了！」

兩旁的大貨船傳來奔走喊叫的聲音，「隱龍」過處不住有船起火，恐慌像瘟疫般傳播，從睡夢或休息中驚醒過來的人，還以爲是桓玄的大軍殺至，或者孫恩的動亂已蔓延至建康。江面滿布流竄的船隻，掩蓋住建康軍的水師船，再沒有人能控制場面。

燕飛盯著正靈活如魚在船與船間左穿右插的「隱龍」，雙目殺機閃現，沉聲道：「郝長亨禍及無辜，全不守江湖規矩，顯然是天性自私的人。」說罷，戴上由屠奉三供應的黑頭罩，只露出眼、耳、口和鼻子。四枝船櫓同時入水，快艇開出，往下游駛去。

順流勝逆流，此爲水戰訣竅。郝長亨果如屠奉三所料的，避過逆江突圍，反順水攻向由司馬元顯親自指揮的十多艘水師戰船，趁江面大混亂的形勢，發揮以寡敵眾的靈活。「隱龍」又以高速往江心駛去，一連撞翻了兩艘擋路的無辜民船，而圍攻它的快艇群已潰不成軍，再沒有威脅之力。上游的十多艘水師戰船已被「隱龍」拋離，最要命是被四處逃亡的民船阻礙去路，不得不減緩船速，沒法與下游駛來的己方戰船形成前後夾逼之勢。司馬元顯的船隊扇形散開，朝離他們只有數百丈的「隱龍」圍攏過去，戰術正確，問題在「隱龍」既佔順流之利，性能又在他們任何一艘戰船之上，兼之滿江是亂竄的民船，司馬元顯一方實無從發揮數量多的威力。

燕飛等所坐的小艇緩緩加速，追在「隱龍」的後方。如屠奉三估計正確，當郝長亨攻擊司馬元顯的帥船時，他們的機會便來了。

高彥道：「郝長亨何須取難捨易？他的目的只在突圍吧！」

司馬元顯的帥船當然是最堅固的戰船，操舟者和戰士均是建康水師最精銳的好手，故高彥有此一說。說到底，他仍在擔心船上小白雁的安全。

屠奉三冷笑道：「假如指揮帥船的是司馬道子而非其子，郝長亨肯定不會冒這個險。換了是以前大江幫與兩湖幫對峙的局面，郝長亨也犯不著如此做。可是今時異於往日，兩湖幫正在擴張立威的當兒，當然要顯點手段顏色，以示他們是從容離開，而不是如喪家之犬般被追捕著。我太明白郝長亨這個人了。」

燕飛皺眉道：「郝長亨怎知指揮者是司馬元顯而非司馬道子？」

屠奉三先喝了聲「加速」，快艇先一步越過從左方衝來的一艘客貨船，然後道：「郝長亨自幼隨聶天還在水道上打滾，從對方的戰術和旗幟可察辨指揮的人是否司馬道子，只要不是司馬道子，他有甚麼好怕的呢？」

劉裕點頭道：「今晚來的若是司馬道子，他肯定不會採取如此愚蠢的戰略，只看直至此刻『隱龍』仍是全然無損，便知司馬元顯落在絕對的下風，被郝長亨牽著鼻子走。」

建康水師對上下游的封鎖已完全崩潰癱瘓，數以百計的大小民船分向上下游兩方逃竄，攔無可攔，阻無可阻。

高彥叫道：「『隱龍』改向了！」

「隱龍」在兩艘民船間穿出，二十四槳齊划，風帆改動，接風順水，以驚人的高速向靠近南岸駛至最接近的敵方戰船攔腰撞去，數十枝火箭畫破夜空，先一步投向敵人。其他戰船無從援救，只好眼睜睜瞧著己方戰船遭劫遇難。

屠奉三笑道：「郝長亨的絕技來了！兄弟們！準備！」

「轟！」水師船尾舷處木屑激起，在水面側傾劇震，更有人掉進河水裏，同時起火。屠奉三說的郝長亨絕技並非指此，而是「隱龍」在重創水師戰船後，竟借碰撞的力道，猛然改向，從最外檔掉轉頭來，還奇蹟地增速，又往另一艘敵船疾衝而去。用勁的巧妙，碰撞角度拿捏的準確，教人嘆爲觀止。建康軍水師船發射的箭矢，不是射空，便是射在船舷高豎的擋箭板上，構不成任何威脅。此時只要不是瞎子，都曉得「隱龍」的船頭是鐵鑄的，只是僞裝成一般的木料。十多丈的距離在「隱龍」的極速急駛下轉瞬即消，那艘被它選作攻擊目標的水師戰船，雖拚命改向逃避，亦難以避過厄運。距此船後五十丈許處，便是在最後方押陣由司馬元顯坐鎮的帥船，其他水師船雖散布四周，卻都是逆流前進的形勢，再來不及掉頭保帥。三十多枝火箭從「隱龍」射出，往目標投去，宛如要命的符咒。

燕飛等人的小艇在屠奉三的指揮下，不住加速，在暗黑和混亂的河面幽靈般滑行，在所有人的意料外繞彎往司馬元顯的帥船趕去，任由戰船帶起的巨浪衝擊，小艇依然平穩地在浪峰水谷上飛馳，正是螳螂捕蟬，黃雀在後。「轟隆！」水師船給猛撞在近船首的左舷處，登時撞破個大缺口，打了半個轉頹然傾滑開去，還多處起火，其中一張帆燃燒起來，一枝帆桅折斷，情況比起先前被撞的水師船更是不堪。「隱龍」亦有三處著火，迅被救熄，船身另被從敵方投石機擲來的兩塊大石擊中，但損害輕微，沒法影響它強大的機動性和戰力。

高彥看得倒抽一口涼氣，道：「厲害！」

劉裕一邊運槳如飛，邊道：「司馬元顯沒得選擇了！」

「隱龍」再次藉碰撞改向，變成直接朝司馬元顯的帥船迎頭衝過去。司馬元顯的帥船已成最後的把關者，沒法逃避，只好盡最後努力，正面迎擊敵人。司馬元顯的帥船是「開浪船」和「廣船」的混合改良戰船，是建康大型水師戰船裏的至尊，名之爲鳥艚，爲一種大型的尖底海船，以鐵加木和樟木製成，船首船尾均裝上鐵錐，兩舷豎立竹排，排上留有箭孔、銃眼，以施放弓箭和火器，宜於衝鋒陷陣，不懼與敵直接碰撞，兩旁搭架搖櫓，以增加靈活性和速度。論體積重量，在「隱龍」倍半之上，如兩船直接撞擊，雖然「隱龍」佔上順流之利，鹿死誰手，尚未可預料。兩者迅速接近，由五十多丈拉近至三十多丈，帥船上的弩弓投石機，全蓄勢以待。

屠奉三正在掌握風勢，道：「今夜成敗，看此一擊！」在他領導下，快艇轉了個急彎，繞往帥船。

司馬元顯的帥船、「隱龍」均全速推進，依眼前採取的路線，快艇會繞到帥船的後方去。

燕飛訝道：「我們豈非會錯過兩船相碰的最佳擄人機會？」

屠奉三瞥「隱龍」一眼，胸有成竹的道：「看！」

眾人連忙瞧去，一時都看呆了眼。「隱龍」的風帆正在移動，不但速度減緩下來，還往南岸斜彎開去，此時「隱龍」剛進入司馬元顯帥船的火箭射程內，帥船箭矢蓄勢發射卻幾乎全部落空，只有三枝射至「隱龍」蒙上生牛皮的擋箭板上，當然毫無殺傷力。

高彥脫口道：「郝長亨要逃跑了！」

屠奉三更正道：「不是逃走，而是要施展聶天還親傳的『正面彎撞法』，不要眨眼。」

帥船上所有人的注意力全集中在「隱龍」身上之際，快艇來到帥船後，再破浪繞急彎，整條快艇傾斜起來，浪花直濺上來，人艇皆濕，就那麼轉往帥船右側舷稍後十多丈許處，全速追上去。「隱龍」果如屠奉三所料的，又從外檔轉彎回來，且速度劇增。兩船再不是正面硬撼，變成「隱龍」的鐵船頭斜斜向逆流疾駛的帥船撞去，如依目前的走勢，雙方速度方向不改，帥船會被「隱龍」攔腰撞個正著。兩船的距離已不足二十丈，根本不夠時間讓司馬元顯作任何改變。帥船上的投石機來不及改變投向，全派不上用場，只有人手射出的火箭，及時朝「隱龍」射去。「隱龍」火箭亦如雨發，數十枝火箭齊投往敵艦。一時間兩船的上空全被一道道火痕填滿，煞是好看，火艷而激烈。

兩船紛紛起火，在短兵相接下，連風帆也難以倖免。不過如帥船被攔腰碰撞，將失去作戰能力，而郝長亨可從容逃走，再撲滅火頭。快艇已來至帥船右舷的一邊，而「隱龍」則全速撞向帥船左舷，在時間的把握上，確實無懈可擊，盡顯屠奉三水戰之技的眼光和手段。燕飛和劉裕暗呼僥倖，如非有深悉郝長亨的屠奉三主持今晚擄人勒索的壯舉，徒然有此良機，他們亦將眼睜睜的錯過。屠奉三喝道：「彥少！全仗你了！千萬不要被撞沉。」高彥一聲得令，燕飛三人已收起船槳，同時騰身而起，直躍上帥船。「轟！」帥船劇震傾斜，硬被撞得横移丈許，往小艇的一邊倒過去。高彥剛把艇子划開，以毫釐之差，避過被帥船像喝醉了酒、腳步不穩的巨人般撞沉之危，險至極點。燕飛三人就在帥船被撞後的一刻抵達帥船右舷的竹排上，只見「隱龍」的鐵船頭摩擦著帥船已被撞破大缺口的左舷，發出尖銳木裂碎濺的難聽聲音，把船推得在江面往北岸搖擺顫震，使人感到撞船可怕和無情的威力。

這邊廂的帥船，有十多人縱身而起，投往「隱龍」，冒險硬拚。最惹燕飛等人矚目的是其中一位黃衣艷女郎，手中長劍化作長芒，比所有人均快一步的朝「隱龍」投去，看其身法劍勢，均臻第一流高手的境界。三人想不到司馬元顯一方竟有如此高明的人物，無不心中僥倖，如有她在旁，他們要活捉司馬元顯的大計說不定要功虧一簣。劉裕喚道：「楚無暇！」燕飛和屠奉三都心中同意，只有楚無暇才厲害至此。帥船上火苗處處，船上戰士東歪西倒，指揮台上人人立足不穩，司馬元顯在十多名將士簇擁下，本應是威風凜凜，此刻卻是狼狽不堪，亂成一團。沒有人注意到燕飛三人已在身旁。「隱龍」的指揮台上，郝長亨左右站著的正是任青媞和曼妙兩人，另外尚有十多名兩湖幫的高手，見敵人撲過船來，立即迎戰。燕飛見機不可失，喝道：「動手！」三人不約而同，把手中的煙霧彈朝主台上的司馬元顯丟去。「噗！噗！噗！」煙霧彈爆開，化為一團一團紫色的煙霧，擴散開來，登時將指揮台完全籠住。此時「隱龍」早擦著帥船尾舷移向下流滑去，兩船分開，帥船逐漸回復平衡，不過混亂的情況卻有增無減。

在驚惶的叫聲中，燕飛三人從船舷掠往指揮台的濃煙裏去，痛哼慘呼聲不住響起，三人全力攻擊，片响燕飛發出撤退的叫聲，提著被點穴昏了的司馬元顯，從煙霧裏沖天而起，傳音叫道：「本人燕飛！

司馬道子若想要回他的兒子，就好好聽我的吩咐。」說罷大鳥騰飛般投往右舷，足點竹排頂時，劉裕和屠奉三同時躍至，三人以竹排借力，再投往高彥划回來的快艇上去。「隱龍」此時已遠去，不過「隱龍」上的激戰仍在劇烈地進行著，欲罷不得。

高彥道：「就是這一間！看！那傢伙仍未睡覺。」兩人俯伏瓦背上，看著隔鄰另一人家的房舍。

燕飛道：「這傢伙叫甚麼名字？他的生活看來相當不錯，他的家是這一區最華麗的。」

兩人借夜色的掩護，施展輕功的本領，由秦淮河逢屋過屋的直潛到這接近內城的民屋區來，找尋那出賣高彥的線人，好進行勒索。

高彥道：「這小子叫蔣鋒，有個頗嚇人的外號，叫『門神』，在建康非常吃得開，專門向我出賣消息，以維持他夜夜笙歌的生活方式。武功只是平平，你老哥半個指頭已足可制伏他。」

燕飛道：「四周似乎很寧靜呢！」

高彥吃驚道：「似乎？不是有埋伏吧？」

燕飛微笑道：「你道司馬道子聽到兒子被我們擄走的消息，會有何反應呢？」

高彥想也不想地答道：「當然是怒不可遏，先把手下罵個狗血淋頭，然後發動手上擁有的所有籌碼，把建康城裏裏外外翻轉過來，務要救回人質。」又訝道：「我明白你在說甚麼了！現在的建康確實平靜得不合常理。」

燕飛道：「你的猜測很合理，但不適用於今晚微妙的情況下。司馬道子現在當務之急，是要以威權壓伏朝中的王族大臣，好讓傀儡繼承人順利登基，然後再設法應付地方上有兵權的大臣。所以像兒子被擄一類的窩囊事，絕不願張揚開去。」稍頓接下去道：「其次是若他不是蠢人，便該曉得在當時的情況下，我們可輕易將他的寶貝兒子帶離建康，藏在他勢力範圍不及之處，所以如在建康進行搜查，只是擾民之舉，徒然暴露自己的無能，於他現今的情況有害無益。」

高彥點頭道：「對！縱使我們仍在區內又如何？建康這麼大，搜十日十夜也搜不完。」建康不但分內城外城，外城還是開放式的商鋪民居，只是長達七里由內城門至朱雀門的御道兩旁，便聚居著數十萬人民，何況附近還有多個城市。

燕飛目光凝視蔣鋒宅院內亮起的燈火，沉聲道：「可是司馬道子心焦如焚下，卻不能不做點事，查究所有線索，蔣鋒便是其中一條重要線索，例如他有沒有出賣司馬道子，暗中通知彥少你已暴露了行藏呢？如果我沒有猜錯，蔣鋒之所以尚未就寢，是因來了惡訪客，正在盤問他與彥少你的事。」

高彥道：「你的腦袋果然厲害，給你這麼分析，連我也覺得情況必是如此。唉！希望他們不會一怒之下殺掉蔣鋒，否則我們將失去最佳的傳話人，只好用最原始的方法，把勒索信射進琅琊王府去。」

燕飛笑道：「蔣鋒不再是最佳人選，最佳人選是來盤問他的人。你給我留在這裏，我去啦！」

高彥駭然一把抓著他，道：「來找蔣鋒晦氣的當然是司馬道子的近臣大將，且有高手隨行，你這麼下去，是想找死嗎？」

燕飛沒好氣道：「你好像把老子當作是像你般的貨色，放心吧！即使司馬道子親臨，我燕飛要走便走，誰攔得住我？」

高彥鬆開手，燕飛拍拍他肩頭，從暗處竄出，往燈火的方向掠去。

劉裕獨自撐著小艇，沿秦淮河逆水朝謝家大宅的碼頭駛去。秦淮河風光依舊，兩岸青樓燈火輝煌，鼓樂歡笑從畫舫傳來，河道上舟船往來不絕，夜空星光斑斕。每次當他進入邊荒的無人地帶裏，他總難聯想到在邊荒之南，竟有如秦淮河這般繁華熱鬧的煙花勝地，可是當他抵達邊荒集，卻總想起秦淮河。邊荒集的夜窩子，就像是秦淮河遷移到了那裏去，且更肆無忌憚。若秦淮河是屬於建康的高門世族和權貴名士，夜窩子便是江湖好漢、平民商販的天堂。上一次秦淮河逃過苻堅南來的大禍，這回因司馬王朝的崩頽而引起大變，是否能再次倖免呢？邊荒集的二度失陷，本應永無翻身的機會，但因燕飛近乎神蹟般斬殺竺法慶，扭轉了劣勢。今晚能生擒司馬元顯，固因機緣巧合，更因屠奉三料事如神，始把不可能的事變爲事實。現在他們已穩佔上風，將主動權控制在手上。

烏衣巷謝家的碼頭在望。劉裕暗自在心底裏感激燕飛，沒有他的支持，他會爲自己在如此情勢下仍因兒女私情奔走感到內疚。不過他有自知之明，他劉裕是絕不容許王淡眞落入桓玄手上。桓玄一向是謝玄的死敵，自己身爲謝玄指定的繼承人，也變得與桓玄勢不兩立，終有一天，他要鏟除桓玄，以完成謝玄生平未竟之願。小艇靠往小碼頭，以梁定都爲首的幾名家將迎了上來。

劉裕跳上碼頭去，梁定都訝道：「宋爺呢？」

劉裕伸手搭上他肩頭，道：「宋爺有急事離開建康，我要見鍾秀小姐。」

梁定都面露難色，道：「這麼晚了！」

劉裕道：「不要緊！我在這裏等你，你幫我通傳便成，見不見我由小姐她決定。」

梁定都苦笑道：「我不是不肯幫你忙，而是我們終是下人身分，很難拿主意。大小姐仍未就寢，不如我帶你去見她，你當面向她請示如何呢？」

劉裕當然不願驚動謝道韞，兼且很難對她說實話，想想又知瞞不過她這知情的人，只好道：「好吧！」心忖有宋悲風在就好了。

燕飛弄清楚整個形勢後，回到蔣鋒家的內院，大模大樣的來到內堂前。把守內堂正門的四名便服好手，見忽然冒出一個人來，一時都發起呆來。

燕飛垂下雙手，表示沒有動手的興趣，欣然笑道：「本人燕飛，誰在裏面和蔣爺說話呢？」

「燕飛」兩字一出，立即引起騷動。先是那四人慌忙掣出兵刃向他撲來，接著是堂內響起凌亂的足音，關閉的門立即洞開。燕飛冷笑一聲，往左右各晃一下，避過迎頭劈來的兩把刀，接著已閃入四漢中間，兩手左右開弓，兩個照面，四人頹然倒地，均被點中穴道，軟癱地上。

「住手！」五、六名撲出來的便服大漢，聞言在門外散開，護著出現大門的儒服中年人。此人身材高瘦，長得一張馬臉，一副幕僚的模樣，兩眼不時轉動，顯然是狡猾多智的奸鬼書生。

燕飛從容道：「給我報上名來，看看是否夠斤兩爲我傳話？」

那人凝神打量燕飛，道：「在下菇千秋，乃琅琊王府參將，不知在燕兄眼中，是否夠分量爲你傳話呢？」

燕飛淡淡道：「該差不多了，菇大人最好阻止手下去通風報信，否則說不定我急怒之下，會拿菇兄開刀。」

菇千秋臉色微變，喝道：「所有人集中到我身旁來。」堂內的人全移往大門處，連同門外六人，共有十二人，不過對手既是名震天下的燕飛，再多一倍人也攔他不住，對燕飛要打要逃，都是沒有絲毫勝算。

菇千秋道：「燕兄有甚麼話要說呢？」

燕飛輕鬆的道：「司馬曜是否死了？」

菇千秋劇震道：「你……」

燕飛知道憑這著奇兵，已擾亂了菇千秋的心神，教他不敢胡言亂語，因爲不曉得自己還清楚其他多少事。冷然道：「菇兄不用答我，因爲你已告訴了我答案。」

菇千秋急促地喘了兩口氣，道：「元顯公子究竟是生是死？」

燕飛啞然失笑道：「當然是『生』，否則如何拿來交換我們在你們手中的全部荒人兄弟姊妹。問題在我們並不信任琅琊王，怕他只交還部分人充數了事，菇兄在琅琊王府裏位高權重，有甚麼好的提議呢？」

菇千秋冷靜下來，沉吟片刻，道：「燕兄可否借一步說話，我保證手下沒有人會移動半步。」接著向眾手下喝道：「你們聽清楚了嗎？」又向燕飛道：「公子一天在燕兄手上，我們也會和燕兄合作，換人的大原則全無問題，要談的是細節。以燕兄斬殺竺法慶的本領，誰敢在這種情況下玩手段呢？」

燕飛心中暗讚，只幾句話，菇千秋便把本是一面倒的情況扳平，變成平等的談判對手，又表示自己有資格代司馬道子說話，確實高明。事實上他也不怕他玩手段，微笑道：「我們到屋內說話。」就那麼穿過眾侍衛，從菇千秋身旁舉步走進內堂去。

「門神」蔣鋒正跪在堂心，頭髮披散，垂頭不住喘氣，竟不敢朝他們望來，可見吃足苦頭。燕飛心中不忍，道：「我以燕飛之名作保證，此人並沒有出賣你們，且聽話得很。」

菇千秋露出有點古怪的神色，低喝道：「蔣鋒今晚算你走運，給我滾回房裏睡覺，剛才你所聽到的若敢洩露半句出去，以後你也不用在建康混了。」蔣鋒如獲皇恩大赦，感激地瞥了以恩報怨的燕飛一眼，垂頭連爬帶滾的離開。

燕飛見菇千秋給足自己面子，心中再讚，逕自到離大門最遠的一角坐下。菇千秋隨他坐入靠後門的一組几椅內，嘆道：「如撇開敵對的立場，我菇千秋實打從心底佩服燕兄。燕兄擄去公子之舉，更是神來之筆，令我們根本沒有討價還價的資格。我說得這麼坦白，是希望燕兄見好就收，不要太令琅琊王爲難。」

燕飛道：「一切依江湖規矩行事，我們要的是所有落在你們手上的荒人、五艘戰船和足夠他們吃上三個月的糧食，希望琅琊王不會認爲過分。而公子將會毫髮無損的回到他爹的身邊。」

菇千秋道：「大致上該沒有問題，但換人的事必須於今晚完成，一切保密，燕兄辦得到嗎？」

燕飛皺眉道：「可是菇兄如何解釋我先前提出的疑問？」

菇千秋道：「這個非常簡單，由我來作保證，換回公子後，我可暫作人質，直至燕兄肯定我們沒有弄虛作假，才釋放我。搜捕潛來建康的荒人是由我主持，沒有人比我更清楚情況。現在關在牢中的荒人共五百二十八人，大多是老弱婦孺。爲了我自己的性命著想，我絕不會蠢得欺騙你們，我也怕事後燕兄會向我報復。對嗎？」

燕飛心忖這不失爲解決的辦法，勝過找王坦之來作中間人。以菇千秋這種爲虎作倀的人，當不會爲任何人犧牲。淡淡道：「菇兄確有誠意。」

菇千秋嘆道：「不瞞燕兄，我本是逍遙教的人，曼妙便是由我引介到建康來。豈知事情的變化出乎所有人意料外，曼妙不但背叛了琅琊王，也害得琅琊王對我信任大減。現在司馬曜已死，琅琊王最大的敵人再非荒人，實犯不著與你們糾纏。現在琅琊王最大的願望，是公子平安歸來，且不要讓任何人曉得此事。」

燕飛明白過來。在眼前的形勢下，司馬道子必須先穩定建康的政局，讓繼承人順利登基，再應付外圍的責難甚至討伐。在這樣微妙的情況下，如被人發覺司馬道子力捧的兒子竟被荒人生擒活捉，對司馬道子的威信會有難以估計的破壞力。當然！紙包不住火，消息總會散播。不過只要明早司馬元顯精神抖擻的隨乃父現身宮廷，他們父子便可以否認一切，誰都會當司馬元顯被擄一事只是謠言。所以菇千秋對燕飛提出的苛刻條件答應得這麼爽快，又堅持交易必須在天明前完成。可以想見菇千秋也是急於為司馬道子立功，以挽回司馬道子對他的寵信，不惜以自己作取信的人質。

菇千秋道：「何況今晚我們是有失有得，憑燕兄故意留下的兩湖幫幫徒，成功殺掉曼妙，否則情況更不堪想像。如給曼妙溜到荊州，後果的嚴重，比之公子被擄，更有過之而無不及。」

燕飛心中一震，腦海浮現出楚無暇迅如鬼魅的身影，道：「是不是楚無暇殺了她呢？」

菇千秋點頭道：「楚無暇得竺法慶和尼惠暉眞傳，武功實在竺不歸之上，全賴她才除去了琅琊王的心頭大患。」

燕飛心忖在那樣的劣勢下，楚無暇仍能擊殺曼妙，確須對她作重新估計。更暗叫好險，否則有楚無暇這種級數的高手保護司馬元顯，還如何擄人勒索？道：「菇兄現在再非逍遙教的人，對嗎？」

菇千秋狠狠道：「逍遙教早隨任遙之死煙消雲散。我眞不明白任青媞，放著穩操建康主權的琅琊王而不效力，反投靠桓玄，終有一天她會後悔不聽我的忠告。」又道：「事實上我曾力勸琅琊王不要攻打邊荒集，誰都曉得荒人不理會邊荒外的事，硬要插手到邊荒集去，從沒有人有好結果的。我與燕兄你是一見投緣，不怕告訴你一個有用的消息，琅琊王已決定從邊荒集退兵，因爲我們根本沒法在應付王恭、桓玄的時候，同時顧及邊荒集。」

燕飛心忖若把你視作朋友，肯定沒有好結果。更明白菇千秋說這番話的作用，是想自己趕回邊荒集去，不在建康搗亂，以免影響司馬道子的大計。點頭道：「如一切順利，我們會揚帆返回邊荒集去，希望不會在水道上碰上貴方退返建康的水師吧！」

菇千秋見目的已達，足可回去向司馬道子交差，欣然道：「燕兄放心，我們因怕被兩湖幫在水道上截擊，所以只會走陸路。」稍頓續道：「交易在大江上游石頭城之西十里處的橫風渡進行，我們會有六艘船來，先讓燕兄檢查妥當，才進行換人。我可代琅琊王保證不會出亂子。就在寅卯之交如何？」

燕飛忽然記起他剛才說的「任青媞」終有一天會後悔這句話，以菇千秋表現出來的才智，他說這句肯定不是空口白話。爲甚麼菇千秋這般有把握司馬道子可鬥得過桓玄呢？不過此時無暇多想，點頭道：「好吧！一言爲定！」

梁定都從位於南園的鳳鳴閣走出來，向劉裕道：「大小姐請劉兄入內說話，眞奇怪！大小姐似乎非常高興劉兄來見她。我就在這裏等候你。我們愈不驚動人愈好！否則若傳入琰少爺耳內，他或會不高興。唉！謝府沒有人不怕他的。」

劉裕拍拍梁定都肩頭，道：「我明白！我會求大小姐秘密遣人去請鍾秀小姐來，見完她我立即離開。琰少爺從皇宮回來了嗎？」

梁定都頹然道：「他尙未回來。唉！不過若事後給他知道，也有我們好受。現在他對孫小姐的管教嚴苛了很多，再不像安公在世時那麼輕鬆閒逸。所以我不敢爲你直接通傳，因爲實在擔當不起，府內只有大小姐不用看他的臉色。」

劉裕心中一陣難過，謝安、謝玄、謝石三人先後辭世，不但令謝家失去主宰南方興衰的影響力，烏衣巷謝家詩酒風流的日子也一去不返，未來的日子更不好過。可是他能爲謝家做甚麼呢？心中一片茫然下，他進入鳳鳴閣的前堂。一名俏婢在大門等他，引他直入內堂，謝道韞坐在堂心的地蓆上，在燈火映照裏，風采依然，柔聲道：「小裕過來讓我看看你。」

劉裕心中一陣感觸，心忖如謝家沒有謝道韞主事，還不知會變成甚麼樣子。忙恭敬施禮請安，再到她身前跪坐。俏婢奉上香茗，然後退了出去。

謝道韞關切地打量他，欣然道：「小裕的氣度大勝從前，雖然我曉得你的日子並不好過，但男子漢是需要磨練的，否極始可泰來。」

劉裕有一種想哭的感覺，垂頭道：「皇上昨晚駕崩了！」

謝道韞失聲道：「甚麼？」

劉裕本以爲宋悲風早告訴了她，原來宋悲風在此事上守口如瓶。道：「所以司馬道子方會急召琰少爺到宮內商議。」

謝道韞回復平靜，淡淡問道：「司馬道子是否想自己登上帝位呢？」

劉裕搖頭道：「皇上之死與司馬道子並沒有直接的關係，內情異常複雜。」

謝道韞淺嘆一口氣，目光投往窗外的夜空，輕輕道：「剛才城西碼頭區火燄沖天，究竟發生了甚麼事？」

劉裕答道：「是司馬元顯率水師圍剿兩湖幫潛進建康來的僞裝戰船，不過卻勞而無功，被敵人突圍而去。」

謝道韞目光回到他身上，微笑道：「小裕的神通廣大，教人驚異，建康宮內城外發生的事沒有一件能瞞過你，可見二弟沒有挑錯人。宋叔到哪裏去，爲何只有你一個人來呢？」

劉裕怕她擔心，不敢盡訴，只好答道：「宋大哥有急事必須立即離開建康。」

謝道韞倒沒有追問詳情，善解人意的她當然曉得劉裕有難言之隱，吁一口氣道：「燕飛爲何沒有隨你一道來呢？我想當面謝他呢！」

劉裕老實的道：「他正爲營救陷身建康牢獄的荒人奔走努力。」

謝道韞目光一黯，不用她說出來，劉裕也曉得她的心事，如安公或謝玄尚在，怎會有眼前的情況。

劉裕忙道：「大小姐放心！司馬元顯現在已落入我們手上，不由司馬道子不放人。」謝道韞身軀微顫，秀眸射出難以置信的神色，呆瞪著劉裕。

劉裕恭敬地道：「我們趁司馬元顯圍剿兩湖幫賊船的當兒，乘其不備突襲帥船，由燕飛出手生擒司馬元顯，燕飛現在正找人向司馬道子傳話，很快會有結果。」

謝道韞道：「如此你不怕司馬道子把你列爲欽犯嗎？」

劉裕從容道：「一切由燕飛出面處理，我和其他人只是在暗中行事。司馬道子現在自顧不暇，該沒有時間心情和荒人糾纏。」

謝道韞嘆道：「安公說得對！輕視荒人的都不會有好結果。邊荒集出了個燕飛，北府兵出了個劉裕，都是沒有人能預料得到的。」

劉裕赧然道：「我在北府兵中仍是微不足道。」

謝道韞沉吟片刻，道：「你可知司馬道子曾數次來遊說小琰，請他出任北府兵的大統領。」

劉裕色變道：「好傢伙！」

謝道韞點頭道：「小裕確實才智過人，立即想到司馬道子是包藏禍心，意圖分化北府兵。可惜小琰卻不這麼想，反認爲這是我們重振家威的唯一機會。如非我痛陳利害，他早已答應。唉！做自己力所不及的事，怎會有好結果？只恨我不能說出這句打擊他自尊心的逆耳忠言。照我看他遲早會答應。」

劉裕心中翻起千重巨浪。司馬道子這一招的確非常狠辣，且命中北府兵的要害。要知北府兵由謝家一手催生成立，軍內將領全由謝玄提拔，現在謝家派個人出來當大統領督軍，是順理成章的事，北府兵內誰敢說半句話？問題在謝琰不論人品、威望和本領，根本不足勝任此職。且爭奪此職的劉牢之和何謙更不會心服。而司馬道子則達到分化北府兵的目的，且讓劉、何兩人明白他們的榮枯仍穩操在他司馬道子手上。此事會帶來甚麼後果呢？司馬道子定會利用此事來威脅劉牢之和何謙，值此邊荒集失陷的非常時期，北府兵必須依賴建康在軍費和糧資方面支持，情況確實令人不敢樂觀。透過謝琰，司馬道子可以做到很多他本身沒法做到的事。

謝道韞苦笑道：「現在皇上駕崩，我怕再沒法阻止小琰去當北府兵的大統領。」

劉裕心中暗嘆，這是曼妙害死司馬曜一項想不到的後果。不用說，謝道韞到現在仍能力阻謝琰接受此舉足輕重的要職，是恐嚇謝琰不要介入司馬曜和司馬道子的鬥爭裏去。司馬道子須遊說謝琰，而非直截了當的任命，是怕謝琰一旦推辭，司馬曜會順水推舟收回成命。否則以謝琰的身分地位，兼在淝水之戰立下大功，只要有人提出，司馬曜勢將無法拒絕，其他大臣亦沒有人敢反對。眼前的形勢當然是另一回事，司馬道子只要透過繼位者頒下皇命，一切立成定局。

劉裕沉聲道：「司馬道子是逼劉牢之謀反，使他不得不站在王恭和殷仲堪的一邊，而王恭和殷仲堪別無選擇，只好聯結桓玄討伐司馬道子，此是他們唯一保命之法。」

謝道韞雙目射出無奈失意的神色，輕輕道：「孫恩也會趁亂造反。」

劉裕曉得她是在憂心被派往南方前線應付天師軍的丈夫王凝之，只好安慰她道：「孫恩是能審時度勢的人，除非荊州軍和北府兵正面衝突，建康勢危無援，否則絕不敢冒險來攻打建康。」

謝道韞有感而發的嘆道：「咱們家叔伯兄弟，是何等風流瀟灑。不意天地之中，竟有王郎這等人物！唉！我最怕他在面對大敵的當兒，除了寫字外，依舊是畫符籙祈禱、荒棄軍務。所以決定了如小琰答應出任北府兵大統領之職，我便到會稽找他，要死我們夫婦就死在一塊兒吧！」

劉裕劇震道：「千萬不要到會稽去。」孫恩的厲害，他仍是猶有餘悸。

謝道韞顯然並不接受他的勸告，平靜的道：「此事我自有分寸。」又道：「小裕可知我的兒子也隨父從軍去了，同行的還有兩個我們謝家的子姪。」

劉裕生出謝家正處於崩頽的危機裏，偏是毫無辦法。如謝道韞遠赴會稽，在謝琰主事下，反會成爲司馬道子控制北府兵的工具。至此不得不佩服謝玄的先見之明，就是囑他絕不可插手謝家的事，除非他能成爲北府兵的最高統帥。他感到乏言以對。

謝道韞輕吟道：「朝樂朗日，嘯歌丘林；夕玩望舒，入室鳴琴。五弦清激，南風披襟；醇醪淬慮，微言洗心。我多麼希望以前的日子，能永遠繼續呢？」

劉裕垂下頭去，幾乎想痛哭一場，以舒洩心中的憤恨和無奈。不！我劉裕是永不會屈服的，終有一天我會完成謝玄的夢想。心中同時強烈地想著王淡眞，如果自己不干涉，王淡眞作桓玄之妾一事，勢成定局。振起精神，道：「淡眞小姐……」

謝道韞道：「你還可以做甚麼呢？」

劉裕堅決的道：「我這次來，除了向大小姐請安問好外，還想見鍾秀小姐一面。」

謝道韞搖頭道：「在現今的情況下，你是不宜見鍾秀的。所以我命定都在碼頭等候你們，正是不想其他人曉得你們來。」

劉裕失望的抗議道：「大小姐！」

謝道韞露出諒解的神情，道：「鍾秀知道的，我也清楚。淡眞現居於淮水南岸的豫州，離這裏只有三天的水程。」

劉裕道：「她……」

謝道韞道：「她的心中仍只有你，你更成為她最後的希望，可是在現今的形勢下，你可以做甚麼呢？我肯說出這番話，是因為在此事上，我完全站在小裕的一方，並希望你有辦法改變她悽慘的命運。」

劉裕打心底感激謝道韞，沉聲道：「在淡眞小姐一事上，燕飛肯全力助我。大小姐有沒有辦法先知會淡眞一聲，要她安心。此處事了後，我立即到豫州見她。」

謝道韞點頭道：「該沒有問題，我有方法只令她一個人曉得你的心意。」

劉裕問清楚王淡眞在豫州的情況，道謝後立即離開，他還有很多急事待辦。

劉裕躍上瓦背，來到燕飛旁。後者正盯著隔了一道小巷下方，任青媞的秘密巢穴。

劉裕道：「留下了暗記嗎？」

燕飛道：「我代你留下暗記便離開，不知她有沒有回來過？若她曾回來又看到你的暗記，會在任何一刻出現，時間差不多了。」

現在快到子時，正是暗記指定劉裕至此會任青媞的時刻。任青媞爲了心珮，爲了殺劉裕，絕不會隨郝長亨一道離去。

劉裕冷哼道：「我很想看她如何解釋在郝長亨船上的事實。」

燕飛道：「當時情況很亂，我們動手時，郝長亨的船已和司馬元顯的船分開，他們又要應付楚無暇等的跨船強攻，恐怕並不曉得我們這邊發生的事，更有可能聽不到我說的話，因爲當時我盡量只把聲音送往帥船的指揮台上，加上風大，他們未必曉得我們動手擒人。」

劉裕道：「如此就更精采，看看她被我揭破眞相的尷尬樣子，已教人感到痛快。」

燕飛輕鬆的道：「差點忘記告訴你，曼妙已被楚無暇殺人滅口。」

劉裕一呆道：「竟有此事？」

燕飛解釋一番，順道告訴他與菇千秋談條件的經過，最後道：「高彥去見支遁。照我看司馬道子並不敢耍花樣，要耍也耍不出甚麼來。」

劉裕仍感難以相信，道：「楚無暇厲害得教人心寒，在那樣的劣勢下，仍能殺死像曼妙般的高手。」又道：「她如改投司馬道子一方，待會換俘時，我們要小心點兒。」

燕飛淡淡道：「多一事不如少一事，司馬道子為大局著想，該不會玩手段。當然，小心點總是好的。」

報更聲從街道方向傳來，子時到了。燕飛道：「我在這裏為你守陣，小心點。」

劉裕道：「她來了！」一道人影以輕功從遠方逢屋過屋，迅速接近。

燕飛道：「如她有同黨來，我會以暗號通知你。」

劉裕笑道：「諒她不會如此愚蠢。」

談話間，任青媞沒入屋內去。劉裕縱身而起，投往民居的後院去。任青媞的聲音從臥室內傳出，喜孜孜道：「冤家眞守時！」

劉裕穿窗而入，任青媞神色依然地坐在床沿，表面看不出任何異樣。劉裕曉得她正如燕飛所料，並不知道他們生擒司馬元顯的事，心中大樂，笑嘻嘻的在一角坐下，攤手道：「天地珮仍在尼惠暉手上，恕我無能為力。」他提起尼惠暉時，任青媞一對秀眸掠過仇恨的神色，雖一閃即逝，卻瞞不過劉裕的雙眼。

任青媞皺眉道：「你想我會相信嗎？」

劉裕從容道：「你不相信也沒有辦法，燕飛怎會騙我呢？」

任青媞凝神打量他，欲言又止，最後道：「心珮呢？」

劉裕曉得她在懷疑自己曾跟蹤她，致兩湖幫的雜貨店秘巢曝光，引起司馬元顯率水師在大江偷襲她的船，不過如這樣質問他，等於自揭與兩湖幫的秘密勾結，所以有口難言，終於沒有問出口來。劉裕暗感快意。他確曾一心與她合作，並想為她殺孫恩以報任遙的血海深仇，豈知此女毒如蛇蠍，反覆無常，還想暗害他這個夥伴，令他對任青媞徹底失望。淡淡道：「心珮要遲些才可以交還給你，因爲尼惠暉憑天地珮直追到建康來，爲把她引開，我們其中一人已攜心珮逃返邊荒。我說的句句屬實，若有騙你，教我不得好死。」

任青媞呆看著他，目光閃閃，卻沒有說話。劉裕曉得她心中正猶豫是否該殺他，還是待他歸還心珮時下手，如何決定，要看桓玄在她心中的分量。攤手道：「我們是在別無選擇下，不得不這般做。」

任青媞幽幽的嘆了一口氣，盈盈起立，淡淡道：「我還有甚麼話好說呢？」邊說邊往他走過來，直至兩條玉腿碰上他膝頭，方往下跪，柔聲道：「你是我的好夥伴嘛！當然不會騙我。聽你的口氣，拿著心珮引開尼惠暉的似乎不是燕飛，究竟是誰呢？」

劉裕抓著她想撫摸自己臉頰的一對至爲危險的柔荑，扮出深情款款的模樣，還把她的玉手緊握手中，柔聲道：「我根本不用瞞你，那人是宋悲風。今晚我沒有時間陪你，因爲我有很多事趕著去辦。」

任青媞裝作梳理秀髮般收回右手，往頭上抹去，同時仰起如花俏臉，雙目緊閉的暱聲道：「要走便走吧！吻人家一下好嗎？下次你要多騰點時間陪青媞。」

劉裕曉得她已從秀髮取出能立置自己於死地的毒針，求吻只是分散自己心神，暗裏冷笑一聲，提聚功力，大嘴卻湊往她的香唇。任青媞就在兩唇相觸的一刻，右手裏的毒針不動聲息的往他心窩直刺過去。

〈卷六〉

第八章◆化敵爲友

第八章　化敵為友

劉裕的右手抓著她左手運功一送，任青媞立即自發地生出抗力，兩勁相抵，劉裕虎軀一震，任青媞卻被他推逼得離地飛退，坐到床沿處，毒針尚差寸許方能刺中他的心窩要害。任青媞仍拿著毒針，俏臉閃過不知所措又帶點茫然的神色，雙目旋又出現沉狠冷靜的異芒，盯著劉裕。劉裕心叫好險，如他剛才試圖制她的經脈要穴，肯定制伏不了她怪異的逍遙魔功，此女不知是否爲了任遙而努力用功，致魔功大有進步，比以前更厲害了。劉裕曉得她隨時會再出手，忙先發制人道：「任遙眞的對你那麼重要嗎？令你不惜一切，不擇手段，甚至犧牲自己的幸福。」

任青媞的纖手收入香羅袖裏，毒針隱沒不見，淡淡道：「你在說甚麼？」

劉裕全神戒備，非必要他也不想召燕飛來援，因爲他感到這是他和任青媞兩人之間的事，特別在此時嘴唇仍留有她親吻的香味，感觸分外深刻。沉聲道：「你捨棄我而挑選桓玄，我絕不怪你，因爲你有權作出自己認爲最聰明的選擇，只希望你將來不會爲此後悔。可是你要殺我，卻太過寡情薄義，令人齒冷。」

任青媞若無其事的道：「你知道了！你是何時知道的？」

劉裕坦然道：「上一次見面，我早明白你一心殺我，只因心珮不在我身上，暫不下手。」

任青媞目光投往窗外月色映照下的夜空，徐徐道：「燕飛是否在外面？」

劉裕道：「你若仍要殺我，可以立即動手，只要你不弄出聲音，燕飛是不會來援的。」

任青媞露出心力交瘁的神色，嘆道：「你是不會把心珮交回給我了，對嗎？」

劉裕嘆道：「你偷人家的東西，人家搶你的東西，世上從來都是這種你爭我奪的情況。你得回心珮又如何呢？只會令你成爲尼惠暉針對的目標。」聽到尼惠暉的名字，任青媞雙目又掠過仇恨的厲芒。

劉裕道：「如你不是投靠桓玄，曼妙今晚便不用葬身大江。」

任青媞嬌叱道：「閉嘴！」

劉裕心中一半是憐惜之意，可憐眼前這全被仇恨塡滿胸臆的美女；一半則是怒火，自己已不和她計較，她仍然是這種沒有半點反省的惱人態度。狠狠道：「你給我有多遠滾多遠，我劉裕誰都不怕，你以爲桓玄可助你完成所願，便滾去做他的走狗和洩慾的工具吧！我們可以走著瞧！」

任青媞雙目射出複雜難明的神色，盯著他好一會後，忽然不屑的道：「不自量力的傢伙，我們就走著瞧好了！」說罷穿窗去了。

劉裕暗嘆一口氣，亦感到無比的輕鬆。終於和這妖女一刀兩斷，同時亦感到說不出的失落。

劉裕回到瓦頂燕飛身旁，伏下道：「你聽到我們的對話嗎？」

燕飛點頭道：「眞奇怪，我本也以爲距離近三十丈，又有院牆屋壁阻隔，應該是沒法聽到的，豈知留神遠近動靜，心無二用之下，竟聽個一清二楚。我從沒有想過可以竊聽到這麼遠的聲音。」

劉裕嘆道：「你是否天下第一高手我不敢斷言，但你肯定是天下最教敵人憂心的探子。我開始覺得高小子說你已變成半個神仙的戲言，不無道理。」

燕飛不以爲然的苦笑一下，道：「有時我眞的希望自己成爲神仙，可輕易從慕容垂手上救回千千和小詩，只可惜我仍是有血有肉的凡人。」

劉裕道：「樂趣亦在於此，也可以說是凡人的樂趣，在極度失意裏看到希望，把不可能的事變成可能，分外令人感到其中的苦與樂，生命也因而變得有意思。」

燕飛笑道：「是否因與妖女決裂，使你回復信心和鬥志呢？」

劉裕欣然道：「雖不中亦不遠矣！我現在的感覺非常好，只爲她感到可惜。嘿！似乎自第二次在邊荒的汝陰碰上她，便和她沒完沒了似的，現在我和她理不清的關係終於結束，以後將成不是你死便是我亡的局面。」

燕飛道：「這就叫妖女的威力。她雖然想害死你，但你卻沒法對她下手，換了是老屠，剛才必不會讓她活著離開。」

劉裕仍滿懷感觸，很想多說兩句知心話兒，忽然燕飛湊到他耳旁道：「有人來了，快隨我走。」

劉裕心中奇怪，暗忖難道任青媞回心轉意，去而復返？卻又無暇多想，因爲燕飛已貼著瓦背斜滑下去，連忙依樣葫蘆，緊跟其後，倏忽間兩人無聲無息離開屋脊，翻到這家人的後院去，接著竄往靠近院牆的一叢草樹內，藏好身影，此刻劉裕才聽到衣袂破空聲自遠而近，暗呼好險，又心讚燕飛的靈銳。來人在他們剛才伏身處掠過，騰空而起，投往任青媞的秘巢，卻沒有停留。可是兩人均是老江湖，清楚對方不是湊巧經過，而是使出防止有人跟蹤的手段，繞個圈子後便會回頭。暗黑裏兩人交換個眼色，均感奇怪，難道此人竟是來找任青媞的？果然不到半盞熱茶的工夫，此人又回來了，卻不是用輕功躍高而來，而是從地面疾掠，由與他們只有一牆之隔的小巷翻牆入屋。

劉裕低聲道：「要不要換個地方？」

燕飛明白他的意思，怕自己因身在牆後，不如在高處般聽得眞切，道：「看是否有人來會他再說。」

他們都有一種不尋常的感覺，照道理隔鄰的民居該是任青媞挑選的秘巢，好在建康有棲身之所，不會隨便讓人知曉，甚至瞞住兩湖幫或桓玄的人，以保安全。如有人知道此爲任青媞落腳的地點，那此人當和任青媞有非常密切的關係。既然如此，此人現在到這裏來幹甚麼呢？如是來找任青媞，見不到人自該立即離開。

燕飛低聲道：「又有人來了！從地面來，速度很快，肯定是第一流的高手。」

劉裕道：「眞古怪！」

後來者此時踰牆入屋，燕飛指指上方，兩人又竄了出去，翻上屋脊，俯伏原處。燕飛閉上眼睛，全力施展新一代的「日月麗天大法」，屋內兩人的對話立即一絲不漏傳入耳中，即使對方刻意壓低聲音，仍沒法瞞過他似能通天的靈耳。劉裕不敢驚擾他，又恨不得借他那對靈耳一用，好揭開心中疑團。

燕飛往他湊來，道：「是徐道覆和菇千秋，這叫老天有眼。」又閉目細聽。

劉裕心中翻起浪潮，明白過來。這所民房一向是逍遙教在建康的巢穴，所以曾爲逍遙教徒的菇千秋，就利用來作秘會徐道覆的場所。菇千秋可能並不知道任青媞剛離開不久。徐道覆既是孫恩的得意門生，自然是任青媞的死敵，菇千秋如此勾結徐道覆，等於與任青媞爲敵。照道理菇千秋現在應忙個不休，爲安排換俘一事奔波勞碌，何況還要湊足供五百多人吃三個月的糧食，怎麼說都無暇分身。他卻偏要到這裏來私會徐道覆，可知必有十萬火急的事須立即找徐道覆商量，而此事當與天明前的換俘有關係，故燕飛有「老天有眼」這句話。

燕飛凝神傾聽。徐道覆第一句話是問對方，爲何亮著天師燈要他立即來見，菇千秋則答道機會來了，接著沉默下去。

此時徐道覆低沉悅耳的聲音響起道：「這裏似乎有人來過，上次我來時這扇窗子是關上的。」

菇千秋道：「該是任青媞，不過二帥放心，她已隨郝長亨乘船遠遁，除了她和曼妙外，再沒有人曉得有這麼個地方。」

徐道覆冷哼道：「任青媞！」又啞然失笑道：「不過我們該感激她才對，難得她這麼幫忙，竟宰了司馬曜這無德無能的糊塗蟲。好了！究竟有甚麼要緊的事？」

只從菇千秋直呼任青媞之名而尊稱徐道覆爲二帥，便知菇千秋是天師道的人，且有可能是天師道在逍遙教的臥底。孫恩此人實在太厲害了。

菇千秋道：「今晚司馬元顯率水師圍攻郝長亨，雖憑楚無暇的劍殺了曼妙滅口，卻被燕飛乘趁亂偷襲得手，擄去司馬道子的寶貝兒子，還以此要脅用司馬元顯交換所有被俘的荒人，另加戰船和糧食。」

徐道覆精神大振，以致音量也提高不少，叫道：「竟有此事？」

菇千秋沉聲道：「這是太上老祖恩賜我們的機會，不單可令建康大亂，還可以置燕飛於死地。」

燕飛心中一震，暗忖幸好鬼使神差的聽到兩人的密話，否則必然結局悽慘，還害了所有荒人俘虜。

徐道覆道：「我不明白。」

菇千秋道：「最妙是燕飛想找人向司馬道子傳話，碰巧遇上我，被我用話誆住，對我的話深信不疑，大家還談妥條件，換俘後我會留在燕飛手上作人質，以保證交易是誠實的。」

徐道覆問道：「司馬道子反應如何？」

菇千秋冷笑道：「他哪能選擇，還讚許我忠心為主呢。他娘的！司馬曜之死已弄得他手忙腳亂，朝中大臣誰不懷疑是他害死兄長，只是不敢說出來罷了！燕飛此著非常高明，命中他要害，令他不得不屈服。而直至此刻，我們仍不明白燕飛怎麼辦得到，正如沒有人明白他為何竟有斬殺竺法慶的本領。」

徐道覆哂道：「這只代表竺法慶名不副實。燕飛有甚麼了不起，只是天師的手下敗將罷了！」

燕飛心忖你愈輕視我愈好，今晚我教你吃不完兜著走。

徐道覆續道：「千秋有甚麼妙計？」

菇千秋陰險地笑道：「如讓我在換俘之時當眾擊殺司馬元顯，二師道會有甚麼事情發生呢？」

燕飛感到整條脊骨涼冰冰的，此計的確至為歹毒，在兩方均沒有防範之心下，菇千秋肯定會得手，接著的情況勢將不堪想像。司馬道子在痛失愛子下，肯定氣瘋了，會下令大開殺戒，殺盡荒人俘虜洩憤。而燕飛等別無選擇下，只好拚死救人，落得力戰而亡的慘淡收場。

徐道覆大喜道：「此計妙絕，你要我們如何配合？」

菇千秋道：「交易在江上進行，我殺人後立即遁入水裏，二師只須預備一艘快艇在南岸接應我便成。」又說出交易的時間地點和細節。

徐道覆道：「千秋如何安置在建康的妻妾？」

菇千秋道：「此事還要請二師幫忙，最要緊保著我的兩個兒子，其他二師看著辦吧！」

燕飛暗罵一聲，此人的卑鄙狠毒，教人齒冷。

徐道覆道：「這等小事包在我身上。千秋你這次立下大功，我會如實上報天師，並請他老人家收你爲傳人。」

菇千秋欣然道：「多謝二師提攜！」

徐道覆道：「這是你應得的。天師說過，只有在兩種情況下可以進攻建康，一是建康大亂，不戰而潰；一是北府兵受牽制癱瘓。否則以建康城防的穩固，四周又有城池支援，一旦久攻不下，讓北府兵大軍來援，肯定得不償失。」稍頓又道：「司馬道子是不是親自主持這次交易？」

菇千秋道：「這個當然，關係到他兒子的生死，他絕不會假手於人。哼！他以爲我會甘於做他的走狗，簡直是痴心妄想，只有天師道才是天地正教，只有我們南人才有資格治理南方，我們要把失去的取回來。」

徐道覆道：「一天司馬道子未死，建康也不會眞的大亂。屆時我會親率一隊精銳好手，乘機擊殺司馬道子，如此明天我們便可以上稟天師。」

菇千秋道：「現在我必須立即趕回去，一切有賴二師支持。」

徐道覆道：「小心點！」說罷去了。

劉裕看著兩道人影先後離去，道：「菇千秋的武功相當不錯。」

燕飛道：「不但武功不俗，最厲害還是他的腦袋，可於與我碰面這麼短促的時間下，想出能顛覆建康的毒計，此人必須除去。」

劉裕一呆道：「他想出甚麼毒計？」

燕飛把徐道覆和菇千秋的對話重述一遍，道：「如果不是老天爺有眼，我們肯定活不過明天。」

劉裕倒抽一口涼氣，同意道：「殺不死徐道覆沒有關係，但此人的確不可容他活在世上害人。」

燕飛道：「問題在如何可以阻止他出手殺死司馬元顯，如我們在他出手時制住他，極可能會引起司馬道子一方的誤會。」

劉裕明白燕飛的意思，在那樣的情況下，雙方都像一條綳緊的弓弦，任何異動均會令緊張的情況火上添油，一旦出岔子，勢將一發不可收拾。且肯定菇千秋必有司馬道子一方最出色的高手隨行，以接回司馬元顯，如他們出手對付菇千秋，隨行高手的反應實難作預測。交易會在兩艘快艇上進行，即使高明如燕飛、屠奉三和劉裕之輩，也沒有把握能迅速控制局面，何況還有徐道覆和天師道的高手在旁虎視眈眈。以徐道覆的才智，見情勢不對，下令手下以箭攻擊司馬道子一方，會立刻引起大亂。

劉裕道：「我們可否讓菇千秋根本沒有接觸司馬元顯的機會呢？」

燕飛搖頭道：「換人的細節已商量妥當，如我們臨時更改，只會令司馬道子起疑，反對我們不利。徐道覆可以輕易破壞我們的交易。」

劉裕嘆道：「唯一的辦法，該是秘密與司馬道子碰個頭，不過這是不可能的，我們若約見司馬道子，司馬道子會先找菇千秋商量。」

燕飛道：「只要司馬道子不是在守衛森嚴的皇宮內，我便有辦法。」

劉裕頭痛道：「只恨我們根本不曉得司馬道子身在何處？」

燕飛道：「我們先離開這裏再說吧。」劉裕感到他已想出辦法，欣然離去。

司馬元顯神色委靡，垂頭喪氣的坐在岸旁的密林內，見來的是燕飛，怨恨地瞪他一下，接著垂下目光。燕飛忽然生出奇異的想法，換了自己是司馬元顯，老爹是南方最有權勢的人，成長於專論家世身分、沉醉於只尚虛談的大城中，從沒有人敢忤逆自己的意旨，他自問也會變成另一個司馬元顯。他現在定是恨透自己了。被生擒一事，將變成他的奇恥大辱，所以他目前的惡劣心情和怨毒的眼神是可以理解的。而司馬元顯更清楚他們絕不敢動他半根寒毛。司馬元顯手足均被粗牛筋紮個結實，不用說穴道也同時被制著。燕飛在他身前蹲下，友善的道：「公子可知有人想殺你？」

司馬元顯「呸」的一聲，一口涎沫直往他迎頭照面的吐過來，神色憤恨至極點。

燕飛輕鬆側頭避過，像沒發生過任何事般接下去道：「要殺你的是菇千秋和徐道覆，目標還有你的老爹。」

司馬元顯劇震一下，喝道：「休要胡言亂語！」

燕飛微笑道：「我哪有時間浪費在胡言亂語上呢？試想想吧！假如公子在換俘的一刻，忽然被人殺害，會發生怎樣的情況呢？我們當然是必死無疑，公子的爹也會陣腳大亂，沒法令新皇順利登基。」

司馬元顯終於正眼往他瞧來，神色略緩地沉聲道：「燕飛你不要耍我，否則若有一日你落在我的手上，我會教你求生不得，求死不能。你有何憑據說菇千秋要殺我？」

燕飛耐著性子解釋道：「菇千秋極可能是天師道潛伏於逍遙教的臥底，我親耳聽到他和徐道覆密會時的對話，開口閉口都尊稱徐道覆爲二帥，徐道覆又說他如能殺你立功，會上稟孫恩收他爲徒。」他不厭其煩地解釋，是要得到他的誠心合作，化解這次危機。

司馬元顯露出思索的神情，沉吟片刻，道：「你怎會認識菇千秋的，在哪裏碰上他呢？」

燕飛道出詳情，包括如何碰巧撞破菇千秋和徐道覆的密會，只在任青媞一事上有所隱瞞，說成任青媞並沒有依時來赴約，當然更不會提起心珮或劉裕。

司馬元顯急促地喘了幾口氣，顯然開始相信他說的話。如此曲折離奇的遭遇，並不是隨便可想出來的。道：「只要你們解開我的束縛，解去我穴道的禁制，而我仍偽裝作經脈受制的樣子，我便可於菇賊下手時反擊他。」

燕飛皺眉道：「這麼做有兩個問題，首先是我們並不信任你，怕你到時搞鬼，如讓你逃進江水裏，我們便麻煩了。坦白說，在那樣的情況下，要殺你容易，再活捉你根本是不可能的。」

司馬元顯雙目閃過怒火，旋又把心中的憤怒硬壓下去，道：「另一個問題呢？」

燕飛道：「另一個問題是，若徐道覆見局勢不妙，會率手下攻打令尊，在令尊誤認埋伏下，情況仍沒有分別，對嗎？」接著又道：「現在離換俘尚有兩個多時辰，如能聯絡上令尊，我們便可將計就計，使交易安全完成，公子亦可回到令尊身旁。說不定還可以殲滅徐道覆和他的手下，一舉兩得，公子以為如何？」

司馬元顯苦思片晌，點頭道：「唯一方法，是由我修書一封，再由你們交到我爹手上，我有辦法令爹曉得這封信是在我自願的情況下寫的。」

燕飛道：「如何把信送到你爹手上呢？」

司馬元顯道：「你可以把信交到我們王府內一位叫陳公公的太監手上，他會有辦法找到我爹的。」

燕飛皺眉道：「如他隨你爹去準備換人的事，不在府內，我豈非要撲個空？」

司馬元顯露出猶豫的神色，似是不願說出有關陳公公的任何事，不過為了救自己的小命，別無其他選擇下，只好道：「燕兄可否在陳公公的事上，為我們保守秘密？」

燕飛坦白道：「我對南北政權間的鬥爭，根本沒有絲毫興趣，邊荒集才是我的家，這次事了後，我會返回邊荒集去，公子請放心說出來。」

司馬元顯道：「在建康，陳公公只聽我爹一個人說的話，從來足不出府，府內的保安由他負責。送信的人必須是你燕飛，當你驚動他時，他或會出手試探你，如你武功不濟，他會動手拿人，再設法從你口中逼問出我的下落。」

燕飛訝道：「琅琊王府內竟有這麼厲害的太監？為何你不在此事上騙我，說不定眞的不用換人你就可以脫險回去。」

司馬元顯苦笑道：「首先是我曉得荒人是寧死不屈之徒，一個不好，反害了自己。其次我也想揭破菇千秋的眞面目，如能把他生擒活捉，只從他身上便可以根除天師道在建康的情報網，斷去孫恩的耳目，如此我亦間接立功，對爹有交代。更重要的是在此等時刻，我不願再樹立像燕飛你這般勁敵。唉！我雖然受辱遭擒，可是仍非常佩服你們的神通廣大。」

燕飛不由對他另眼相看，心忖他的確比以前成熟，不再是從前那不自量力要和謝安爭風吃醋的王族小流氓。微笑道：「你不是恨我們荒人入骨嗎？」

司馬元顯道：「恨你們是一回事，明白你們的實力又是另一回事，事實上這個觔斗到此刻我仍不知是如何栽的。另一方面也被你的坦率和誠意感動。我可以立下毒誓，如你們在換俘時解去我的束縛禁制，我會和你們緊密合作，好生擒菇千秋，並促成換人的交易。如違此誓，教我司馬元顯短壽三十年。」

燕飛點頭道：「我相信你的誠意，不過還須其他人同意來冒這個險，希望你諒解。」又道：「陳公公的武功比之你爹又如何？」

司馬元顯道：「這個我眞不知道，陳公公的武功只可以深不可測來形容，我爹很少眞正尊敬一個人，陳公公是其中一個例外。」接著說出陳公公的外貌，又指示在琅琊王府尋找他的方法。然後道：「我要寫信了！寫好後會讓你們先過目，再以我特別的方式封口和加上畫押，我爹一看便知信中的話字字發自眞心。」

燕飛道：「我們還要去爲你張羅紙筆。」

司馬元顯破天荒露出一個友善的笑容，道：「只要燕兄解開我雙手的束縛，我可自行取出身上懷囊內頒發軍令的紙、筆、墨，還有封函的火漆。」

燕飛心中暗嘆，司馬元顯肯定是敵人，可是敵對者在某一種微妙的情況下也可以建立人與人間的交情。在此之前司馬元顯對他來說只是個狂傲自大、任情妄爲的王族子弟，可是經過這番接觸，看來他也不是全無優點，難怪他爹全力捧他。不再多言，伸手爲他解開縛手的牛筋繩。

燕飛走到密林邊緣，向屠奉三道：「我有點不忍再縛著他一雙手，屠兄可否代勞？」

屠奉三笑道：「燕兄眞是個大好人呢！」說罷戴上頭套，掩蓋面目，輕鬆地朝林內的司馬元顯走去。

燕飛把大家看過認爲該沒有問題的密函納入懷中時，高彥雙手奉上蝶戀花，道：「你老人家的神兵送到，尚有寶笈一本。唉！我爲你去起出寶物時，剛巧遇到一隊巡兵，眞怕你的蝶戀花忽然叫起來示警，那就不知該多謝它還是怨它。」

燕飛笑著接過蝶戀花，掛到背上去，又取回以防水油布包裹個結實的《參同契》，不由想起謝安當日贈書的情景，猶歷歷在目。蹲下來道：「江面上情況如何？」忽然心中一動，把剩下的煙霧彈取出來交給劉裕。

劉裕正留神林外沿江官道的情況，答道：「非常平靜，離開的民船恐怕要到明天天亮時才敢回來，郝長亨的手段又狠又毒。」

燕飛知他指的是郝長亨以火箭攻擊民船的事，不知如何忽然想起郝長亨曾說過認識安玉晴一事，只不知兩人之間是甚麼關係呢？

屠奉三回來了，坐在燕飛身旁，輕聲道：「燕兄小心點！司馬道子天性自私，且好勝心重，做事不擇手段，並不容易應付。」

高彥哂道：「小飛只是送信而已，會有甚麼問題呢？」

劉裕道：「小心點總是好的。盲目相信任何人總是非常危險，尤其這次我們是不容有失。」

燕飛點頭道：「我明白！」說罷沿密林邊緣朝建康的方向飛快地去了。

劉裕向高彥問道：「支遁大師反應如何？」

高彥欣然道：「大師已把糧食送上三艘貨船，又趁剛才混亂之際，送往上游，一切由與佛門有密切關係的幫會主持，保證神不知鬼不覺，當然！我佛如來除外。」

屠奉三計算道：「如此我們已暫解糧荒的問題，只要我們能制止郝長亨到邊荒集去，收復邊荒集是指日可待的事。」

高彥站起來道：「兩位老哥好好研究反攻邊荒集的大計，我須立即趕到棲雲寺去，好安排我們的荒人兄弟姊妹立即撤走，再在約定處恭候你們。」

高彥去後，屠奉三忽然開懷地笑起來，欣然道：「以前我最佩服的人是桓溫，現在最佩服的人卻是謝安。」

劉裕饒有興致的問道：「屠兄爲何忽然有此改變呢？」

屠奉三沒有直接答他，道：「劉兄是否相信『氣數』這回事？」

劉裕發呆片晌，道：「這個眞的很難說，既是虛無縹緲，又似非常實在。當我聽到胡彬告訴我，燕飛斬殺了竺法慶，我第一個想法是邊荒集氣數未盡，你道我應該相信有氣數還是沒有氣數呢？」

屠奉三微笑道：「不單是邊荒集氣數未盡，更是你劉裕氣數未盡。你和燕飛肯定是天生一對的好夥伴，先有淝水之戰的驕人成果，接著是憑心珮除去堪稱北方第一人的竺法慶。今晚如非你去見任青媞，便不會撞破菇千秋的陰謀。我要說的不是邊荒集氣數未盡，而是你劉裕氣數未盡。請讓我收回勸你躲到邊荒集的話。」

劉裕和他互以銳利目光對視，好半晌後，沉聲道：「屠兄對我開始有信心了！」

屠奉三道：「你自己的感覺又如何？」

劉裕沉吟道：「當我聽到竺法慶被燕飛擊殺的消息，我像忽然置身人生路上的一個交叉點，而我必須作出決定。一旦下決心，只有努力朝自己選擇的道路邁進，拋開生死成敗，永不回頭。」

屠奉三道：「你選擇了哪條路呢？」

劉裕道：「屠兄不要笑我痴心妄想，我自小便以祖逖爲崇拜的對象，在南方只要是有血性的男兒，便以北伐中原、收復黃河爲己任。我所選的道路，便是完成玄帥遺願，完成統一天下的大業。」

屠奉三淡淡道：「祖逖並不夠狠，所以壯志未酬身先死，不過他的確是個英雄豪傑。」

劉裕露出回憶的神情，徐徐道：「當年玄帥在時，我們在淝水與大秦軍對峙，他曾向我說過，若要令手下將士甘心為你賣命，首先要成為他們心目中的英雄。我一直以此勉勵自己，不過有時並不成功，連自己都覺得自己會變成狗熊。哈！但看來我確實有點運氣，胡彬便告訴我現在北府兵年輕一輩的將領，均視我為另一個謝玄。」

屠奉三嘆道：「你當然是有運氣，否則得謝安真傳的謝玄怎會捨劉牢之和何謙兩個戰績彪炳的當權大將，偏要盡力栽培你這小卒作繼承人呢？」

劉裕愕然道：「不要告訴我，你竟是因此而佩服安公？」

屠奉三滿懷感觸的道：「在淝水之戰前，我對謝安名震天下的觀人之術只是姑妄聽之，並不當一回事。可是淝水之戰改變了一切，我看到謝安毫不避嫌地提拔謝玄為北府兵主帥，實是神來之筆，換了任何一個人，都沒有可能取得如此輝煌的戰果。更教人感到玄妙處，是他婉拒了桓玄出兵相助，又禁止王國寶參與其事，在在顯示了他過人的智慧和使人莫測高深的眼力。」接著深深凝視劉裕，一字一字的道：「我一直為此困惑，到認識了你以後，仍不信邪，還試圖以孫恩來對付你，戳破謝安觀人的神話。結果如何沒有人比你更清楚，你不但避過大劫，還種下眼前諸般情況的因，微妙處說出來別人也不會明白。你說我能不佩服謝安嗎？」

劉裕嘆道：「可是照目前的形勢發展下去，最後的贏家將不出桓玄或孫恩其中一人，我根本難以力挽狂瀾。」

屠奉三道：「你先告訴我，你會為此而退縮嗎？」

劉裕雙目精光電閃，肯定的道：「不會！絕對不會！我會奮鬥到底，再沒有人能改變我已下的決定。」

屠奉三拍腿道：「這就是了！你根本不用怕孫恩，還要多謝孫恩肯造反。彌勒教已成過去，只剩下孫恩的威脅，但已足令整個佛門全力支持你，因爲他們視你爲謝安和謝玄的繼承人。在南方，佛門的實力像個無底深潭，誰能在如此短的時間內籌措三艘糧船，除司馬道子外便只有佛門辦得到。他們雖不能派出和尚尼姑到戰場爲你殺敵，卻可在其他方面支援你，這便是你的本錢。是你賺回來的。」稍頓又道：「至於桓玄，我承認在目前的情況下，確沒有人能掣肘他。可是他弑兄自立已是大錯。遠大江幫和我屠奉三而勾結兩湖幫更是第二個大錯，逼得我們振荊幫和大江幫都要投向你劉裕。」

劉裕大喜道：「屠兄！」

屠奉三伸出人人驚懼的手，平靜的道：「在今晚此刻，我屠奉三向天立誓，不但視你劉裕爲兄弟，更決定全力助你成爲南方之主，再北伐中原，征服天下。」

劉裕伸出兩手把他的手緊握，感動的道：「屠兄的看重，令我感到非常榮幸。不過……唉！不過南方之主的路太遙遠了，我只希望能統率北府兵……」

屠奉三另一手搭上去，打斷他道：「一不做、二不休，司馬王朝禍國殃民，你若心不夠狠，早晚重蹈祖逖的覆轍。我不喜歡失敗，只喜歡徹底的勝利。」

劉裕猛一咬牙，點頭道：「我明白。日後不論我是成王還是敗寇，我們永遠是兄弟。」

屠奉三苦笑道：「同一句話桓玄亦曾對我說過，不過當時我已不相信，因爲我最清楚他們世家大族子弟的心態。可是劉兄現在說的我卻深信不疑，因爲大家出身相同，更是同一類的人。」

劉裕堅定的道：「我絕不會讓屠兄失望的。」同時更清楚眼前的結盟得來不易，經歷多少風雨和考驗。他劉裕在賭博，屠奉三則加注豪賭他劉裕爲最後的大贏家，只是目前他們的賭本小得可憐，敵手則人人財厚勢大。成敗便眞要看他劉裕的氣數了。

琅琊王府在御道之東靠近皇城處，居於此區者均是王族中的顯貴，其中又以琅琊王府規模最大，富麗堂皇，高牆內宅舍連綿，主從分明，於宅舍間設置園林，山石花木交相輝映，綠化了庭院，爲王府添上濃鬱幽深的況味。此時大部分地方仍是燈火通明，比對起區內其他華宅的烏燈黑火，令人生出不尋常的感覺。燕飛在附近一株老樹上觀察了好一會後，忽然心中湧起司馬道子此時正在府內的想法。尤其是建築物間的通道不住有人來往走動，更堅定他的猜測。如能和司馬道子面對面說話，是不是更理想呢？旋即又放棄這個想法，一來人心難測，且記起屠奉三對司馬道子的看法，更因時間無多，司馬元顯的親筆信足可令司馬道子明白整件事，不用多此一舉，冒上不必要的風險。另一個想法又在心中升起。如司馬道子確在府內，那只要把信投入府內，讓人撿起來，即可送到司馬道子手上，不用去找陳公公，省下不少工夫。不過又怕茹千秋剛好在司馬道子身邊，又或他估計錯誤，司馬道子根本不在府內，情況便難以預料，有違「不容有失」的精神。

燕飛暗嘆一口氣，從樹上躍落地面，朝王府後院的方向掠去。假如沒有司馬元顯悉心指示，要在這麼廣闊的莊園找尋陳公公，確實無從著手。不過他仍有點擔心，怕的是陳公公正在主宅伺候司馬道子，那他便不知該怎麼辦？他嘆這口氣是有理由的。値此非常時期，琅琊王府肯定枕駐重兵精銳，一個不好，與陷身於慕容垂的行宮並沒有分別，最後必然是力戰而死的結局。面對王府後院的高牆，燕飛倏然下了另一個決定。令他改變的原因，是因爲院內處處暗哨箭手，更主要是他幾可肯定陳公公現在不會留在居處，偷進去後還要溜出來，徒然浪費寶貴的時間，動輒則是流血的場面。更想到最重要是交換俘虜，能否順道要徐道覆吃個大虧，反是次要。在如此情況下，會不會打草驚蛇，已不列入考慮。何況茹千秋既然是換俘行動的負責人，此刻理應在大江某處忙個昏天暗地，而不會陪司馬道子在府內閒聊。照他猜測，司馬道子坐鎮王府，是要接見次一級的將領大臣，安撫人心。

燕飛轉到大街處，王府宏偉的門樓出現眼前，一輛馬車正從大門出來，燕飛加速趨前，七、八名正要把門關上的府衛露出警戒和凶霸的神色，盯著他這個正不住接近的不速之客。他們顯然未見過燕飛，否則早人人拔劍離鞘。

燕飛攤開兩手，表示沒有惡意，微笑道：「請問哪位軍爺是大門的負責人呢？」

府衛們全露出沒好氣的嘲弄神色，其中一人喝道：「你這小子知道這裏是甚麼地方嗎？立即給我滾，否則我打斷你的狗腿子。」

另兩人往他逼近，其中一人道：「現在是甚麼時候了？」

燕飛心忖如此看來，先前說話者已屬一片好心，警告自己立即離開，而朝他走來的人則決定出手教訓他。由此可見這批兵衛平時是如何狗仗主人勢、橫行霸道、欺壓良民。燕飛當然不願動手，淡淡道：「我此來是奉元顯公子之命。」

想動手的兩名府衛已來到他前方五、六步處，聞言愕然止步，雙目卻凶光大盛，顯然是認爲燕飛在耍弄他們。其他府衛人人露出注意的神色，卻沒有人感到震驚，只是像看瘋子般瞧他。

門內又擁出另四、五個府衛，見到只是燕飛一人，輕鬆起來。燕飛從他們的神態判斷出這批府衛因地位低微，並不曉得司馬元顯被他們擄去的事。只以爲他是來胡混的瘋子。對司馬道子來說，這種事自然是愈少人知道愈好。

燕飛從懷中取出密函，雙手舉在前方，從容道：「這是元顯公子的親筆信函，須立即上呈王爺過目，事關重大，如有任何延誤，王爺怪罪下來，將會有人人頭落地。」人人瞪大眼睛，盯著他手上密函，認得確是來自司馬元顯的親筆手諭。

有人喝道：「爾是何人？」

燕飛微笑道：「本人燕飛！」

「錚錚錚錚！」眾府衛人人大吃一驚，紛紛拔出兵刃，最接近他的兩個反向後急退數步。燕飛仍是站立舉信不動。他故意提高聲音，是要驚動府內地位較高的將領。

果然一名將軍模樣者在十多名府衛簇擁下衝出府門來，目光先落到燕飛身上，最後投往密函，點頭道：「果然是燕兄。」又向左右喝道：「還不收起兵器！」府衛們全都一頭霧水，卻不得不還劍鞘內。

燕飛暗鬆一口氣，知道遇上深悉情況的人，司馬元顯被擄前，此人正是站在司馬元顯旁的其中一名將領，且和燕飛過了兩招，硬被燕飛震開。

那人排眾而來，客氣的道：「本人王愉，未知燕兄大駕光臨，有何指示？」

燕飛也聽過王愉之名，是建康軍中著名大將，甚得司馬道子倚重，本身是建康世族。壓低聲音道：「我是爲元顯公子送信來的，此信關係重大，王爺看後便曉得詳情，可是此信只能讓王爺一人過目，且不可漏出任何風聲。公子本教我把信交給陳公公，再由他呈上王爺，但我卻怕找不到陳公公，所以登門送信，請王兄幫個忙。」

王愉目光閃閃的打量他，並不立即接過密函，沉聲道：「元顯公子好嗎？」

燕飛微笑道：「我們現在與公子是合作愉快的情況，王爺看信後自會明白。」

王愉沉吟片刻，似在決定是否該動刀子，然後雙手接過密函，低聲道：「燕兄名懾天下，當不會節外生枝，另耍手段，可否留駕片刻，待我立即將信呈上王爺，再予燕兄一個答覆。」

燕飛欣然道：「王兄很明白事理，關於此信，愈少人知道愈好，特別是菇千秋，王兄該明白我的意思。」又道：「王兄請令手下兒郎關上大門，我會留在附近，等待王兄進一步的指示。」說罷轉身去了。

燕飛躲在對街一道暗巷內。四周一片寧靜，月色溫柔地灑照長街，只間中有一陣寒風刮過，令人生出肅冷的感覺。司馬曜的駕崩，令建康即將面臨天翻地覆的劇變，但在此刻似乎是遙不可及的事。他等了足有一盞熱茶的工夫，王府大門仍是沒有動靜。想想也覺好笑，擄人勒索的勾當竟會變成目前的樣子。

大門洞開，一輛華麗的大馬車駛出，車速出奇地緩慢，駕車者赫然是王愉。燕飛立即明白是怎麼回事，從暗巷掠出，閃入剛敞開的車廂。爲他開門的是個鬟鬚眉俱白的老太監，臉上滿布深刻的皺紋，一副飽歷世情的淒苦模樣，身量高頎，神態從容冷漠，予人難測深淺的感覺。他爲燕飛關門後，垂下雙手退到最後排的司馬道子旁坐下，燕飛則坐在最前排，中間隔著一排空座位。氣氛沉凝，像一根扯緊的弓弦。司馬道子雙目一眨不眨的狠盯著他，陳公公則垂簾內視，像似老僧入定。可是燕飛卻清楚感覺到他的氣勢正籠罩自己，只要自己稍有異動，陳公公會在氣機感應下，驟起反擊。此老太監的武功肯定是孫恩、竺法慶等的級數。這是燕飛第二次見司馬道子，上一次是隨謝玄到明日寺挑戰竺不歸，當時謝玄挾淝水之戰的餘威，又進佔石頭城，更憑「九品第一高手」的威勢，壓著人多勢眾的司馬道子。現在謝玄已去，可是司馬道子眉宇間的憂色仍纏繞不退，顯然是因司馬曜之死而陣腳大亂，亦擔心愛兒安危。

司馬道子冷靜的道：「燕兄能禮待犬子，本王非常欣賞。」

燕飛微笑道：「我們只是希望流落建康的兄弟姊妹，可以安然返家，全無與王爺作對的用心，請王爺見諒。」

司馬道子又再微一頷首，似漫不經意的道：「燕兄怎樣看桓玄這個人呢？」馬車繞著琅琊王府緩走著，值此夜深人靜之時，蹄音起落，分外有種說不出來的氣氛，特別是車內談話的兩人，一為邊荒名震天下的劍手，一是目前建康最有權勢的人，雙方關係錯綜複雜，可敵可友。

燕飛隱隱感到司馬道子在試探邊荒集和桓玄的關係，當然是因桓玄的頭號大將屠奉三在邊荒集佔有一席之位，心中泛起一個模糊的輪廓。答道：「邊荒集對桓玄並沒有任何好處，他勾結聶天還更令人離心，請王爺恕我含糊其辭，王爺只須明白我們會盡一切手段，務要阻止郝長亨到邊荒集去。」

司馬道子首次露出笑容，道：「燕兄已說得清楚明白，我更希望燕兄能達成願望，所以黎明前的換俘之約，本王會嚴格遵行，絕不食言。」

燕飛心忖對方的確是做大事的人，明白到在現今的情況下，硬要與他們荒人對著幹，是極為愚蠢的事。只有荒人收復邊荒集，保持邊荒集的無法無天，不讓桓玄的魔爪伸進邊荒集去，才是他司馬道子的利益所在。欣然道：「多謝王爺！」

司馬道子有感而發的嘆道：「事實上燕兄已幫了本王一個大忙，拆穿菇千秋的眞正身分，我還可以透過他連根拔起孫恩在建康的情報網，重挫天師軍。爲回報燕兄，本王從今夜起不再插手燕兄與彌勒教間的恩怨。國寶亦會由邊荒集退兵，本王自會約束他。」

燕飛心中暗讚，這叫拿得起放得下，明白誰是眞正的敵人。彌勒教現對司馬道子已失去利用的價值，如仍和尼惠暉糾纏不清，只會令佛門和建康的世家大族加深反感。值此非常時期，當然凡是不利穩定的事均不可以去做。司馬道子的決定是審時度世之下的明智之舉。

燕飛道：「王爺英明！」想想也感到好笑。他和司馬道子一方本是勢不兩立，現今卻因形勢變化，坐在這裏如一對談心的知交好友，世事之離奇，莫過於此。司馬道子是有才能的人，桓玄雖然形勢佔優，想收拾他卻非容易的事。

陳公公終於開腔，以他帶點陰陽怪氣的沉啞聲音，道：「我還以爲竺法慶的『十住大乘功』是浪得虛名，直至今夜見到燕兄弟，方知事實剛好相反。燕兄弟身負的先天眞氣我尚是首次遇上，秘不可測。」

燕飛心中大懍，陳公公尚未與自己交過手，大家只是對坐片刻，他竟已掌握到自己眞氣的玄妙處，只是這種高明的觸覺，已教人吃驚。他更是心中明白，陳公公說這番話，並不只是表面上誇他兩句般這麼簡單，而是向司馬道子暗示，即使兩人聯手仍沒有生擒他燕飛的把握。假如燕飛名不副實，那燕飛根本沒有和司馬道子平等說話的資格，只要擒下燕飛，可以從他身上逼問出司馬元顯的下落，不用賠上五艘戰船和大批糧食。

燕飛眞心的答道：「只是僥倖罷了！」

司馬道子插入道：「難得燕兄勝而不驕，我們是不是有合作的可能呢？本王並非單指這次劣兒的事，而是指長期的互惠互利。」

燕飛心叫厲害，司馬道子不但提得起放得下，還很會把握機會，如果將來和他對敵，必須把這種性格計算在內。淡淡道：「邊荒集一向不管邊荒外的事，抱著人不犯我、我不犯人的宗旨，不知王爺指的是哪方面的合作呢？」

司馬道子對他的反應頗爲滿意，欣然道：「爲表示我的誠意，我將撤去對令友劉裕的追殺令，只要他安分守己，我們父子可以完全不計較與他的嫌隙，他可以憑自己的本事在北府兵內效力。」

燕飛心中一震，曉得司馬道子的幾句話，已使劉裕站穩了踏足繼承謝玄之路的第一步，消除了軍途上的最大障礙。他當然不會盲目相信司馬道子會轉而善待劉裕，而是司馬道子發覺最大的威脅並非來自北府兵，而是桓玄或孫恩。劉裕雖然是謝玄挑選的繼承人，不過對司馬道子來說只屬一種謠傳，是北府兵因失去明帥後的心理補償和憧憬，一天劉牢之或何謙當權，劉裕仍是無足輕重。所以眼前司馬道子一方的當務之急，不是要收拾劉裕，因那會適得其反，在謝玄屍骨未寒的時候，對付等於謝玄閉門的唯一弟子劉裕，只會引起北府兵上下的反感。沒有了劉裕的問題，邊荒集與司馬道子的距離頓時拉近了。

燕飛不用想也知該如何應對，點頭道：「我在此代劉裕多謝王爺網開一面，讓他可以全心全意盡忠國家。我們可以在哪方面幫王爺的忙呢？」

司馬道子哈哈一笑，滿臉歡容的連說兩聲「好」，然後肅容道：「燕兄弟如果可以爲我辦到三件事，我會非常感激。」

燕飛道：「王爺請賜示。」

司馬道子道：「我絕不會強人所難，這三件事如能做到，都是對我們雙方有利的。首先是不讓桓玄的勢力以任何方式伸到邊荒集去。」

燕飛同意道：「這方面我們不會讓王爺失望。」

司馬道子道：「第二件事是希望你們主動地打擊兩湖幫，盡力削弱他們在水道上的影響力。」

燕飛想起大江幫和屠奉三，心忖即使你沒此要求，我們也會這麼做，點頭道：「遵旨！」

司馬道子啞然失笑道：「燕兄不但快人快語，也非常風趣。」接著沉聲道：「第三件事是我希望能和邊荒集公平交易，你們要戰船我給你戰船，我們要的只是上等戰馬。」

燕飛再次心叫厲害，先前兩個要求，都是燕飛難以拒絕的，第三個要求則複雜多了，不過仍是有很大的誘惑力，因為邊荒集的確鬧船荒。略一沉吟，道：「這方面王爺須給我一點時間，好與荒人商量，照我看該沒有大問題。」

司馬道子喜道：「燕兄眞的是明白人。」接著從懷裏掏出另一封信函，道：「這是寫給劣兒的信，燕兒可以隨心過目，劣兒看後，會全心全意和燕兄弟合作，以揭破菇千秋的眞面目。至於徐道覆，我會派人對付他，最好他冒險來攻，我會教他葬身大江。」燕飛接過信函，推門閃出仍在緩馳的馬車，沒入道旁的暗黑裏去。

燕飛回到禁錮司馬元顯的密林，以他的冷靜和修養，也大吃一驚，幾乎失去方寸。人是一個不見，靠岸的密林邊有激烈打鬥的痕跡，枝葉上尚留有沒乾透的血漬，顯然是屠奉三和劉裕兩人忽然被偷襲，此事是在不久前發生。燕飛往司馬元顯藏身的位置掠去，心叫糟糕，司馬元顯已不知所蹤。

他盡力令自己冷靜，但一顆心卻像被無情的烈火焚燒著。究竟是誰幹的呢？難道是老奸巨猾的司馬道子？旋又推翻這個想法，他們所有布置，均是針對司馬道子而施。而最重要的，是他們根本不怕司馬道子的人來襲，因爲只要祭出司馬元顯，對方便沒有人敢動手。打鬥的痕跡只局限在密林外大江之旁，如此情況的確古怪，屠奉三和劉裕竟是離開密林迎擊敵人，而非回頭挾司馬元顯逃走。對方究竟是何方神聖？倏地燕飛冷靜下來，思考每一個可能性。就在此刻，他聽到一個人的呼吸聲。燕飛喝道：「誰？」

司馬元顯的聲音在離他三十多丈的密草叢間傳來道：「是我！燕飛！」

燕飛說話時早循聲掠去，只見司馬元顯神色委頓的坐在草叢茂密處，腳上還綁著粗牛筋。他二話不說的拔劍爲他割斷束縛，扶他起來，接著掌運如飛，拍打他身上多處穴道，爲他解除經脈的禁制。

司馬元顯立即回復精神，自然而然察看因爬行致磨損的雙手，猶有餘悸的道：「好險！唉！綁腳的結紮得非常巧妙，我沒法解開。」

燕飛見他衣衫破爛，樣子狼狽，心忖這可能是他自出娘胎後最大的折磨和驚嚇。此時燕飛已回復絕對的冷靜，曉得事情並不如想像般惡劣，屠奉三和劉裕是故意引開敵人，以免對方發現司馬元顯。由此可知對方不但不是司馬道子一方的人，更可能並不曉得他們擄去司馬元顯的事，且這批人是屠奉三或劉裕認識的，故屠奉三或劉裕一看便知道不是爲救司馬元顯而來。

燕飛取出司馬道子的親筆信，交到司馬元顯手上，道：「這是你爹給你的，我不但見過他，還和他達成合作的協議。」

司馬元顯呆了一呆，才想到拆信，又請燕飛打著火摺子，看信後立即把信撕毀，然後道：「敵人來得很突然，忽然間林外傳來打鬥聲，有人在林外大喝『郝長亨』之名。當時你另一個夥伴正和我說話，聞言割斷綁住我手的牛筋，接著提劍撲了出去幫忙。如有你燕飛在，我們便不用怕郝長亨。」

燕飛明白過來，郝長亨並沒有離開，得到任青媞的知會，曉得他們在建康，立即盡起兩湖幫潛伏在建康的高手，力圖在建康解決他們。他們是如何尋到此處呢？問題可能出在高彥身上，以郝長亨和任青媞的精明，當猜到在建康只有佛門會收留他們，而與謝安關係密切的支遁，更是郝長亨等的目標。當高彥往訪支遁，被發現行蹤，敵人於是直追至這裏來突襲。而高彥該已到棲雲寺去安排荒人的撤退。只是郝長亨、任青媞和尹清雅三人已不容易應付，何況還有大批兩湖幫的精銳好手。不過燕飛仍不是那麼擔心，因爲屠奉三挑選此處藏身，早有完善的逃脫計畫，現在只是依計而行，分別只在來不及帶走司馬元顯，而他更曉得該往那個方向追尋。這些念頭以電光石火的速度掠過腦海，他已下了決定。道：「公子有把握返回城內嗎？千萬要避過大江，否則很容易碰上徐道覆一夥的人。」

司馬元顯愕然道：「我們不是要設陷阱對付菇千秋和徐道覆嗎？」

燕飛苦笑道：「現在我必須立即趕去支援我的夥伴，你們仍可以對付菇千秋和徐道覆。」

司馬元顯露出古怪的神色，低聲道：「你不怕我們違返協議，再不肯把荒人交出來？」

燕飛道：「我不相信公子是這樣的人，但若如此，我們荒人將會成爲公子和王爺的死敵。」

司馬元顯猶豫片刻，斷然道：「我留在這裏等你們一個時辰，看看事情是否有轉機。」

燕飛皺眉看他，道：「公子不必冒這個險，城外危機處處，是爲險地。」

司馬元顯一對眼睛亮起來，道：「實不相瞞，剛才是我這一生首次面對生死一線的情況，既驚險又刺激，也令我有全新的體會和感受，我再不是懦夫，更要向自己和爹證明我不是懦夫，所以我要和你們合作到底，完成我爹派下的任務。」又道：「不用擔心我，除非遇上像燕兄你這般人物，否則我該有自保之力。」

燕飛感到這位公子哥兒在一夜間成長了，拍拍他肩頭，微笑道：「待會見！」倏地飛退十多丈，接著一個後翻，躍往一根大樹橫伸出來的枝幹上，借少許彈力往上騰升，眨眼間來到密林高空處。

四周黑沉沉一片。燕飛幾個起落，朝上游方向掠去，到離司馬元顯藏身處約半里之遙，從懷裏掏出屠奉三給他的訊號火箭，點燃後揚手擲上高空。「砰！」一朵黃色的煙花在岸旁密林上盛放，光耀遠近。燕飛落在一株老樹顛的橫椏處，靜心等待。他對屠奉三和劉裕兩人的本領有絕對的信心。他們不但武功高強，且才智過人，均有獨當一面的能力。即使來的是聶天還本人，在此荒野之地，又有憑河之險，根本不怕敵人圍攻。而他們引走敵人，以保司馬元顯，更是在當時的情況下最明智之舉。「砰！」另一朵黃色煙花在對岸上游三、四里處爆開，顯示出屠奉三和劉裕目前的位置。

燕飛整個人輕鬆起來，曉得屠劉兩人不但成功突圍，且擺脫了敵人，成功借大江脫身，故可以立即以煙花回應。由於他們人手不足，沒法形成有效的防禦，所以屠奉三把司馬元顯藏在密林內，自己則在林邊把風，監視敵人最有可能現身的官道和江面。如有甚麼風吹草動，立即可以起出人質或逃或以之阻嚇敵人。這方法當然是針對司馬道子而設，只沒想過反憑此避過郝長亨一方發現司馬元顯在他們手上。屠奉三和劉裕正在回來與他會合的途中。「砰！」再一朵煙花在剛才黃色煙花附近的夜空散放，這次鮮紅艷麗。

燕飛先是糊塗，然後明白過來，屠奉三和劉裕玩的手法叫「虛張聲勢」，且向燕飛表示他們與敵人保持著一段安全的距離。他可以想像出當時的情況，屠奉三和劉裕借煙霧彈突圍逃走，成功把敵人拋在後方，然後登上藏於離此約二里的一道大江支流隱蔽處的快艇上，划往對岸，令敵人只能望江興嘆。屠奉三此著藏艇於遠處的手法，簡單而有效，在這種情況下發揮出作用。想到這裏，燕飛取出僅餘的一支煙花火箭，射上上空。「砰！」煙花爆閃。郝長亨看到他們隔河以煙花互相呼應，一點不怕暴露行藏，會有怎樣的反應呢？郝長亨當然會曉得他們一方有援兵將至，且絲毫不懼讓他清楚掌握位置，一副不怕正面對撼的強硬姿態，如此郝長亨不疑神疑鬼才怪。事實上他們的確不怕對手的攻擊，屠奉三和劉裕有小艇之便，可攻可退，來去自如。他燕飛則是孤人單劍，有密林的地利，根本不怕對方人多。所以屠奉三和劉裕的虛張聲勢，確實是非常高明的一著，爲的是嚇退敵人，免致影響大計，盡顯兩人隨機應變的才智。

燕飛心忖如郝長亨眞敢來犯，自己是否該幹回刺客的老本行？設法殺死他，好破壞兩湖幫進佔邊荒集的行動。正思索間，這邊岸旁上游處亮起三點燈火，距離他所在處約三至四里遠近，明滅不定，似在發出某一召喚的訊號。他看得大惑不解時，答案在下游出現，剛才曾在建康旁大江縱橫不可一世、威風八面的兩湖幫超級戰船「隱龍」，烏燈黑火的逆水駛至，風帆張滿，速度不住增加。燕飛心中一震，暗叫郝長亨也藝高膽大，「隱龍」並沒有沿下游遠離建康，反趁亂掉頭駛往建康上游。亦替屠奉三和劉裕大感僥倖，因郝長亨早有提防他們借大江脫身，只沒猜到他們的快艇藏在上游的支河裏，致棋差一著。同時更想到郝長亨寧冒再遇上建康水師戰船之險，也不要繞個大圈北上淮水，是爲要儘早到邊荒集去，以免錯失時機。唉！怎樣才可以延遲郝長亨到邊荒集的行程呢？「隱龍」朝他身旁的江面駛至，速度仍在遞增中。燕飛心中一動，先從樹頂落往地面，再從林木間竄出，無聲無息地投入冰寒的江水裏去。

屠奉三和劉裕於「隱龍」遠離後划艇靠岸。兩人均多處負傷，不過只是皮肉受苦，沒有傷及筋骨，見不到燕飛，均感奇怪，但並不擔心。天下間能奈何燕飛者再找不出多少個人來。

劉裕把小艇縛在岸旁一棵樹幹邊，道：「如我沒有猜錯，燕飛該是到上游去探聽敵情，肯定郝長亨登船撤走才回來。」

屠奉三仍在觀察上游的情況，道：「這回是險至極點，也令我對郝長亨的膽色得重新估計，如不是燕飛把剩下的煙霧彈交還給我們，我們難以脫身。」

劉裕點頭道：「幸好高小子早一步離開，否則他肯定難逃此劫。」

屠奉三笑道：「我倒希望他看到那頭小白雁的凶相，這丫頭的武功差不了郝長亨多少。」

劉裕就在岸旁趺坐，吁出一口氣道：「隨老郝來的三十多名兩湖幫徒，都是兩湖幫的精銳，縱使沒有郝長亨、尹清雅兩人，已不容易應付，這回眞是非常僥倖。」

屠奉三若有所思的答道：「這叫來者不善，善者不來。」

劉裕道：「當然！他們既知燕飛在此，沒有點實力怎敢在太歲頭上動土？」

屠奉三道：「未必如此！」

劉裕愕然道：「屠兄這句話是甚麼意思？」

屠奉三嘆道：「我可能已給自己認爲靠得住的老朋友出賣了！」

劉裕瞧著他，待他說下去。屠奉三雙目射出複雜的神色，糅集濃烈的殺氣和似是傷感的神情，語氣卻是平靜無波，道：「任青媞與你會面的事，該是瞞著郝長亨，因爲牽涉到心珮的秘密。他是從我那位幫會朋友那裏知悉我在建康，且還設計對付他，或以爲我們的行動是針對他，以致曼妙被楚無暇殺死，所以不顧一切地來找我報復。更因高彥去見支遁露了行蹤，直追到這裏來，不但沒有想過燕飛與我一道，更沒有想過你和我是在一起。所以來者中沒有任妖女，假如任妖女告訴郝長亨你或燕飛可能在我身旁，老郝該知憑他們的實力根本奈何不了我們。老郝是捧打落水狗，只可惜他計算錯誤。」

劉裕明白過來，更掌握到屠奉三生出感觸的原因。郝長亨之所以懂得從屠奉三的幫會朋友處探聽屠奉三的消息，當然是桓玄把屠奉三的秘密洩漏給他。所以當郝長亨對遇襲之事生疑，便由此入手，而屠奉三的眼線明白了桓玄、兩湖幫和屠奉三的關係，不念舊情的出賣了屠奉三，令他生出世態炎涼的感慨。此事會令屠奉三和桓玄的關係進一步惡化，因為曼妙的被殺，桓玄失去能顛覆司馬王朝的重要棋子。

屠奉三嘆一口氣道：「我一向善用這種借刀殺人的手法，郝長亨很容易猜到我這裏來，而他更絕不錯過任何殺我的機會。」

劉裕心忖老子便曾領教過。沉聲道：「你準備怎樣對付那個出賣你的人？」

屠奉三灑然道：「當然是裝作不知情，日後說不定還可以利用他來對付桓玄或老郝，哈！老郝愈低估我們，我們愈有機會教他吃大虧。我屠奉三從來都信邪，希望你那條命確是眞龍的命，謝安謝玄都沒有出錯。」

劉裕啞然笑道：「有些事說出來就不靈光，我倒沒有這麼大的野心，也從來不覺得自己有條帝王命。」

屠奉三笑著瞧他，好一會才道：「人是會變的，遲些你自然會有不同的看法，咦！」兩人同時朝岸旁林木深處瞧去，兩手分別按在劍和刀柄上。

「是我！司馬元顯！」兩人再來不及戴上頭罩，呆看著司馬元顯從林木暗黑處走出來。

司馬元顯也在打量兩人，直抵離兩人十步許處立定，目光最後落在劉裕身上，道：「劉裕？」

劉裕直覺這本該是死敵者沒有惡意，點頭道：「正是小弟！這位是屠奉三。」

屠奉三忍不住心中的疑惑道：「公子既能自行解穴，何不離開呢？」

司馬元顯移前幾步，在兩人對面坐下，道：「是燕飛為我解穴的，我還以為你們是敵人，幸好認得屠老大的聲音。」又道：「我爹已和燕兄達成協議，待會大家聯手對付茹千秋和徐道覆。」

劉裕訝道：「公子不是想把我碎屍萬段嗎？」

司馬元顯露出尷尬的神色，道：「現在大敵當前，難道還要斤斤計較以前的過節嗎？怎麼還不見燕兄呢？」

劉裕和屠奉三交換個眼色，傳遞心中的古怪感覺。他們也像燕飛般，登時對司馬元顯大為改觀。在大局為重下，司馬元顯終於告別不懂事的貴胄公子陋習，明白到在此危機重重的時局裏，事情的輕重緩急。司馬元顯成熟了，再不是以前只會爭風吃醋的建康子弟。

屠奉三拍腿道：「今晚的事有公子全心合作，將更是水到渠成。」

司馬元顯道：「剛才你們隔岸施放煙花火器，會不會打草驚蛇，令徐道覆有所警覺呢？」兩人想不到他的心思可以變得如此縝密，均覺得有道理。

劉裕朝下游方向瞥上一眼，道：「我們到艇上去！」三人坐言起行，解繩划艇，逆水沿江西去。

〈卷六〉

第九章◆誤中副車

第九章 誤中副車

燕飛憑左手五指插入船身，緊附在船體左舷浸沒水裏的部分，隨「隱龍」緩緩靠往南岸。這是最佳的攻擊角度，當郝長亨在沒有防備下從江岸躍往船上去，他會給他致命的一擊。成功擊殺竺法慶，令他更清楚自己的實力。他自創的「日月麗天大法」亦達至全新的境界，「水毒」和「丹劫」兩種截然不同又相輔相成的功法，成爲他的看家本領。事實已證明強如竺法慶，亦飲恨在他的蝶戀花之下。如能除去郝長亨，對兩湖幫將造成無可彌補的傷害和打擊，等於斷去聶天還一臂。郝長亨此人不但文武雙全，且有一種天生的說客魅力，想來春秋戰國的蘇秦、張儀也不外如是。燕飛在認識紀千千之前，除了爲母報仇雪恨一事外，對任何事都不太積極。現在的他已完全改變過來，因爲只有如此，方有救回紀千千主婢的希望。時間更成爲決定成敗的一個主要因素，所以他不肯放過任何一個機會。殺死郝長亨，勢將粉碎聶天還進軍邊荒集的行動，使反攻邊荒集成功的機會大增。這回的刺殺他是志在必得的。

燕飛把一直保持在水面上的頭沒入江水中，丹劫的火熱，抵銷了江水可迅速令人凍僵的冰寒，又功聚雙目，使銳目不受水流浪花的影響，透視水面和岸旁的情況。蝶戀花來到手上，心靈空瑩晶淨，人和劍合爲一體，劍即我，我即劍。玄功大成後，他每一天都在進步中，過程緩慢而難以察覺，但在某些非常時候，例如之前他從三十丈的距離外分別竊聽劉裕和任青媞、徐道覆與菇千秋的對話，便頓然醒覺到自己已進入以前不敢夢想的武道境界。郝長亨偉岸的身影出現在岸旁一方巨石之上，身旁是美麗的小精靈，高彥的夢中情人「白雁」尹清雅，另外數十名兩湖幫精銳好手散立左右和後方，一副全面撤走的姿態。燕飛可以想像郝長亨得不償失的無奈心情，曼妙的被殺，令他很難向桓玄交代。他冒險回頭對付他們，可能也是被一種力圖彌補失誤的心情驅使，希冀能失之東隅，收之桑榆，只要能帶回屠奉三、劉裕或自己任何一個人的人頭，總算不是空手而回。事情當然沒有如他所願，所以他現在應是陷於情緒的低潮，失落而恍惚，正是刺殺他的最佳時機。

「隱龍」此時離開郝長亨等人站立處已不到二十丈，不住接近。燕飛的心靈緊鎖在郝長亨身上，即使再不用眼去看，郝長亨的一動一靜，完全沒法避過他心靈的眼睛。如此感覺他尚是首次發現，心中湧起新鮮的感覺。他燕飛是否天下第一高手，在擊敗桓玄、尼惠暉、孫恩、慕容垂或聶天還這些南北最頂尖的高手前，仍是言之過早。但至少有一件事他可以肯定，就是他已成為天下間最可怕，能憑玄妙感應進行刺殺的超級刺客。十丈、九丈、八丈……郝長亨一聲呼嘯，騰身而起，往「隱龍」投去。燕飛在氣機牽引下，左手鬆脫，離開船體，接著運功猛按，立即生出強大的反震之力，令他破水而出，凌空直上。丹劫的火熱透劍而去，把躍至上方的郝長亨完全籠罩在能摧心裂肺，使對手無從抗拒的驚人劍氣中。郝長亨不愧是一等一的高手，就在燕飛破水而出的一刻，察覺到危險，全身劇震，仍能臨危不亂，抽出佩刀，立即化為繞身疾起的刀芒，保持著往「隱龍」投去的勁勢。燕飛暗讚了得，不過卻知郝長亨死定了。

由於事起突然，岸上船面的兩湖幫高手，人人措手不及，也由於郝長亨的橫空而行，欲援無從，只能呆視。一聲清叱，尹清雅雙手多出兩柄寒光閃閃的匕首，從岸上一溜輕煙般斜掠而上，以燕飛也沒有想過的驚人高速，後發先至，只眨眼工夫，已到達郝長亨下方處，燕飛雷霆萬鈞的一擊，首當其衝的再不是郝長亨而是尹清雅。大家都是在半空中無法著力改向，除非燕飛眞的變成會飛的神仙，否則必須先過了尹清雅這一關，才能對付郝長亨。喝罵驚呼聲此刻才在兩邊響起，不過誰都難以改變要發生的事。換了是屠奉三或劉裕，爲達到目的，當會不顧一切全力殺傷尹清雅，再借交鋒勁氣交擊之力，換氣續攻郝長亨，可是燕飛怎可傷害高彥單戀的對象。以燕飛之能，也無計可施，臨時變招，化丹劫能令竺法慶飲恨的殺傷之氣，轉爲可剛可柔的日月麗天大法，改沖擊的劍氣爲吸啜的眞勁，迎上小白雁詭變百出的雙匕刃。刺殺郝長亨的大計不得不中途取消，他更得謀求脫身之計，否則如讓對方數十高手賞以強弩大弓，在全無遮擋的水面下，定可把他射成刺蝟。

「噗！」的一聲，代替了兵刃交擊該有的清脆激響，尹清雅嬌軀劇顫，一聲驚呼，被燕飛充滿強大黏扯劍勁及無可拒抗的驚人力道，帶得從空中直掉下去，緊隨燕飛之後，「噗通！噗通！」兩聲水響，先後沒入江水裏。船邊的十多名兩湖幫好手已拉弓搭箭，卻沒有人敢發射，因怕誤中尹清雅。郝長亨抵達「隱龍」，大喝道：「下水！」自己首先投往江水，其他人紛紛仿效，兩湖幫的人從小在水裏打滾，個個精擅水戰，回到水裏便像游魚回到家般，不懼任何人。水裏的燕飛暗嘆一口氣，一指點在從上沉下來仍是血氣翻騰，一下子沒法回復反抗之力的小白雁的腰肢處，尹清雅立即應指昏迷過去，匕首離手沉往江底。燕飛一把抓著她腰帶，升上水面，雙腳運勁一撐，兩人立即在水面滑翔起來，瞬間順流遠去十多丈，把郝長亨全拋在後方。

一艘快艇正迎頭駛至。燕飛提著尹清雅，心念急轉，究竟該把尹清雅丟回去給郝長亨？還是挾美而去？帶走尹清雅，或可延誤郝長亨到邊荒集的行程。想到這裏，已離水而起，投往快艇。屠奉三大叫道：「追來了！快掉頭！」燕飛剛放下濕漉漉的小美人，屠奉三、劉裕和司馬元顯三個人已齊心用力把快艇划得轉急彎，順水而下。

燕飛朝「隱龍」瞧去，這艘兩湖幫的超級戰船靈活如魚般掉頭，還抛下長索，把落水的己方人馬扯回船上去。屠奉三喝道：「我們不夠它快，燕飛你還不幫忙？」

燕飛取起剩下的船槳，坐到船頭，划起艇來，道：「他們可以比我們快嗎？」

劉裕道：「你看吧！」「隱龍」果然在此短短時間內進入狀態，風帆滿張，四組一十支船櫓整齊一致地隨鼓聲「咚！咚！咚！」的划進水裏，不住增速，已追至五十多丈後，距離還不斷拉近。

司馬元顯興奮地嚷道：「我們要不要靠岸呢？」燕飛、劉裕和屠奉三都生出古怪的感覺，如此合作的「俘虜」，眞是絕無僅有。

坐在船尾司馬元顯身後的屠奉三，見司馬元顯努力划船之餘，仍不忘將目光放在蜷伏船中的尹清雅身上，笑道：「這妞兒是聶天還的寶貝愛徒，老郝絕不敢放箭，我們還可以多撐一會兒，怎麼都勝過在岸上被大批敵人追殺。」

司馬元顯仍是情緒高漲，顯然非常享受眼前的緊張刺激。嚷道：「有燕飛在，我們怕他們甚麼呢？」

劉裕笑道：「小飛意下如何？如果讓老徐看到我們四個人這麼划艇逃命，會怎麼想呢！」

燕飛感到敵船逼近至四十丈許，如此下去，不出兩里勢被敵人追及。心中既感荒謬又覺好笑。應道：「管不得老徐那麼多了，老郝一方人多勢眾，動起手來，吃虧的肯定是我們。除非我們肯放棄這頭小白雁，否則逃不了多遠。更何況約定換人的時間快到了！」

司馬元顯道：「我們何不把刀架在這美人兒的玉頸處，看老郝是否還敢追來？」

屠奉三笑道：「少了一個人划艇，老郝又看準我們不敢殺人，因為殺人後他們再無顧忌，百箭齊發，公子擋得住嗎？如此我們勢被追上，主動之勢全失，划得來嗎？」司馬元顯登時啞口無言。

燕飛和劉裕均曉得屠奉三已說得非常客氣，四人中自以司馬元顯的武功最為不濟，也成為他們的負累，不論水面或陸上，如若動手，司馬元顯必難倖免。快艇在水花激濺裏破浪而行，大江水面粼光閃閃，反映著夜空的星月，河風迎面刮來，確實別有滋味。

郝長亨的聲音從後面傳來道：「燕兄請釋放清雅，她只是個不懂事的孩子，將來小弟必有回報。」

屠奉三長笑應道：「假設郝兄能立下毒誓，三個月內不踏入邊荒半步，我們立即放人。」燕飛聞言悶不吭聲，因為只有如此，方可以延誤郝長亨到邊荒集的行程。

郝長亨仍沒有動氣，只提高聲音，道：「屠兄的要求是否太過分呢？敢問坐於燕兄身旁的是否元顯公子？」

司馬元顯知他從自己的衣著認出自己來，笑道：「是又如何？終有一天我要你跪在我身前求饒。」

「颼！」弓弦聲響，屠奉三閃電祭出佩劍，頭也不回的反手後劈上方。「噹！」勁箭被擋飛，掉落江水。司馬元顯則暗抹一把汗，曉得此箭是朝自己背心射來，哪想得到郝長亨如此強悍和肆無忌憚。也不由佩服屠奉三，他先前估計看準他們不敢殺尹清雅，確非胡猜。

屠奉三若無其事地還劍入鞘，另一手仍保持划艇的動作，頭也不回的笑道：「再射一箭，我會在小白雁的臉蛋畫一劍，郝兄想清楚再射吧！」

「隱龍」又縮短船艇間的距離，只差二十多丈便趕上快艇，一追一逃，迅速朝下游的建康駛去，離約定換人的橫風渡已不到三里。

郝長亨終失去耐性，大喝道：「燕飛你是否變成了啞巴？清雅只是個小女孩。」

司馬元顯爲之愕然，聽郝長亨說話的語氣，顯然連他也覺得燕飛是那種不該以一個女孩子威脅敵人的君子。

燕飛淡淡道：「這樣吧！三天後我們在潁口作交易，只要郝兄孤身而來，我們便把人交還給你，且保證不損小白雁半根寒毛。」

郝長亨大怒道：「我看錯你了！原來燕飛只是這樣一個人。」

劉裕哈哈笑道：「郝兄好像第一天出來混的樣子。」

郝長亨大喝道：「好！我們便走著瞧！」

「隱龍」此時離他們已不到十五丈，令他們深感威脅。事實上情況對他們頗爲不利，「隱龍」可輕易撞翻他們的船，到時包括郝長亨在內的大批精通水性的敵人下水救人，他們能保住尹清雅的機會實在不大，最大問題是尹清雅必須在水面上始能呼吸，而司馬元顯這奇貨更是他們最大的顧慮，如被郝長亨擒去，後果不堪設想。

司馬元顯開始眞氣不繼，如此全力划艇的確非常費力，喘著道：「靠岸如何呢？」

屠奉三道：「來不及了！小心兩湖幫的絕技『捕神網』，這個神不是一般的神，是水龍神。」話猶未已，破風聲起，一面大網從「隱龍」船頭撒出，兜天罩地朝他們蓋過來，若依快艇目前移動的速度，恰好把他們套個正著。

屠奉三露出一個詭異和充滿嘲弄意味的笑容，大喝道：「靠南岸駛！」

劉裕一掌拍在船尾右後側的水面，登時激起一股水柱，快艇改向，斜斜朝南岸疾滑而去。屠奉三又加一股掌勁，令快艇速度倏增，如飛魚躍離水面，頗有騰雲駕霧的痛快感覺。「蓬！」捕神網重重落在快艇左後方處，尚差尺許方觸及艇身，由於網子四邊繫著鉛鐵一類的下墜物，激起漫空水珠，濺得無人能免。

司馬元顯長笑道：「精采精采，非常精采！」

三人都不知好氣還是好笑，司馬元顯本是他們的死敵，可是在此刻卻變成同舟共濟的戰友，而最妙的是，他們似在爲這公子哥兒提供最刺激的娛樂。眾人回頭朝「隱龍」瞧去，敵人正把捕神網從江水裏拖回船上去，一時間再難重施故技。

屠奉三冷笑道：「郝長亨想和我玩兒尚未夠資格，聶天還來還差不多。我們靠岸灘淺水處走。」

司馬元顯歡呼道：「好計！」

燕飛和劉裕心中叫妙，對方船大入水深，勢難追在他們背後，趕上來撞翻快艇，如此只能在旁趕過他們。而他們則可進可退，必要時把快艇鏟上灘岸棄艇而逃，敵船卻因正全速行駛，勢要趕過了頭，就是這之間的差別，足可令他們爭取到逃走的空間。這才知道屠奉三是故意讓對方施用捕神網，然後改採此一策略，因爲要把網拖回船上去，部署另一次撒網，必須再費一番工夫。而捕神網此時已成爲對方唯一可以直接威脅快艇的武器，屠奉三卻偏教敵人沒法在短時間內再派上用場。屠奉三確實名不虛傳。主動已控制在他們手上。

「隱龍」又從旁趕上來，只差七、八丈便可以超越他們。船上兩湖幫戰士拉滿十多張大弓，箭鋒指向他們，即使明知他們只是虛張聲勢，仍對他們造成很大的心理威脅，至少令他們不敢妄行棄舟登岸。

屠奉三低聲道：「元顯公子仍有氣力嗎？」司馬元顯咬著牙根點頭應是。

屠奉三喝道：「加速回到江心去。」

四人齊聲叱喝，登時槳起槳落，人人用足勁道。四周浪花激濺，由坐在後方的劉裕和屠奉三調校船向。快艇如在水面飛行般，突然增速，就在「隱龍」船頭十丈許處斜掠而過，直往江心滑翔疾去。此著大大出乎對方意料，連忙改向窮追。

快艇眨幾眼工夫斜斜橫過近百丈的江面，又再順流而下。燕飛道：「成功了！」三人往前瞧去，一艘建康水師的大型戰船，在下游里許處出現，燈火燦爛。後方的「隱龍」響起一陣急驟的鼓音，終於察覺不妙，開始減速。

「隱龍」在後方掉頭，快艇載著美麗的戰利品，順水往大放光明的司馬道子座駕舟輕鬆地駛去。燕飛等人都在舒展手足，好讓因過度用力致麻痹痠痛的手回復常態，司馬元顯功力最是不行，雙手仍不受控制地抖顫著。

司馬元顯道：「我應不應站起來？然後你們隨便找個人把刀劍橫架在我的頸上，這才像個俘虜的樣子。」說話時仍急喘不休。

屠奉三和劉裕正從懷裏掏出黑頭罩，掩蓋面容，前者笑道：「公子坐在那裏便成，只要裝出穴道被制的樣子，誰會懷疑你不是俘虜呢？」

司馬元顯點頭道：「對！換了是我也絕不會相信。哈！今晚確實妙不可言。我從三位身上學到很多以前沒有想過的東西。」又嘆道：「以前爹罵我的話，我總當作耳邊風，現在方知道他句句金玉良言。」

劉裕心忖今晚的經歷，如果影響司馬元顯變成一個成熟、理智和無畏的人，將來肯定會成為自己的勁敵，不過想想又覺得沒有可能，人怎會在一夜間改變過來呢？

劉裕眼睛正巡視南岸，平靜的道：「徐道覆並沒有來。」

屠奉三惋惜的道：「是老郝救了他。」

司馬元顯雖遠不及三人般精於江湖門道，但也猜到屠奉三這句話背後的涵義，交易換人的地點雖是橫風渡，可是以徐道覆的精明厲害，定會派出探子監視上下游的動靜，看到自己和燕飛等如此合作無間，不起疑便是蠢蛋。說不定徐道覆現在已逃返南方，以避過建康軍的搜捕。

燕飛淡淡道：「菇千秋也沒有來！」

司馬元顯一震道：「難道竟被他識破眞相逃走了嗎？」

一艘快艇從巨艦旁駛出，朝他們逆水而來，船頭船尾均插有火炬，司馬道子昂然立在船頭，除他外只另有兩人負責划艇。很明顯菇千秋不在其中。劉裕心中暗懍，三個人對三個人，不但顯示出司馬道子的誠意，更顯示出他強大的信心，建康城應已置於他絕對的控制下。司馬道子實為晉室南渡以來最出色的皇族人物，故不但能助司馬王朝制衡謝安，更可與謝玄在兵力上分庭抗禮。現在謝家人才凋零，只剩下一個謝琰在獨撐大局，建康再沒有人可以阻止司馬道子攀上權力的最高峰。看司馬道子今夜靈活應變的本領，因應形勢化危機為轉機，便知他有資格作桓玄和孫恩的對手。如讓司馬道子平定南方，他劉裕的末日也來了，因為司馬道子再不會容忍他這個被視為謝玄繼承者的人存活世上。

此時快艇離司馬道子的座駕舟已不足半里，可以清楚看到稍後處泊於北岸橫風渡的五艘中型單桅蒙衝戰船，此種蒙以生牛皮的戰船，在河上行動靈活，務求捷速，最適合用於像淮水、潁水那樣的河道上。司馬道子如此慷慨大方，送他們五艘上等戰船，不用說是在施展借刀殺人之計，好削弱兩湖幫的水上實力。燕飛等三人都想到此點，只是礙於司馬元顯在場，不便宣之於口。

屠奉三答司馬元顯的話道：「公子放心，如令尊連一個菇千秋也拿不住，他今天不會坐在這個位子上。」司馬元顯仍是半信半疑，不過卻露出深思的神色，顯示他肯虛心受教，咀嚼屠奉三說的話，思量爲何屠奉三可作出如此肯定的猜測，而自己卻辦不到。兩艇迅速接近。

劉裕忽然道：「我們這五艘快速鬥艦能否擋得住老郝的『隱龍』呢？」

屠奉三顯然也在思索同一問題，毫不猶豫地答道：「我們人多貨重，又尚未熟悉此五艦的性能，兼之是烏合之眾，對方則是蓄勢而來，如在黑夜施襲，我們只有待宰的分兒。」

司馬元顯心中劇震，想起自己在對付「隱龍」吃了大虧，正因不像屠奉三般知己知彼，遂變成不自量力。

燕飛微笑道：「和王爺商量借道又如何呢？」他沒有說出口的是尚有三艘載糧食的貨船，因不願讓司馬元顯知道此事。

劉裕道：「好計！」同時與屠奉三交換個眼色，大家心照不宣。如順流而下，雖然要兜個大彎，從邗溝再入淮水，卻可以令郝長亨望之興嘆，束手無策。最妙是郝長亨若在上游守候他們，勢將延誤一至三天的行程。而他們更可以順道經過大江幫的秘密基地，集齊人馬，有精於水戰的大江幫負責駕舟，還何懼兩湖幫。照水程計，只要郝長亨錯失兩天的時間，他們肯定可以趕在他之前到潁口。

屠奉三道：「減速！」兩艇終於在江面相遇，緩緩接近，直至兩艇首尾相併，只隔開丈許。

司馬道子目光掠過以黑布罩頭的屠奉三和劉裕，又瞥兒子一眼，這才朝燕飛望去。司馬元顯出奇地一言不發，神態冷靜，只向乃父頷首，以示自己一切妥當。划艇的兩人均是體形慓悍的高手，氣度沉著冷漠，年紀都不過三十，但燕飛等都曉得他們是一流的好手。屠奉三和劉裕也都兩眼不眨地打量司馬道子，看看此在「九品高手榜」上排行僅次於謝玄和桓玄的劍手，究竟有何不尋常之處。

燕飛淡淡道：「菇千秋是否已被王爺擒下？」

司馬道子點頭應是，悠然道：「徐道覆已知情逃走，我們不用再多此一舉，千秋的妻妾愛兒連人帶船被我截著，由不得他不承認。我會從他身上逼問出孫恩在建康的所有布置，連根拔起天師道在這裏的奸細。哼！」

燕飛心中生出不忍的感覺，不過戰爭從來如此，他很難怪責司馬道子。道：「公子可以回到王爺的船上去。」

司馬元顯望向乃父，見後者微一點頭，站起來道：「今晚元顯雖遭被擒之辱，可是卻獲益良多，三位不單處處以禮相待，且沒有說過半句不客氣的話，元顯在此衷心致謝，希望將來見面，大家仍是戰友而非敵人。」

燕飛等三人都暗讚司馬元顯說話得體，且暗中幫了他們一個大忙，至少令司馬道子聽在耳內，心中舒服得多。司馬道子見兒子並沒有被禁制穴道，雙目露出訝異的神色，神情大見緩和。且燕飛沒有半句問及釋俘的事，便容許兒子先回到自己身邊，不單給足自己面子，更表示出信任自己和願意合作的誠意。

司馬元顯一個聳身，落到司馬道子身旁。司馬道子連叫了兩聲「好」，然後微笑道：「想不到今晚的事，能夠圓滿解決，這樣對大家都有利。人都在五艘戰船上，不但裝備齊全，船上還有弓矢兵器，和比你們要求更多的糧食。本王僅在此祝諸位旗開得勝，早日收復邊荒集。」

屠奉三一把扯去頭罩，喝道：「王爺了得，我們荒人不會令王爺失望。」

司馬道子雙目亮起來，笑道：「原來是『外九品高手』榜上高踞第三位的屠奉三屠當家，難怪能於那樣的情況下登船行事，給劣兒一個好的教訓。卻不知屠兄何時變成荒人呢？」

屠奉三哈哈笑起來，自有一股豪邁不羈的氣概，答道：「當桓玄與聶天還結成聯盟的一刻，再不容我屠奉三選擇，王爺理該明白我心情的變化。」

劉裕也除下頭罩，站起來施軍禮道：「北府兵副將劉裕，參見琅琊王！」

司馬道子雙目殺機一閃即逝，換上笑容，道：「劉副將不用多禮，今後倚仗你的地方多著呢！只要劉副將好好對朝廷盡忠，本王必不會薄待你。」

燕飛和屠奉三暗讚劉裕這著恰到好處，至少在表面上可令司馬道子有台階可下，亦輕描淡寫化解了兩人短期內劍拔弩張的緊張關係。

燕飛也挺身而起，道：「將來如我們能收復邊荒集，會依約來找王爺看如何落實協議之事。」稍頓續道：「還有一事想請王爺幫忙，我們想取道建康回邊荒集去，因爲郝長亨正在上游等著我們。另外我們尚有三艘貨船，在下游六里的渡頭等著我們，請王爺恩准他們隨我們一起返回邊荒集去。」

司馬道子的目光落在仍蜷伏船上的小白雁嬌軀上，若無其事的道：「此女是否聶天還的愛徒尹清雅？」

燕飛答道：「正是此女！」

司馬道子欣然笑道：「你們果然沒有令本王失望。沒有問題，你們可以取道建康北上淮水。我司馬道子保證郝長亨難越建康雷池半步。」

五艘單桅戰船從橫風渡開出，朝建康駛去，司馬道子的座駕舟仍留在後方爲他們護航，還派出兩艘快艇爲他們引路。五百二十八名荒人兄弟姊妹，分布在五艘戰船上。此種戰船每艘可容二百人，又另設糧倉和武庫，所以絲毫不覺擠迫。不過五百多人裏大部分爲老弱婦孺，且傷病者眾，能騰出來操舟的壯丁壯婦不到一百人，而會操船駕舟者只佔半數，故能讓戰船在河道上行走，已是謝天謝地，難對他們再作苛求。但如果遇上敵人，肯定全無還手之力。

司馬道子確實大方慷慨，贏得包括宿敵劉裕的好感。船上果然裝備齊全，每船設有四台投石機，船頭船尾各有一架弩箭機，船舷擋箭牆豎立，可蔽半身，如由一群熟練的戰士操控，可成爲河道上有強大攻擊性的工具。雖然是單桅，卻懸掛四帆，只要將每一面帆與船的縱軸構成一個斜角，風吹在帆上，再依風向風力而調校，便可以盡用從不同方向吹來的風，反射和攏聚而形成船的動力。而這只有熟船性者方能控制自如，因此燕飛、劉裕和屠奉三要分開來各指揮一艘戰船。而另兩船則分別由兩位精諳此道的荒人兄弟負責。兩艘水師戰船在旁駛過，以燈號和旗號與領航的兩艘快艇打招呼，問清楚情況，逕自朝上游駛去，接應司馬道子的座駕舟。開路快艇的其中一人是司馬道子的大將王愉，有他開路，當然一切不成問題。

燕飛坐鎮的是領頭的戰船，大忙一番後，見一切穩定下來，鬆了一口氣，站在看台上，觀察南岸的情況。此時離與高彥那三艘貨船約定的會合處已不到兩里水程。依原本的計畫，天亮後載著千餘名荒人的糧貨船，會開到上游與他們會合。天邊開始現出曙光，漫長的一夜終於過去，新的一天開始。不過這一天卻有別於南方過往的任何一天，建康最有權勢的司馬道子會在不情願下登上權力的巔峰，也成為南方諸雄的眾矢之的。

站在他身旁的龐義興奮地道：「好小子，眞有你們的。我還以為你會蠢得來劫獄，原來竟有這一手。聽說你幹掉了竺法慶，你是怎麼辦到的呢？」

另一邊的方鴻生正以他的靈鼻嗅著清新冰寒的河風，雙眼射出難以置信的神色，不住搖頭道：「雖然是眼前的事實，但直至此刻我仍不敢相信，竟是由建康軍敲鑼打鼓的送我們離開。」

一群二十多名少婦少女，拖著三、四個小孩，從船艙蜂擁而出，興高采烈地來到甲板上，往船頭的方向走，一邊指點兩岸風光，又和指揮台上的三人笑著打招呼。見到燕飛站在台上的英姿，眼睛都亮起來，忍不住多看幾眼，有些更大送秋波。荒人不論男女，都是無法無天，不愛守一般的禮法規矩。尤其是這群婦女不乏在夜窩子送往迎來的妓女，更是遠比一般女子大膽。苦難已過，她們又回復生氣。方鴻生一臉陶醉地和她們打招呼，顯然樂在其中。

龐義見燕飛若有所思的神情，問道：「燕小子你在想甚麼呢？」

燕飛目送她們移往船頭，心中忽然湧起異常的感覺，卻偏沒法具體地掌握到是怎麼回事。答道：「我在想，與其他兄弟會合後，該不該重新調配人手，將老弱婦孺全集中到三艘客貨船上，而五艘戰船則由有經驗的兄弟接手，如此縱然遇上事故，我們仍有還擊和保護客貨船的能力。」

龐義道：「會不會太花時間了？照計算由此直至到達淮水，水路都該是安全的。」

燕飛搖頭道：「邊荒集的失陷我仍是記憶深刻，一切都來得出乎意料和突然，小心點總是好的。」

方鴻生猶有餘悸的道：「那晚確實驚險至極，我們的人還有小半尚未渡河，敵人便從四面八方殺至，我和老龐、高小子等百多人只好拚命沿潁水南逃，幸好中途沒遇上敵人，否則如何看到今天的風光。」

三艘大型帆船出現在河彎渡頭處，燕飛忙令人以燈號傳訊，著他們留在原地，自己則通知前面的王愉。三艘客貨船像三個龐然巨物般蟄伏浸浴在晨光裏，均是以載客貨爲主的沙船。由於以載重物爲主，並不講求靈活，所以方頭方尾，平底而吃水淺。沙船可載重至三千石，豎三桅，掛四蓬，船身長達十五丈，寬三丈。在正常的情況下，每船可容三百人，千餘人是多了些，但仍可以擠得下。燕飛帶頭走下看台，龐義和方鴻生兩人隨之。兩艘開路快艇先後朝三艘沙船駛過去，後來的五艘戰船跟隨後方。

龐義欣然道：「這回我們是滿載而歸，否極泰來。」

方鴻生滿懷感觸的道：「我本以爲邊荒集完了，我也完蛋，豈知卻忽然有此轉機，這就叫天無絕人之路。」

龐義笑道：「應該說是我們荒人氣數未盡，老天爺仍在照拂我們。」

燕飛心想的卻是待會高彥曉得他的夢中情人已成爲階下之囚，會有甚麼反應？不過如他要求自己釋放她，自己肯定會照辦。此時那群到甲板湊熱鬧的女子又嘻嘻哈哈的走回來。燕飛的心神卻飛到遠在北方的紀千千，伊人若得聞邊荒集再次失陷，會不會因而失去一切希望，甚至放棄築基的功法，令燕飛沒法在功成後與她再作心靈的交流呢？沒有紀千千這神奇的探子作耳目，他和拓跋珪或會一敗塗地，因爲他們的對手是北方最強橫的慕容垂，如若有失，拓跋珪會被他連根拔起，永不能翻身。

「錚！」蝶戀花發出可令任何人驚心動魄、突然而來的鳴響。燕飛立從沉思中猛然驚醒過來，兩道白光分從那群婦孺裏疾射而出，分取龐義和方鴻生兩人。事起突然，龐義和方鴻生雖然先被劍鳴示警嚇得肉跳心驚，但對方的暗器疾而準，即使在正常的情況下亦難以閃躲，何況在措手不及的情況下。

刺客的手段確實既狠且毒，且非常高明，深悉燕飛的性格，扮成荒人女子，混在婦孺中，先以鋼針襲擊龐義和方鴻生，教他不得不分神出手相救，然後從人堆裏閃出，手中劍化作白芒，疾如流星的偷襲燕飛下腹。可是任她千算萬算，仍算漏了一點，就是燕飛超越一般武功範疇的靈通。

這是蝶戀花第三次示警鳴叫。第一次發生在燕飛和劉裕、高彥坐船去見紀千千的秦淮河途中，盧循從河水裏跳出來突襲。第二次是在邊荒四景之一「萍橋危立」的美景裏，與紀千千並坐斷橋談心，「小后羿」宗政良向他施放冷箭。自玄功初成以來，蝶戀花再沒有示警的異況，可是値此燕飛神飛意馳、沒有絲毫防備的一刻，神劍再次負起護主的重責。劍鳴聲像暮鼓晨鐘，把燕飛完全喚醒過來，也教勢在必發的刺客吃了一驚，出手慢了半拍。就是這一秒之差，令燕飛避過大禍。

以燕飛的身手，也沒有可能擋格兩枝飛針之時，同時接著對方迅雷不及掩耳指腹而來的一劍。此劍的厲害處，不僅在其速度，更在其驚人而邪異的劍氣，劍光甫從人群裏現蹤，劍氣已把燕飛完全籠罩，燕飛眼耳貫滿劍氣，極目所見盡是劍光，耳中所聞全是劍嘯聲。這並非從未體驗過的經驗，在與竺法慶決戰於邊荒之際，竺法慶的「十住大乘功」令他有同樣的感受。楚無暇！她確已得竺法慶「十住大乘功」的眞傳，且融會貫通於劍道裏，成爲凌厲邪異的驚人劍術，難怪能在那樣的情況下斬殺曼妙，令桓玄功虧一簣。

丹劫眞氣在刹那的高速中運轉全身，燕飛的感官回復靈動，同時生出兩股力道，從舉起的雙手手背施放，分撞驚駭欲絕的龐義和方鴻生。眾婦孺仍弄不清楚發生了甚麼事，一切都太快了，快得令人的腦袋來不及反應，只能呆看著龐、方兩人往旁拋開，以毫釐之差避過殺身之劫。兩枝鋼針分從兩人臉頰旁飛過，投往大江去時，燕飛已扭身揮掌，狠拍離小腹不到三寸的劍鋒去。「蓬！」氣勁爆發。全身罩在大斗篷裏的楚無暇全身劇震，卻沒有露出絲毫狼狽之相，嬌哼一聲，優美的身影借力向後飛退，再沒入婦孺群中，教燕飛投鼠忌器，沒法借機全力反擊。燕飛竟被她的劍勁震得挫退小半步，由此可知她的劍法功力厲害至何等程度。

楚無暇在人群裏靈活如魚的遊閃幾下，如入無人之境從人堆另一方離開，以異乎尋常的平靜語氣邊退邊道：「終有一天，我會把你燕飛欠我的命討回來！」說到最後一個字，人抵船首處，一個觔斗，投入江水中去。

哭喊聲起。燕飛忙道：「沒事了！沒事了！」

龐義和方鴻生驚魂甫定的來到他兩旁，前者問道：「天下間竟有如此厲害的女刺客，此女是誰呢？」

燕飛口中答道：「楚無暇！」心裏想的卻是楚無暇的刺殺行動是否得到司馬道子的同意，抑或只是個人的復仇行動呢？假以時日，此女會是另一個尼惠暉又或竺法慶。

高彥連滾帶跑的衝入船艙，直抵目標的艙房門外，想也不想的把門推開。這間艙房該是供艦上指揮官起居的艙房，位於最上層，分前後兩進，前廳後寢，小廳布置得像個具體而微的小型治事堂，書櫃、書桌等一應俱備。內外以珠簾分隔。透簾望進去，在清晨冬陽的柔輝裏，尹清雅纖美的倩影正擁被坐在床上，秀髮輕軟地垂在香肩處，閃著烏黑奪目的亮光，呆看著窗外建康城南岸的美景。宏偉堅固的石頭城逐漸移往窗子的右邊去。

一股熱血直衝腦門，高彥感到周身一陣又一陣的發麻。天啊！燕小子果然不是在說笑的。她爲何會在這裏呢？到此刻高彥方醒覺自己根本沒有先弄清楚，只是聽到小白雁在此，便不顧一切地直撲過來。他聽到自己的心在劇烈地跳個不停。這是不可能的，偏是眼前的事實。在這一刻，他忘記了邊荒，忘記了仍身處險境，忘記了這艙房外的任何人和事。緩緩關上房門，躡手躡腳，撥開珠簾，來到尹清雅身後，想打個招呼，只恨聲音來到咽喉處，只變成沙啞的一聲嘆息。

尹清雅嬌軀微顫，並沒有別過頭來看他，輕輕道：「高彥！是你來了嗎？」

高彥的心融化了，生出飄飄然的動人感覺，移到她身前，單膝跪下，仰望她沒有任何瑕疵的動人花容。

尹清雅機伶的一對眼睛也往他看來，幽幽道：「你沒事眞好！人家都不知多麼爲你擔心呢！」

高彥早忘記了發生在邊荒巫女河旁的事，聞言一呆道：「我差點忘了，你是如何逃脫的呢？」

尹清雅露出苦惱的神情，嗔道：「你這大傻瓜糊塗蟲！難道沒有人點醒你嗎？到現在仍是糊裡糊塗的。唉！教人家怎麼說呢？」

高彥被罵得心曠神怡，挺起胸膛道：「過去的事不用再理！我們要關心的是我們的將來。我高彥是個很有本事的人，說到賺錢，沒有多少人及得上我。我又會逗你開心，保證你和我在一起，一生都幸福快樂。」

尹清雅呆看他好一會後，忍俊不住的「噗哧」一聲嬌笑起來，露出個迷人至極的表情，兩眼上翻沒好氣的道：「甚麼將來的喲！我的現在已是一場糊塗，還被你這條糊塗蟲大混蛋來搗亂。你若有憐香惜玉之心，就出去狠揍你那班兄弟一頓，爲我出一口氣。下手又狠又毒，弄得人家渾身痠軟無力的，想跑上甲板吹吹河風都不行。」

高彥有點尷尬的抓頭道：「你爲何會在這裏的？」

尹清雅裝出個受不了快要昏倒的嬌憨神情，點著指頭逐個數，道：「你應該問你的惡霸兄弟燕飛，或殺人不眨眼的屠奉三，又或不知是北府兵正規軍還是被通緝的逃兵的劉裕。何時輪到我這位受害者來說呢？」

高彥拍胸口道：「解穴只是一件小事，包在本少身上。現在既不成問題，我們是否該討論我們的將來呢？邊荒集是天下間最好玩和最刺激的地方，加上有我高少陪你，肯定你會樂不思兩湖。」

尹清雅忍著笑念道：「樂不思兩湖！你這滿口胡言的糊塗小子。」旋又皺眉道：「我好像從沒說過看上你，你開口閉口都是我們的將來，我和你的將來根本扯不上任何關係。對嗎？我的高少爺！」

高彥嘻皮笑臉道：「這方面哪來問題？你遲早會被我能開金破石的精誠感動，我倆是老天爺注定的天生一對。哈！自認識我的小清雅後，我從沒有再踏足青樓半步。」

尹清雅氣結的道：「我沒見過比你臉皮更厚的人，若用你的臉皮爲邊荒集築城牆，肯定厚如鐵桶。哼！你這小子以前常逛窰子的嗎？」

高彥毫無愧色的道：「不多！只是隔天去吧！」

尹清雅瞪大美目駭然道：「隔天去？你的身子是鐵打的嗎？」

高彥終曉得說漏了嘴，忙補救道：「不是每次去都……嘿……你明白啦！頂多每去兩次才眞來一次。哈！以後我都不去了，我把自己全獻給你。」

尹清雅的可愛臉蛋火烘般燃燒起來，大嗔道：「你這不知廉恥爲何物的壞蛋傢伙，滿口髒言穢語，我以後再不和你說話，給我滾出去。」

高彥大吃一驚，陪笑道：「所以我開口閉口都是我們的將來，因爲過去的都算了嘛！嘻！行規步矩的男人有甚麼好？只有善解人意的男人才能令你幸福快樂。本少以前的逛青樓便當作是修行好了，我會比任何人更懂得討小清雅的歡心。」

尹清雅嗤之以鼻道：「討我歡心的人還嫌少嗎？多你一個反令我生氣。」

高彥厚著臉皮道：「我在這方面的本領是與眾不同的，清雅請試試看。」

尹清雅懷疑的道：「你是不是又在說髒話？」

高彥忙指天發誓道：「噢！不！不！當然不是髒話，我的心非常純潔，只是想清雅給我機會陪你說話聊天玩兒吧！」

尹清雅目光投往窗外，訝道：「和你這厚臉皮的傢伙聊呀聊呀，竟不知已過了建康。唔！你是否眞的想討好我呢？」

高彥肅容道：「這個當然！」

尹清雅瞄他一眼，忽然垂頭審視自己的纖纖玉指，低聲道：「事先聲明，我的提議並不代表我小白雁看上你，只是見你傻兮兮的樣子，有時也可逗得人家開心，可以當作閒來解悶的手下。」

高彥喜上眉梢，但又隱隱感到「手下」兩字有點不妙，道：「小清雅請吩咐下來，只要我高彥能有角逐裙邊的機會，本人赴湯蹈火，萬死不辭。」

尹清雅會說話的眼睛橫他一眼，清楚顯出你這死性不改的傢伙又來這一套的表情，然後道：「我從不愛穿裙，所以逐甚麼裙邊只是你的痴心妄想。唉！我只是覺得有點對你不……！噢！沒甚麼！哪！你聽著啊！我是對你格外開恩，只要你肯向我師父投誠，我會央他老人家酌才起用你，總好過你將來葬身邊荒，悽慘收場，而你也有機會表現給我看你有甚麼本領了。」

高彥喜色盡褪，頹然道：「我的大半本領全仗邊荒而來，沒有邊荒集，我便像落於平陽的猛虎，再沒有爭取你芳心的資格，你更不會將我放在眼裏。唉！我的娘！我一定不會看錯你的，你和我都是不愛受管束的人，只有邊荒集可令我們如魚得水，快樂無憂。」

尹清雅像初次認識他般用神打量他，好一會道：「原來你的赴湯蹈火，萬死不辭，只是用來騙小孩子的甜言蜜語。」

高彥苦笑道：「我是個不折不扣的荒人，與邊荒集生死與共，沒有了邊荒集，我高彥只是個廢人，你也不會喜歡我。」

尹清雅生氣的道：「我現在又喜歡你嘛！喲！我的肚子很痛呢！」

高彥撲到床邊，手足無措的看著她在搓揉自己的小肚，駭然道：「我扶你去解決如何？」

尹清雅的兩邊臉蛋刷地紅起來，啐道：「不關那方面的事，是經氣出了問題。噯！你給人家揉揉看！」

高彥如獲老天爺恩准，忙伸手道：「甚麼推拿按摩我高彥最拿手，包你舒服透心。嘿！該揉哪裏呢？」

尹清雅抓著他的右手，按到小腹去，不肯鬆開以限制他活動的範圍，露出痛苦的表情，道：「揉這裏！」

高彥手觸她灼熱和充滿彈性的動人小腹，那種親密的滋味，教他連自己姓甚名啥都忘掉，愛不釋手的輕揉起來。

尹清雅連耳根都紅透，低聲嗔罵道：「還自吹自擂甚麼推拿高手，治經氣要用勁嘛！你的功夫到哪裏去了？」

高彥忙賠不是，注入眞氣，一點不覺察尹清雅拿著他的手先往右旋，逐漸擴大，接著又往左旋，由大圈變作小圈。到高彥感到後勁不繼時，尹清雅露出得意的燦爛笑容，挺直嬌軀，欣然道：「成啦！你這厚臉皮的傢伙總算對我有點用處。」

高彥仍不覺有異，喜道：「肚子不痛了嗎？來！讓我再給你按摩，保證你可以睡一覺好的。」

尹清雅把他的手按實在小腹處，湊往他耳邊道：「你昨晚不是未闔過眼嗎？該好好睡一覺的應是你。」

高彥感覺著她迷人的小肚子輕輕起伏，魂爲之銷，嘆道：「清雅……噢！」高彥軟伏入她懷裏去。

尹清雅收回戳在他脅下的玉指，另一手輕鬆地把他整個人提到床上，然後跳下床去，回頭瞧他道：「傻瓜！可愛的大傻瓜！」高彥仍然神志清醒，只是身不能動，有口難言，只能乾瞪眼。

尹清雅像個關心體貼的小嬌妻般，把他的身體移到床中，又爲他蓋上棉被，笑意盈盈的道：「不說話的高彥才乖嘛！蓋著棉被便不會著涼。放心吧！這次我不會傷害你的，好好睡一覺吧！希望永遠都不用再見到你。」又在他臉頰輕吻一口，接著一溜煙般穿窗而出，投進江水裏去，不濺起半點浪花。

高彥急得差點哭出來，偏又毫無辦法。她走了！就這樣的不顧而去。

房門倏地打開，燕飛從容掠進來，像看不到高彥般直抵窗旁，目光往江水投去，笑道：「你這小子眞是艷福不淺。」

高彥立即滿臉通紅，心中則在大罵。這小子竟敢偷聽自己和心上人的閨房密語。但又知燕飛著眼點只是自己的安危，與是不是君子扯不上關係。

燕飛移到床邊，忍著笑道：「美人恩重，該不該讓你保持這樣子呢？」

高彥氣得乾瞪眼。燕飛又嘆一口氣，掌如雨下，連拍他七、八個穴道，到拍中他的天靈穴，方成功爲他解穴。

高彥擁被猛地坐起來，破口罵道：「還不幫我把她追回來？」

燕飛坐到床邊，聳肩道：「她得聶天還眞傳，水底功夫肯定了得，如何追她？」

高彥不服的道：「你既在偷聽我們說話，該有足夠時間阻止她，爲甚麼沒這麼做？」

燕飛伸手抓上他肩頭，道：「還不是爲了你，讓你送她個順水人情，令她知道你對她是全心全意。這樣的結果不是最好嗎？以後就要看閣下的手段了。」

高彥發呆半晌，點頭道：「她心裏是有我的。」

燕飛不耐煩的道：「這個當然！否則何用臨別贈送香吻？」

高彥的臉又紅起來，道：「連這都給你聽到？」

燕飛啞然失笑道：「不是聽到，而是看到。」

高彥露出尷尬的神色，不自覺地伸手揩臉，道：「這定是專在水底用的胭脂，浸在水裏也不會褪掉。」又警告道：「我和她說的心事話兒不准你透露半句給人聽，否則我不管你是邊荒首席劍客，還是天下第一高手，也要狠揍你一頓。」燕飛大笑去了。

燕飛來到甲板上，劉裕和屠奉三正在船尾說話，見他來到，屠奉三道：「走了？」

劉裕道：「是否高彥放她走？」

燕飛道：「高小子怎捨得放她走？小白雁的功夫確實不錯，只犧牲點色相，讓高彥搓搓肚子，便成功束聚足夠的眞氣衝破禁制。現在回想起來，能如此容易將她生擒，確有點僥倖的成分。」

屠奉三笑道：「你只是謙虛吧！現在普天之下，有資格和你單打獨鬥的數不出多少個。閒話休提，我和劉兄研究出一個計畫，須你參酌一下，看是否可行。」

燕飛道：「你們兩個腦袋合作想出來的東西，會差到哪裏去呢？小弟洗耳恭聽。」

劉裕道：「計畫很簡單，第一步是先到大江幫的秘密基地去，先整理陣容，看看我們手上還有多少可用的戰船和人馬，然後再兵分二路，一路由潁水運糧上邊荒，接濟我們在巫女丘原的兄弟；另一路開赴潁水，與兩湖幫正面硬撼，決一死戰。」

過水位於潁水之東，中間還隔了一條夏淝水，三條河均南通淮水，北上邊荒。過水和夏淝水更在邊荒集的北面數十里處連接，再分叉北上，偏東的一截抵達巫女丘原的邊緣區域。隱藏於巫女丘原沼澤地帶的兄弟缺糧，運糧食和兵器弓矢去接濟他們是刻不容緩的事。至於爲何要與兩湖幫大戰一場，燕飛卻想不通。

屠奉三看著燕飛一臉疑惑的神色，笑道：「尹清雅既脫身，必透過兩湖幫廣布南方的龐大通訊網和郝長亨取得聯繫。這頭小白雁見到郝長亨，會盡告老郝我們這方的情況，當老郝曉得我們手上有五艘戰船、三艘大型運糧船，會誤以爲我們得到司馬道子的全力支援，他會怎麼做呢？」

劉裕接下去道：「他最怕的是我們與散落邊荒的兄弟會合，重新整固集結，然後封鎖邊荒集南段的潁水，如此我們將可以得到司馬道子源源不絕的各方支援。」

屠奉三笑道：「他想破腦袋也猜不到我們和司馬道子的眞正關係，只看到司馬元顯和我們並肩作戰，而事實上司馬道子再不會給我們半個子兒。」

燕飛吁出一口氣，靠著船緣半挨半坐著，點頭道：「明白了！所以郝長亨會不惜一切，調動附近所有兩湖幫的戰船，趁我們未成氣候前摧毀我們，如此我們在邊荒的兄弟將因缺糧、缺兵器弓矢而不戰自潰，他則穩得邊荒集，還可以向姚興和赫連勃勃展示實力。」

劉裕道：「坦白說，若憑我們現在的實力，確實不堪郝長亨一擊，只是他的『隱龍』足可令我們頭痛，何況兩湖幫必有船隊在潁口附近集結。不過我們卻有三招絕活，只要靈活運用，可教老郝吃個大虧，而我們反攻邊荒集的壯舉，則有機會成功。」

燕飛道：「我只想到大江幫這著奇兵，不過你已說了出來。」

屠奉三道：「大江幫此著確是奇兵，且以大小姐的才智，必會清楚掌握水道的所有情況，使我們能知己知彼，掌握形勢。也只有由江大小姐親自指揮的兩頭船，方有與『隱龍』爭勝較量的能耐。」稍頓續道：「至於第二個絕招，是北府兵的水師船隊。北府兵的水師天下聞名，劉牢之更是一等一的水戰高手，只要他肯點頭，我敢保證兩湖幫的戰船不敢越過壽陽半步。」

壽陽是北府兵於淮水西面的最後重鎮，長期囤駐重兵，潁口位於壽陽之西，該處河道縱橫，往北是上邊荒集，南行爲泚水，再往西分別連接決水、汝水。如壽陽的淮水一段被北府兵水師封鎖，越過壽陽的兩湖幫船隊將有家歸不得，一是北上邊荒，一是經大江返回兩湖，那時當然須硬闖建康水師的一關。孤軍深入，自是智者不爲，所以如北府兵出手，即使郝長亨有天大的膽子，也不敢過壽陽半步。問題在劉牢之肯不肯在這非常時期，出手助他們。假如壽陽以東的水道安全不成問題，糧船可以輕鬆地沿過水北上，直抵丘原，接濟慕容戰等缺糧的燃眉之急。

燕飛皺眉道：「劉牢之似乎不是這麼識大體的人，尤其當收到司馬曜駕崩的消息，更是陣腳大亂，他肯這樣幫忙嗎？」

劉裕胸有成竹的道：「我會向他痛陳利害，即使他愚蠢至放棄這個對他有利無害的提議，我仍有最後一著，就是請壽陽的主將胡彬出手，以他的水師虛張聲勢，也可以達到同樣效果，我保證胡彬不會令我們失望的。」接著向燕飛打了個手勢。

燕飛暗忖劉裕少有這般誇張的動作，究竟是甚麼意思呢？旋即領悟過來，劉裕對劉牢之的支持，事實上全無信心，他只是找個藉口開溜，好到豫州救王淡眞，而在這樣的情況下，當然不好讓屠奉三曉得他爲兒女私情而置正事於不顧，所以公私一併來辦。忙道：「北府兵的支援關係到反攻邊荒集的成敗，劉牢之又意向難測，這次我陪你走一趟吧！」

屠奉三倒沒有生出疑心，道：「我只能給你們五天的時間，否則如讓郝長亨集結龐大的船隊，那時將輪到他封鎖潁口，而我們的反攻，則成了以卵擊石。」

劉裕瞥燕飛一眼，露出感激的神色，欣然道：「五天該足夠了！我們辦好事後，立即到新娘河與你們會合。」

燕飛問道：「這兩招確實是郝長亨想不到的奇招，第三招是甚麼厲害招數呢？」

屠奉三攤手道：「我也想不到，要劉兄才知道。」

燕飛訝然往劉裕直瞧。劉裕唇邊露出一絲笑意，道：「我們的第三招絕活，是說服大小姐由屠兄擔大旗，指揮船隊與老郝正面交鋒。文清雖智勇過人，但面對兩湖幫的經驗仍是差了一點，可是我們這回是不容有失，因爲再沒有翻本的籌碼。而數天下人物，能與兩湖幫在水道上爭雄鬥勝者，捨屠兄還有何人呢？」

屠奉三啞然笑道：「劉兄這捧人的一招才最厲害。但坦白說，我一直有此意，只是不敢也不好意思說出來。只要大小姐肯點頭，我會鞠躬盡瘁，竭盡所能。」

燕飛心中一陣感觸，劉裕的確開始成熟了，寥寥幾句話，已贏得屠奉三的好感，且表現出他知人善任的才智。也只有劉裕能說服江文清，將統一指揮的權柄交給屠奉三，使己方僅餘的微薄力量，能發揮最高的效用。

劉裕下決定道：「上淮水前我們分道走，我和燕兄到廣陵去見劉牢之，五天後在新娘河會合。」

拓跋珪站在一座高崗上，三十多名親隨把守四方，雪野在前方擴展到無垠的遠處，後方是結霜掛冰的密林，在晨光下大地難掩一片荒寒之象。再朝前走半天馬程，便是以赫連勃勃爲首的匈奴鐵弗部的根據地統萬城。

拓跋儀在兩名拓跋族的戰士引路下，策馬馳上高崗，在離拓跋珪默立處十丈許遠甩蹬下馬，來到拓跋珪後方，致禮問好後頹然道：「邊荒集完了，我們終是鬥不過慕容垂，我願領受族主賜下的任何罪責。」

拓跋珪仍沒有回頭，雙目閃爍著奇異的光芒，柔聲道：「赫連勃勃是否到了邊荒集撒野？」

拓跋儀心中湧起古怪的感覺，拓跋珪既曉得攻陷邊荒集的聯軍有赫連勃勃的一份，當清楚邊荒集的情況，更該曉得這次荒人翻身無望，爲何卻對關係重大的邊荒集的得失顯得毫不在意，還似胸有成竹。要知如赫連勃勃得邊荒集之利，又有彌勒教、姚萇和慕容垂全力支持，將會成爲拓跋族南下的最大障礙。拓跋族的另一條南下之路便是入長城，以平城和雁門作根據地，如此與慕容垂的衝突將勢不可免。以拓跋族現時的實力，比之慕容垂，仍有一段遙不可及的距離。如非慕容垂的主力集中到滎陽，恐怕慕容大軍早收復雁門和平城，還把盛樂夷爲廢墟。他已有一年多沒見過拓跋珪，此刻的拓跋珪明顯地給他不同的感覺，但不同之處在哪，卻很難具體描述出來，那種變化實在微妙難言。答道：「赫連勃勃在竺法慶、司馬道子、姚萇和慕容垂的支持下，以狂風掃落葉的方式，攻陷邊荒集，我們根本沒有反抗之力，這次我們是徹底的完了，我族的戰士四散逃亡，我因得到一些或許對族主有用的消息，所以全速趕回來。」

拓跋珪淡然道：「是甚麼消息呢？」

拓跋儀整理好腦海裏的思想，答道：「慕容垂和姚萇暗中勾結，以對付慕容沖，慕容垂會使出引蛇出洞之計，佯裝親領大軍北返來對付我們，只要慕容沖中計出關，姚萇會奪取長安，斷慕容沖的後路，而慕容垂則會盡殲慕容沖出關的部隊，完成統一鮮卑慕容族之舉。」稍歇又道：「此事雖由竺法慶之口說出來，不過觀之慕容垂和姚萇在攻打邊荒集一事上攜手合作，應該大致與事實相符。」

拓跋珪雙目神色轉厲，凝望遠方統萬城的方向，一字一句的緩緩道：「慕容垂不是佯裝來攻打我們，而是眞的來攻打我們，因爲他清楚我是怎樣的一個人，而我也知道他的手段。」

拓跋儀點頭道：「我們也猜到他會兵分兩路，一隊由慕容寶領軍，北上與慕容詳會合，再聯手收復平城和雁門。慕容垂則親率主力大軍密藏於關外，等待慕容沖上當。」

拓跋珪仰天長笑，狀極歡欣，似乎勝利已到了他手中，只待他合手掌握。拓跋儀大惑不解地呆瞧著他雄偉如山的背影，雪原寒風陣陣，吹得拓跋珪的長髮迎風亂舞，有種說不出來充滿狂亂和暴力的味道。忽然間，拓跋儀感到再不認識這位兒時的玩伴，拓跋珪彷彿變成了另一個人，再不能從常人的角度去看他。他完全不明白拓跋珪有何值得欣喜的理由。慕容垂深悉拓跋珪的虛實，不論派任何人領軍來犯，必有足夠的實力摧毀崛起不久、根基未穩的拓跋族。

拓跋珪收止笑聲，回復冷靜，沉聲道：「小儀似乎尚未知道，我們的小燕飛已斬殺竺法慶於邊荒的事。」

拓跋儀劇震道：「甚麼？」

拓跋珪讚嘆道：「好一個燕飛！不愧是我拓跋珪最看得起的人，此戰不但令他千古留名，更是他劍手生涯的轉捩點，也令他踏上直登天下第一高手寶座的不歸路。此戰不但令整個形勢逆轉過來，更把荒人的聲譽送上顛峰，也使慕容垂和姚萇進退兩難，赫連勃勃則從雲端掉下來，再無所憑恃。」

拓跋儀急促地喘息道：「小飛怎麼做到的？」

拓跋珪輕鬆的道：「這問題沒有人能回答你，可卻是鐵般的事實。彌勒教在一夜間瓦解，高懸在邊荒集東門外竺法慶的頭顱，以沒有人置疑的方式，宣告竺法慶並非甚麼彌勒佛降世，只是個失敗的大騙徒，一向令彌勒教徒歸心效死的力量再不復存。聽說彌勒教徒發了瘋的四處破壞，又襲擊教內有職級的人，大亂邊荒集三天後方四散逃亡，但赫連勃勃、姚興和慕容驎三人領導的聯軍已元氣大傷，損失最慘重的是王國寶一方，竟被憤怒的彌勒教徒燒掉了十多條戰船。哈！真想不到小飛的劍，竟能起這麼大的作用。」

拓跋儀一時說不出話來。拓跋珪緩緩轉身，雙目神光電射地打量拓跋儀，道：「我們的機會終於來了，我和你的猜測剛好相反，假若邊荒集不是因竺法慶之死而危如累卵，那北上來收拾我們的便將是慕容垂而非慕容寶，因爲慕容垂對我的顧忌遠多過於慕容沖。明白嗎？」

拓跋儀此時方明白拓跋珪剛才說的，「慕容垂清楚我是怎樣的一個人，而我也知道他的手段」背後的涵義。慕容垂是知兵法的人，當然明白須以上駟對上駟的重要性，再配上壓倒性的兵力，拓跋珪是必敗無疑。當然，假設領兵來反擊拓跋珪的，是大燕的第二號人物慕容寶，拓跋珪仍是輸多贏少的局面，但至少有一線機會。拓跋珪所說的「機會來了」，正是指此。

拓跋珪啞然笑道：「我本一直在擔心要同時應付赫連勃勃和慕容垂，幸好現在赫連勃勃在邊荒集泥足深陷，難以回師，且兵力因兩次攻打邊荒集而大幅削弱，短期內再難威脅我們，我便可以專心應付慕容寶和他的大軍。」

拓跋儀仍是不知說甚麼話好。一切都在拓跋珪精確的算計裏，雖然到此刻拓跋儀仍不知道，拓跋珪有何妙法應付無敵於北方的慕容鮮卑兵，可是卻被拓跋珪強大的信心感染，心中充盈鬥志。

拓跋珪負手仰望長空，悠然自若的道：「慕容垂別無選擇，必須坐鎮滎陽，一方面設法穩著邊荒集，另一方面對付慕容沖出關的大軍，要應付兩條戰線上的激戰，大燕只有慕容垂一人能辦得到。」目光又往拓跋儀投去，冷靜地道：「我清楚慕容垂的性格，他絕不容邊荒集二度落入荒人之手，尤其對手是燕飛，因爲這會令他在紀千千面前無地自容。所以他會不惜一切，保住邊荒集。」

拓跋儀點頭道：「我明白了！」

拓跋珪道：「你給我回邊荒去，盡力助燕飛收復邊荒集，只要你們能成功，將對慕容垂的信心造成無可彌補的打擊。至於慕容寶方面，我自有應付之法。哼！」

拓跋儀低聲道：「慕容寶是有名的猛將，在戰場上從未嘗過敗績，故能得慕容垂看重。族主須小心。」

拓跋珪欣然道：「你以爲我會犯上輕敵的錯誤嗎？若是小飛絕不會說這番話。你這次到邊荒集去，我只能給你千頭戰馬，另精銳百名，因爲我必須保留實力，以應付比我們更爲強大的敵人。」

拓跋儀連忙謝恩，他終於明白爲何這次見拓跋珪，有不同以往的感受，就是眼前的拓跋珪，竟令他這本是天不怕地不怕的人，也生出畏敬之心。

拓跋珪道：「你休息一晚，明早立即起程。告訴燕飛，當我擊垮慕容寶的時候，他和他的紀美人重聚的日子亦不遠了。一切依約定而行，我拓跋珪永遠是他的好兄弟。」拓跋儀施禮告退。

紀千千步入廳堂，慕容垂獨坐一角，一副深思某種疑難有點難下決定的神情。如此表情從未曾在他的臉上出現過。一直以來，慕容垂都給她萬事均在掌握中的姿態，似乎對他來說，天底下沒有任何能難倒他的事。忽然間，紀千千感到慕容垂也是一個有血有肉的人，雖然他的身分、地位、本領和手中掌握的權勢實力，令他予人不可一世超乎眾生的形象。事實上他仍是一個人，仍像一般人有七情六慾，會因事情的變化而生出情緒的波動，也會如任何人般有焦慮、困惑和煩惱的時候。這領悟使她感到和他之間的距離拉近了，卻與男女之情沒有絲毫關係，純粹是人與人之間相對的感受。那張出自古代名家叔蔡之手的琴仍擺放在小几上，斷了的弦線已換過新的。

慕容垂目光往她投來，射出深刻的感情，且站起來歡迎她，臉上陰霾一掃而空，欣然請她坐下。能得到這位剛登基爲帝的大燕天子如此周到的禮遇，天下間恐怕只有她紀千千一人而已。紀千千並沒有任何特別的感覺，當然更不會爲此受寵若驚，與他隔几坐好後，沒有看他，沒有說話。

慕容垂朝她瞧來，微笑道：「千千的精神一天比一天好，眞是令人欣慰。」

紀千千心忖我的精神一天好過一天，卻不是因爲你而是燕郎。輕嘆一口氣，道：「有勞皇上費心。」

慕容垂目光轉投前方，語氣平淡的道：「邊荒集已再次落入我的手上。」

紀千千的耳鼓內彷彿響起青天霹靂，轟然劇震，手足冰冷起來，心兒劇烈地跳動，一時說不出話來。邊荒集再次失陷了。她聽到自己問道：「你捉到他了嗎？」

慕容垂不敢望她的道：「我從來沒有想過成功也可以是如此含糊不清的，燕飛並沒有因邊荒集失陷被捕，反而還割下竺法慶的首級，將之高懸在邊荒集的東門外。」

紀千千「呵」的一聲叫起來，沒法掩藏如釋重負的神態，轉白的花容回復了點血色，朝慕容垂望去，道：「多謝皇上坦然相告，其他的人呢？」

慕容垂沒有答她，苦笑道：「竺法慶的『十住大乘功』竟勝不過燕飛的蝶戀花，此事誰能預料呢？」

紀千千因燕飛而感到無比的驕傲，心忖我燕郎的本領還多著呢！你雖布下天羅地網，他還不是來去自如。這當然不會說出來，再次問道：「其他的人呢？」

慕容垂道：「我是首次有想說謊話的衝動，荒人這回機伶得教人意外，或許是有前車之鑑，在我們的聯軍大舉進攻前，荒人棄集逃亡，利用邊荒特別的形勢躲避追擊。不過我們也會記取教訓，這次絕不會再犯同樣的錯誤。」

紀千千心中欣慰，也感激慕容垂肯坦然相告，沒有隱瞞。她雖然不曉得慕容垂說的聯軍除彌勒教外還包括那一方的兵馬，但因她從謝安處聽過有關竺法慶的事，故對彌勒教知之甚詳，因而掌握到燕飛擊殺竺法慶的意義和效果。以燕郎悲天憫人的情懷，在一般情況下絕不會割下對方的首級示眾，他這麼做是爲了要達到最震撼的效果，除了向天下展現荒人不可輕侮的反擊力量，振奮荒人士氣，更爲了徹底瓦解彌勒教。乾爹在天之靈可以安息了，彌勒教已不成威脅，謝家再不用擔心竺法慶。對南方的佛門來說，更是値得額手稱慶的事。

慕容垂的聲傳入耳裏道：「千千爲何不說話呢？」

紀千千往他瞧去，迎上他銳利的目光，嘆道：「邊荒集是屬於荒人的，只有荒人才可以令邊荒集保持活潑開放的精神，也只有如此，邊荒集始能成爲戰火烽煙外繁華興盛的樂土。皇上這麼強佔邊荒集，與殺雞取卵有何分別呢？」

慕容垂露出苦澀的笑容，語氣卻平靜無波，徐徐道：「如我告訴千千，我是爲千千而這麼做的，千千有何感想呢？」

紀千千凝視他片刻，輕搖螓首柔聲道：「我並不相信大王是因我而佔領邊荒集，正如皇上曾說過征服邊荒集是皇上踏出統一天下的第一步。邊荒集在征戰天下的戰略上有重要的作用，既可以防止我們漢人北上，又可以掌握南北貿易的樞紐。更重要的是……唉！我不想說了。」

慕容垂雙目神光大盛，一眨不眨的看著紀千千，忽然笑起來，道：「千千想說的，是否因荒人可以在任何時刻，像厲鬼般從邊荒撲出來抽我的後腿，所以令我有所顧忌。」紀千千只再嘆一口氣，沒有答他。但其神色卻清楚告訴慕容垂，這是何苦來哉呢？

慕容垂仰望屋樑，從容道：「任何戰爭，均是有得有失。邊荒獨特的形勢，令我們難竟全功。不過荒人有個致命的弱點，使他們永無翻身的機會，就是邊荒本身的形勢。荒人只是孤獨的一群，失去了邊荒集，他們也失去一切，在沒有任何支援下，最終他們也要黯然離開邊荒。這是最現實的問題，甚麼本領、勇氣、決心在這樣的情況下都派不上用場。」

紀千千心中湧起莫名的憤怒，道：「皇上得到邊荒集又有何用處？沒有荒人的邊荒集只是一座廢墟，徒然令皇上浪費人力物力，終不是長遠之計。」

慕容垂啞然笑道：「千千太小覷我慕容垂了，我怎會犯上如此愚蠢的錯，只要邊荒集位置不改，終有一天它會回復興盛。要守穩區區一個邊荒集還不容易嗎？荒人若不想尋死，最後只有乖乖的滾離邊荒。」

紀千千心中一顫，她自問沒有足夠的本領看破慕容垂的手段，而他也不會告訴自己。邊荒集眞的就這麼完蛋了嗎？而她和小詩則永遠是慕容垂的俘虜？不！事情絕不會如此發展下去。她相信荒人的本領，更深信燕飛的能力。終有一天她和小詩將如破籠而出的小鳥，飛回邊荒集去。

燕飛和劉裕立在河岸旁一座小丘處，目送船隊遠去。

劉裕指著遠處東方，道：「以我們的腳程，明早便可以到達廣陵。」

燕飛訝道：「我們不是要到豫州去嗎？」

劉裕道：「我們當然會到豫州去救淡眞，不過先要去廣陵打個轉，見兩個人。」

燕飛道：「一個是劉牢之，另一個是誰呢？」

劉裕答道：「另一個是孔靖，此人是我們成功收復邊荒集的關鍵，且須你老哥親自出馬，讓他得睹我們第一高手的風采，以增強他的信心。」

燕飛沒好氣道：「你倒懂得人盡其才，可是孔靖爲何如此重要，我們現在不是有足夠捱幾個月的糧草嗎？」

劉裕道：「孔靖當然重要，這次反攻邊荒集，絕不是幾個月內可以解決的事，慕容垂不會輕易放棄邊荒集，如我們正面與他們硬撼，只是自尋死路。」

燕飛欣然道：「你似乎已智計在握，定下全盤反攻邊荒集的計畫。」

劉裕笑道：「一切都是師傅傳授的，以前玄帥每次應付南下的兵馬，採取的都是斷其糧道，疲其人馬的消耗戰，仰仗的就是本身糧食充足。而現在唯一能供應我們糧食的，就只有孔靖這吃得開的大商賈，也只有他能打通所有關防，爲我們運送來自佛門的糧資。」

燕飛點頭道：「明白了！」

劉裕一臉笑意地打量他，欣然道：「屆時記得挺起胸膛。」

燕飛失笑道：「去你的！」

笑語聲中，兩人望東去也。

邊荒傳說〈卷六〉終

新人間叢書 149

邊荒傳說〈卷六〉

作　者—黃易
副總編輯—葉美瑤
編　輯—邱淑鈴
美術設計—翁翁・不倒翁視覺創意
執行企畫—黃千芳
校　對—余淑宜、陳錦生、黃易
董事長
發行人—孫思照
總經理—趙政岷
出版者—時報文化出版企業股份有限公司
10803 台北市和平西路三段二四〇號三樓
發行專線—(〇二)二三〇六—六八四二
讀者服務專線—〇八〇〇—二三一—七〇五・(〇二)二三〇四—七一〇三
讀者服務傳真—(〇二)二三〇四—六八五八
郵撥—一九三四四七二四時報文化出版公司
信箱—台北郵政七九~九九信箱
時報悅讀網—http://www.readingtimes.com.tw
電子郵件信箱—liter@readingtimes.com.tw
法律顧問—理律法律事務所陳長文律師、李念祖律師
印　刷—盈昌印刷有限公司
初版一刷—二〇〇七年三月五日
初版四刷—二〇一三年七月一日
定　價—新台幣三〇〇元
⊙行政院新聞局局版北市業字第八〇號

ISBN 978-957-13-4604-5
Printed in Taiwan

國家圖書館出版品預行編目資料

邊荒傳說〈卷六〉／黃易著. --初版. --臺北
市：時報文化, 2007〔民96〕
冊；　公分. --（新人間叢書；149）

ISBN 978-957-13-4604-5（卷6；平裝）

857.9　　95025861

入會訂購證

我決定加入時報悅讀俱樂部				以下是我選擇的卡別，選書書目於下列選書單中
勾選	入會卡別	定價	入會費	額度
	悅讀樂活卡	$1,000	$300	任選5本時報出版好書(定價600元以下本版書籍)
	悅讀輕鬆卡	$2,000	$300	任選10本時報出版好書(定價600元以下本版書籍)
	悅讀尊榮卡	$6,000	$300	任選30本時報出版好書(定價600元以下本版書籍)

特別說明：

1、外版書不列入選書範圍。2、單筆訂單須選書兩本額度以上。3、一次會員資格內，相同書籍限選兩冊。

以下是我的選書單

書碼	書名	額度	數量

◎ 我的資料

姓名：__________ E-mail ：__________(必填)

身分證字號：__________(必填) 生日：西元____年__月__日 (必填)

寄書地址：□□□__________

____

連絡電話：(O)__________ (H)__________

手機：__________ 統一編號：__________

付款方式：

□劃撥付款　劃撥帳號19344724 戶名：時報文化出版公司

(請親至郵局劃撥，無須傳真或寄回，劃撥單註明卡別、身分證字號、生日、e-mail、書名、數量)

□信用卡付款　信用卡別 □VISA □MASTER □JCB □聯合信用卡

信用卡卡號：__________ 有效期限西元______年______月

持卡人簽名：__________（須與信用卡簽名同字樣）

◎ 歡迎網路下單 Readingtimes Club 時報悅讀俱樂部 http://www.readingtimes.com.tw/club/

24小時傳真專線：02-2304-6858 為確保您的權益，傳真後請來電確認

時報客服專線：02-2304-7103 週一至週五(AM9：00~12：00，PM1：30~5：00)

時報出版 台北市和平西路三段240號2樓

編號：AK0149	書名：邊荒傳說 卷六
姓名：	性別：________ 1.男 2.女
出生日期： 年 月 日	e-mail：

________ **學歷：**1.小學 2.國中 3.高中 4.大專 5.研究所（含以上）

________ **職業：**1.學生 2.公務（含軍警） 3.家管 4.服務 5.金融 6.製造 7.資訊 8.大眾傳播 9.自由業 10.農漁牧 11.退休 12.其他

地址：________縣（市）________鄉鎮區________村________里
________鄰________路（街）________段________巷________弄________號________樓

郵遞區號________

（下列資料請以數字填在每題前之空格處）

________ **您從哪裡得知本書／**
1.書店 2.報紙廣告 3.報紙專欄 4.雜誌廣告 5.親友介紹
6.DM廣告傳單 7.其他________

________ **您希望我們爲您出版哪一類的作品／**
1.長篇小說 2.中、短篇小說 3.詩 4.戲劇 5.其他________

您對本書的意見／
________內　　容／1.滿意 2.尚可 3.應改進
________編　　輯／1.滿意 2.尚可 3.應改進
________封面設計／1.滿意 2.尚可 3.應改進
________校　　對／1.滿意 2.尚可 3.應改進
________翻　　譯／1.滿意 2.尚可 3.應改進
________定　　價／1.偏低 2.適中 3.偏高

您的建議／

請沿虛線撕下後對折裝訂寄回，謝謝！

請沿虛線摺下裝訂，謝謝！

廣告回信
台北郵局登記證
台北廣字第2218號

時報出版
CHINA TIMES PUBLISHING COMPANY
尊重智慧與創意的文化事業

地址：10803台北市和平西路三段240號3樓
讀者服務專線：0800-231-705・(02)2304-7103
讀者服務傳眞：(02)2304-6858
郵撥：19344724 時報文化出版公司

請寄回這張服務卡（免貼郵票），您可以——
●隨時收到最新消息。
●參加專為您設計的各項回饋優惠活動。

寄回本卡，掌握新人間系列的最新訊息

新人間

新感覺・新人間・文學的新版圖